関西学院大学研究叢書　第225編

ドイツ 庭ものがたり

田村 和彦
Kazuhiko Tamura

関西学院大学出版会

ドイツ 庭ものがたり　目次

はじめに

余暇が増えたためか、自然愛好の風潮が進行したためか、昨今は「庭しごと」もひところよりは否定的には受けとられなくなった。本格的な農業ならともかく、自分の庭を手間暇おしまず手入れしたり、植物に過剰に手をかけて時間を浪費する園芸は、男の目から見れば少々変わった、どちらかといえば女性的・家庭的な趣味で、少なくともいい若い者が進んで選ぶ趣味とは思われない時代が、いまから二、三十年前にはあった。牧歌的といえば聞こえは良いが、悪くいえば能天気で世間知らずの内向的な趣味とされ、社会的な義務からの逃避や引退、安穏な家庭生活への安住、それどころか人との接触を厭う老人性の偏屈、片意地、ひとりよがり、といったものまで印象づけかねなかった。かくて「庭いじり」は、する当人にとっても、どんな背景を持つものであれ、屈折した敗北感や後ろめたさをどこかしら伴わずにはいない作業だったという記憶がぼくにはある。

ところがいまや庭しごとはガーデニングと名前を変え、エコロジーや健康志向の追い風を受けながら「地球にやさしい」「すこやかな」生き方を代表する立派な趣味にまで格上げされた。自分の手で土を耕し、花やハーブを育てたり、作物を収穫する庭しごとは、部分的にではあるが生産と養育にかかわる作業であり、趣味というより、消費と効率ばかりを重視する市場経済や流通活動から意識的に距離を置いていることを示す、賢明でオルターナティヴな生活スタイルとされるのだ。ガーデニングをしているとゆったりとした豊かな時間が流れると、この趣味を持つ人は口をそろえる。

少なくとも日本においては、ガーデニングというしゃれた呼称も含めて、庭しごとにここまで市民権を与えた最大の功績はイギリスにあるとされている。かの地では大都市の中にも共同で管理運営される菜園や花畑が多数存在し、休日になれば普通の勤め人が一家そろってレーキやシャベルを持ち、長靴をはいて園芸にいそしむ姿があたりまえに見受けられるという。イギリスこそ園芸の本拠であり、英国民は挙げて庭師なのだ、という言い方さえされる。確かに先進国であることは認めるにしても、ふんだんに手をかけて配色にまで気を配った高級なパティオや、カントリーサイドのとびきり美しい庭園の写真を集めて英国風の美しい生活スタイルを提唱する雑誌や図鑑などを眺めていると、どうも庭しごととは少しずれているような気になる。ひと昔前なら、経済的な斜陽にあえいで時間をもてあます英国病の風変わりな余暇利用の方法としか見られなかったものが、こちらの社会にもやはり凋落と黄昏の気配が漂い始めるや、成熟した年齢にふさわしい美的かつ健全な文化生活の手本として、ファッションのようににわかに脚光を浴び始めるというのも、つじつまが合いすぎてはいはしないか。

いうまでもなく、園芸（horticulture）はもっと根源的で普遍的な営みである。自然と文化が触れあう場所にはどこにでも庭しごとがあるし、庭が生まれる。幼い子供が土をほじってそこを区画し、石を並べるか、何本か棒を立てるかすればそれで庭になる。土地を囲い（garden, yard, Garten, jardin もラテン語の hortus も、もとは柵や生け垣で囲った場所を示す）、耕やす（cultivate）こと。庭づくりは、人間が自分を取り巻く世界に手を入れて形にする、最初の誇りに満ちた体験である。限られた場所に種を蒔き、苗を植え、育てること。それは生命の初発にかかわる神秘的かつ厳粛な作業である。ガーデニングという呼称からは、庭しごとのそれぞれに含まれる、精神的でもあれば肉体にも深くかかわる、土や植物との親密な関係が捨象されていはしないか。

一方には、庭というより広場か公園、あるいは建築物を思わせる大規模な庭園がある。ルネサンスやバロック様式のイタリアの庭園、ヴェルサイユに代表されるフランスの整形式庭園やイギリスの風景式庭園は、美術史や文化史の対象であり、ヨーロッパの空間意識や美意識の変遷を示す壮大な作品である。大庭園でなくとも、もっと小規模な別荘の庭や、日本の大名の回遊式庭園を挙げてもいい。芸術作品のようなこれらの庭園を眺めながら、あるいはその中を遊歩しながら、かつての設計者たちの壮大な構想や、西洋ならエデンの園につながるパラダイスの物語に思いをめぐらすのも楽しい。しかし、庭を一種の作品＝人工物として観察し、そこに「大きな物語」を読み取ろうとするぼくたちは、やはり庭に対する親密な関係から一歩身を引いている。

この本で目をとめていきたいのは、「大きな物語」と、庭しごとの個人史ともいえる「小さな物語」のちょうど中間に位置する、庭に関する一連のエピソードである。舞台がドイツであるのには、「園芸の国」イギリスの向こうを張りたいという思いもある。ドイツもまた、ぼくの見る限りではイギリスに負けず劣らず庭と庭しごとには特別の思い入れのある国なのだ。ちなみにドイツ語で庭はガルテン、園芸家はゲルトナー、庭しごとはガルテンアルバイト。土の匂いや手触り、ごろごろする野菜や果物、小鳥のさえずり、木製のいびつなベンチ……。無骨だが親密なドイツの小庭の姿がこれらの単語からもう立ち上がってこないだろうか。

本書のもとになったのは、関西学院大学出版会の誌『理《ことわり》』に二〇〇八年から二〇二〇年まで二十四回にわたって連載したエッセイである。一連のエッセイがめざしたのは、ドイツの庭の姿を、植生、動物、民衆的記憶、神話、伝承、生活史といったものを手がかりに、その具体的な手触りとともに浮き上がらせることだった。もとより、毎回思いつくままに気ままな散策として書き綴ってきたエッセイは、紙幅の限られた読み切りの小文であって、一貫した筋立てが念頭にあったわけではない。本に編むにあたって加筆は最低限に抑え、題名も初出時どおりとしたものの、そのままでは雑多でまとまりに欠けるので、配列を変えて四つの章に振り分けた。章立ては、由来も色合いも異なる草花をざっくりと束ねるリボンのようなものである。

章の表題を飾る図案には、ヴォルプスヴェーデの画家ハインリヒ・フォーゲラーが詩集『汝に《ディア》』(一九一二年)で自製の詩に添えた、ユーゲント様式の装飾図案《ヴィネット》を使わせていただいた。ずいぶん前にドイツの古書店で探しあてたこの詩集の図案は、眺めるたびにドイツの庭にまつわる「ものがたり」への新たな空想をかきたててくれた。

もうひとつ、本にまとめるにあたってエッセイとは異なる形式で書かれた、一二編の学術論文(「フォルクスパルクという思想」「レーベレヒト・ミッゲと『緑』のアヴァンギャルド」）を収録したことをことわっておく。前者は大戦間期にベルリンで次々と開設された民衆公園フォルクスパルクに代表される都市緑地の改革をひとつの思潮としてとらえたものであり、後者ではこの緑地改革を独自の方向に押し進めたひとりの造園家を取り上げているが、いずれも「庭ものがたり」を書き綴ってきた持続的な関心から派生した、ごく近年の成果である。

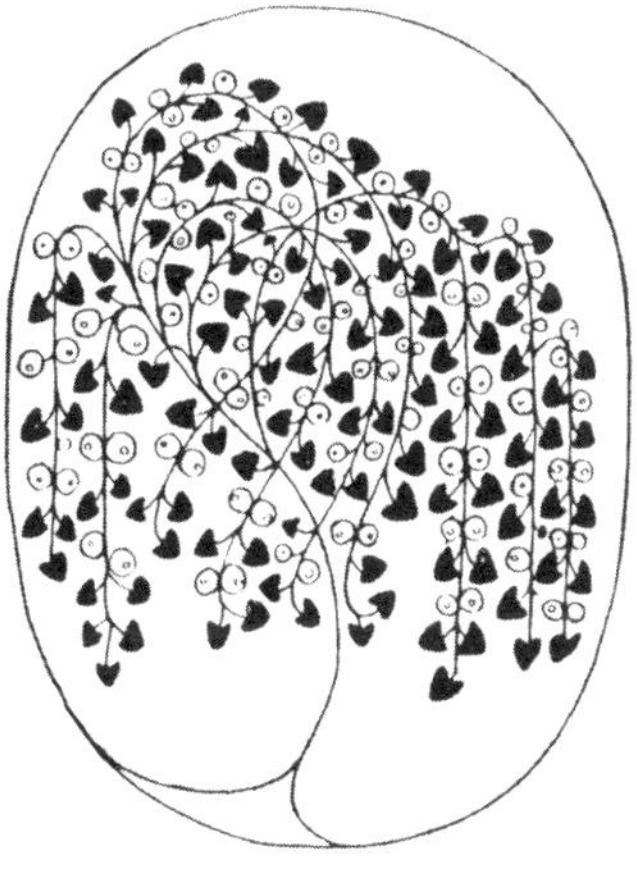

第1章

庭の古層・庭の記憶

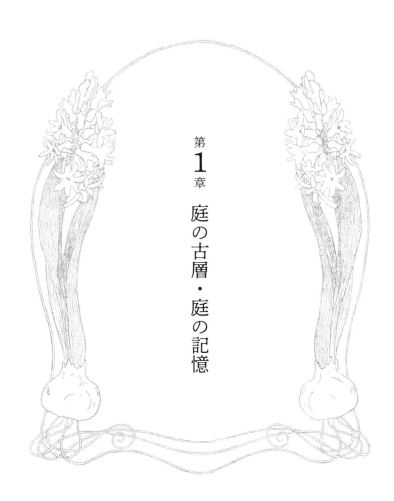

1 ニーチェの庭

しばらく前に、ニーチェが少年期を過ごしたナウムブルクに立ち寄ったことがある。ドイツ中部のチューリンゲンの森近い丘陵地に抱かれた、こぎれいだが目立つところのない小さな町だ。ニーチェの住まいを見学してから、日陰から少し張りだしたカフェのテラスから町の中心の人通りまばらな広場を見渡して、スケッチブックに建物や景物をあれこれ写しとりながら、ぼんやりと考えごとをしていた。

フリードリヒ・ニーチェ（一八四四―一九〇〇）が生まれたのは、ナウムブルクではなく、そこから二十キロほど離れたレッケンという小村である。当時で人口二百人に満たないこの村で父親は牧師をつとめ、一家は牧師館に暮らしていた。牧師館というのは、教会と墓地に付属するいわば官舎である。ニーチェは母方の家も牧師で、少なくとも幼少年期のニーチェの精神的風土は、禁欲、倹約、簡素、清潔をたっとぶ信仰の篤いプロテスタントの共同体であったといっていい。実際、父と同じ村の牧師になることがニーチェ少年の最初の望みだった。

レッケンの牧師館玄関口。写真は20世紀になって撮られたもの

その牧師館の裏の墓地と教会に挟まれた一角に庭があった。十四歳にも満たないニーチェが書いた幼年期の回想の冒頭にこんな一節がある。「牧師館の裏手には果樹園と草地が広がっていた。その一部は春になると水浸しになり、水は地下室にも流れ入った。家の前は納屋と厩舎のある中庭で、その先には花畑があった。ぼくはそこの四阿《あずまや》やベンチでほとんどいつも時を過ごした。生け垣の向こうには柳の茂みに囲まれた池が四つ並んで見えた。この池の間を歩き、水面で光が戯れるのや元気な小魚が泳ぎ回っているのを見るのは、ぼくの一番の楽しみだった。」いかにもひなびた庭の風景である。ただしニーチェがレッケンの牧師館に暮らしたのは五歳半までで、父の急死とともに一家はナウムブルクの祖母の家に移り住む。最初期の回想は、生家で味わった幸福が、愛する父の死と生家からの別離によってもはや取り戻しえないものとなったという、深い喪失感に彩られている。

庭はしかし、ニーチェにとって永遠に失われたわけではない。二十五歳で得たバーゼル大学の教授職を十年でなげうって、「かつては大学教授、いまはさまよう逃亡奴隷」として次の居住地を探すニーチェは、ナウムブルクに住む母親に、町の城郭のそばの空き地を借りる契約をしてくれるよう懇願する。「野菜づくりはぼくが心底から望むものですし、未来の『賢者』にふさわしくないなどとは少しもいえません。ご存知のようにぼくは、単純で自然な暮らし方に心をひかれます。そういう生活をしていれば身体もだんだん強くなります。ぼくの健康にとっても、これ以外の療法はないのです。頭を使わないで、時間がかかり、労力を費やす本当の仕事がぼくには必要なのです」（一八七九年七月二十一日付の母親あての手紙）。まさに「庭師」として野菜づくりを自分に適した生活形式として選ぶニーチェの計画では、春と秋をまるまるナウムブルクでの庭しごとにあて、冬はナポリ、ニースかヴェネチア、あるいは北ドイツで過ごすことになっていた。

この魅力的な計画が実現しなかったのは、ニーチェの健康状態が切迫してきたからである。眼病の悪化と激しい頭痛にさいなまれる自称「逃亡奴隷」は一ヵ所に長く居続けることができず、職を辞してその後十年間、「からだに良い」土地を求めて、次々に滞在地を変えて転地療養に明け暮れることになる。ニーチェによればバーゼルは「町そのものがからだに悪い、圧迫的で頭痛を引き起こすような空気を持つ」有害な町だったし、ドイツはナウムブルクも含めて「沼地の瘴気に満ちた」鈍重な風土だった。それに対して地中海岸とスイスのアルプス山中は、乾燥した空気と明るい光が新陳代謝を促進して精神の活性を保証する「からだに良い」土地とされる。特にサン・モリッツに近い小村ジルス・マリアを見つけたことはニーチェにとっての福音で、毎夏を彼はこの高地で過ごし、ここで味わった精神的高揚からツァラツストラのビジョンが生まれた。

滞在地の選択が独自の地理学と気象学に基づいていることも興味深い。ニーチェは「わたしは長年の訓練の結果、風土的ならびに気象学的原因からくるさまざまな影響を、非常に精密で信頼のできる測器のように自分の身体を介して読み取ることができる」と豪語する（『この人を見よ』）。ここには、気象と地理的条件から季節、土、水、栄養状態までを広く含む生活世界としての風土に対して感覚をとぎすまし、生理機能を環境にうまく合わせることに腐心する「敏感な生物」としてのニーチェがいる。植物を異なる気象条件や土壌のもとで育てるための馴化植物園という施設があるが、一個の生物として自らを風土に馴化させることこそ、ニーチェ本来の庭しごとだったのかもしれない。

バーゼル大学の教授職を打ち切ったニーチェの計画した故郷での庭づくりが陽の目を見なかった理由のひとつは、先に述べたとおり彼の健康状態が悪化したためだった。ただ、たとえ庭しごとを手がけたとしても、古典文献学の教授が農具の扱いや畝たての仕方をこころえていたとは思われない。幼時の牧師館での思い出をのぞけば、ニーチェの前半生はもっぱら学問と著作と音楽に集中したもので、その生活は土の匂いや庭仕事の片鱗を感じさせるべくもない。隠遁先として思い描かれた単純で健康的な田園生活も、イメージとして見れば、古典文献学者なら造作もなく引用できたテオクリトスやヴェルギリウスの田園詩をモデルにした、根っからの文人の感傷的な夢想にすぎないだろう。

それでも、「単純で自然な」庭しごとが自分の健康にとって最良の療法だろうというニーチェの思いがある程度切実な響きを持つのは、これが風土への馴化と養生法にかかわるからである。単純にいえば、世界はどうあるべきかとか、人生をどう生きるべきか、という頭脳（精神）の問題を、どこで暮らし、何を食べるか、という生理学の問題にまで引き下ろしたところに、ニーチェの哲学の眼目のひとつがある。滞在地を選ぶにあたってニーチェが風土と気象条件にきわめて敏感だったことにはすでに触れたが、この哲学者は食餌を中心とする養生法も、思想や倫理に重大な影響を与えると考えていた。自伝的な著作『この人を見よ』には、「食餌の問題は、そこいらにある神学的問題よりも人間の救済にかかわるはるかに重要な問題だ」とある。ここでいう食餌はなにも美食を意味しない。身を養う食物による栄養摂取、食養生（diatia：ダイエットの原義）のことである。なによりも肝腎なのは、「からだに良い」食事による正しい栄養摂取と、それを通じた健康の回復である。実際、慢性的な消化不良や嘔吐に生涯悩まされたニーチェは、医師による処方のほか、百歳まで生きたとされるルネサンスの哲学者ルイジ・コルナロの長寿食から、同時代の医師による『病弱者のための料理書』まで、古今さまざまな医学的食餌法の指南を受けて食養生を実践している。各地の鉱泉をはじめ、どんな水を飲むかも重大な関心事だった。何を食べ、何を飲むかに細心の配慮をし、身体の自律性を回復する「生きる術」の実践者としてのニーチェ。ここにも地上で呼吸し滋養を得て生きる「生きもの」としての自己認識がある。

ヨーロッパ各地を転々とする十年間にわたる一所不在の放浪生活も、高度、日照、気温、湿度、降水量、気圧、風などの気候要素に敏感に反応する生命体の馴化の試みを思わせる。生態学上の馴化

acclimatizationという語に含まれるclima（気候）は、もともとは太陽光線の傾きや斜面の傾きを示したものだが、日照や気圧、空気といった要素にニーチェはとりわけ敏感だった。気象条件の微細な違いを感じとり、土地の成り立ちを知ること。どういう風土を選び、あるいはどういう風土を避け、その土地にどんな作物が根付くかを知ること。生物や作物にどういう養分を与え、どう育てるかを知ること。これはまさに「庭づくり」の感性である。自分を含めて、各地を転々とする放浪の哲学者が相手にしていたのは個々の土地というより、さまざまな風土と微気候《ミニ・クリマ》を抱える「庭」としてのヨーロッパ全体ではなかっただろうか。

一方で、「頭を使わないで、時間がかかり、労力を費やす本当の仕事」を与えてくれるニーチェの野菜畑の構想は、十九世紀の後半に余暇利用と健康増進を目的として都市住民間に広まった集合式の小庭園、シュレーバー・ガルテンの構想とも近いところにある。ナウムブルクに近い大都市ライプチヒに、医者であり教育者でもあったダニエル・ゴットロープ・モーリッツ・シュレーバー（一八〇八―六一）の理念を引き継いで、花壇と体操場を備えた子供用の教育施設として最初のシュレーバー・ガルテンが開かれたのが一八六五年。ちょうどニーチェがライプチヒ大学に在学していた時期にあたる。古典研究に没頭する学究がこのころその存在を知っていた形跡はないが、バーゼル時代には、健康上の理由からシュレーバーの『室内体操教本』の最新版を書店に注文した記録がある。自らの健康状態の悪化と歩調を合わせるように、ヨーロッパ近代の文明社会の虚弱体質と退廃への批判を過激化し、ドイツの鈍重な風土を呪い、「戸外での自由な運動の際に生まれたのでない、おまけに筋肉もともに祭典を祝わないような思想は信じるな」とまで断言するニーチェならば、都市生活と工業化によって損なわれた心身に庭しごとや体操を通じて自律と健康とバランスを取り戻させようとするシュレーバー流の作業療法に少なくとも反感は抱かなかったはずである。もちろん、その保守性や集団性は受け入れがたかっただろうが。

ただ、長い放浪生活の末にも、やはりニーチェは自力では自分の庭にたどり着くことはできなかった。「自力では」とことわったのは、晩年の彼は少なくとも一時的に庭を思わせる環境に置かれるからである。生活史をたどれば、放浪の哲学者は一八八八年の末から八九年の年頭にかけて滞在先のトリノで精神錯乱の兆候を示し、直後にバーゼルの神経科病院に移送され、さらに母親のはからいで故郷に近いイェナの精神病院に収容される。イェナでの入院は一年あまりにおよぶが、その後母親の強い希望でナウムブルクの母親宅に引き取られ、一八九七年に母親が死ぬまで七年あまりを、主に彼女による看病と庇護のもとで生活する。幼時を再現するような母子の共同生活は、それ以前の変転に満ちた遍歴に比べて、たとえそれが精神錯乱に陥った末の荒廃の結果であったにしても、いかにも平穏で単調に見える。決まった時間に起き、決まった食事と水浴をし、毎夕散歩に出て、ふたたび寝につく。意味深くもヴァインガルテン十八番という地番を持つ住居で、母親の庇護のもとに営まれるこの単調な生活は、日々の作業の繰り返しからなる庭での日常を思わせないだろうか。この時期のニーチェを描いた一枚の絵がそんな連想を誘う。クルト・シュテーヴィンクというヴァイマールの画家が療養中の哲学者の写真を撮り、写真をもとに仕上げた大作がそれである。絵の中のニーチェは、ベランダを鬱蒼と埋める木の葉と植木鉢のアーチに囲まれて、さながら緑陰の四阿《あずまや》で憩う人のようだ。擬古典調の神殿を模した額縁

シュテーヴィンク「ブドウの葉陰のニーチェ」(1896)

はいかにも大仰で絵と不釣りあいだが、その梁に刻まれた銘文は、いまは余生を送る賢者＝庭師の境遇にふさわしいものとして読める。

すべては死滅し、すべてはまた花開く
存在の一年は永遠に回り続ける。

引用のもとである『ツァラツストラ』の第三部「癒されゆく者」ではこの詩句はさらにこう続く。

すべてはこわれ、すべてはまた組み立てられる
存在の家はまた同じく永遠に建てられる。
すべては別れ、すべてはまた出会う。
存在の輪は永遠にもとどおりに結ぼれる。

傷ついた体を休めるために永い眠りをむさぼったツァラツストラに向かって永劫回帰の思想をこう要約し、「あなたの洞窟から出でよ、世界はひとつの庭のようにあなたを待ち受けている」と呼びかける

のは賢者に仕える動物たちである。しかしニーチェ自身はこの呼びかけに応ずることはついになかった。

ちなみに、母親は木の葉に覆い隠されて人物が引き立たないこの肖像画を気に入らなかったというが、永劫回帰を体現するかに見えるこの閉ざされた「庭」のステージが、母親と、その代弁者である妹エリーザベトに宰領されたものであったことも見ておく必要があるだろう。牧師の未亡人であり、キリスト教の信仰篤い母親との関係は、青年期以降のニーチェにとっては大きな負担となった。保守的で頑迷なドイツの田舎町の典型であるナウムブルクについても、その気候が自分の体に合わない、と何度も嘆いていることはすでに触れた。先の菜園のプランが放棄されたのにはそういう事情もあったのだろう。後半生のスイスやイタリアをめぐる恒常的遍歴生活は、母と妹の呪縛からひたすら遠ざかるためであったとも解釈できる。一方でこの一人息子は深く母親に依存していて、旅先でも定期的に食糧や衣料品の包みを送ってもらうのを常としていた。また妹のエリーザベトはバーゼルで兄の住居に長期間同居して身の回りの世話を焼くのがしばしばだった。その意味で、精神錯乱ののち故郷に用意された隠棲の庭は、親密だが呪縛に満ちた母子空間の再現といえるのだ。この親密圏は母親の死後も、ニーチェが息を引き取る一九〇〇年までヴァイマールの妹のもとで引き継がれることになる。

ニーチェと庭をめぐるエッセイを閉じるに前に、もうひとつのエピソードを取り上げておこう。長く兄の世話を焼いた妹エリーザベトは、同じワグネリアンだったベルンハルト・フェルスターと意気投合して、彼と結婚する。フェルスターは過激な反ユダヤ主義者としても当時ドイツで名を知られていたが、「ユダヤ人種に汚染された」ヨーロッパを離れて、南米パラグアイの奥地の原野で、アーリア人の

パラグアイのヌエヴァ・ゲルマニア

純血種の保護と繁栄を謳った「新ゲルマニア《ヌエヴァ》」を名乗る、厳格な菜食主義者のための農場を拓く。結婚後、エリーザベトもパラグアイに渡って夫とともに農場の経営にあたるが、この計画は熱帯林の予想以上に過酷な自然条件と資金難のために間もなく破綻し、フェルスターは自殺する。その後エリーザベトは農場を放棄してナウムブルクに帰って兄の世話をし、兄の死後はヴァイマールを拠点にその著作の普及宣伝に心血を注ぐのである。フェルスターの農本主義の反ユダヤ主義的コミューンはいかにも奇矯なものに見えるが、都市からの脱出、ユートピアへの願望、菜食主義をはじめとする「健康」志向、そして「種」の維持という生物学的志向など、自然回帰を謳った同時代の生活改革の実験と多くの方向性を共有している。これもまた「庭づくり」のひとつの試みだったといえないだろうか。

2 ビンゲンの女庭師

ドイツ中西部のトリーアという町に縁あって一年あまり暮らしたことがある。西ヨーロッパをスイスからオランダまで南から北に流れる大河ラインは中流域でいくつかの河と合流するが、そのうちのフランス側から流れこむ河のひとつがモーゼル川で、ドイチェ・エッケと呼ばれる合流点からちょうど百キロさかのぼったところにトリーアがある。古代ローマ以来、二千年の歴史を誇る「ドイツ最古の都市」として、数々の古代遺跡と歴史的建造物を残し、またカール・マルクスが生まれた町としてそれなりに名は通っているが、観光客向けのすこぶる牧歌的な町である。この町はやはりローマ人が教えたワインの一大集散地としても有名で、蛇行するモーゼルの谷の斜面には、さわやかな酸味のリースリング種の白ワインを産む葡萄畑が一面に広がっている。夏の午後など、丈の短い葡萄の樹が整然と植えられた緑なす斜面を川岸から見上げるたびに、丹精をこめた庭の奥深くへ、見えない誰かの手に導かれていく思いがしたものだ。

神からの霊感を受けるヒルデガルト・フォン・ビンゲン

そのトリーアがヒルデガルト・フォン・ビンゲン（一〇九八―一一七九）とかかわることをつい最近まで気がつかなかった。「トイトニア（ドイツの古称）の女預言者」、「ラインの巫女《シビュレ》」と呼ばれたこの十二世紀の女性神秘家が生まれたのは中部ライン地方で、名前に冠されるビンゲンは彼女の修道院にほど近いライン河畔の町である。しかしトリーアは、この女性が神秘家として認められるにあたって画期をなした地でもある。少女時代にベネディクト派修道会に入り、やがて女子修道院長となったヒルデガルトは、四十歳のころから激しい霊感を得て幻視や見神を体験するようになる。存在と信仰を根底から揺るがす「稲妻のような白昼夢」の襲来をたて続けに受けた彼女は、それをラテン語の文書として書きとめる一方、当時もっとも影響力の大きかったクレルヴォーの修道院長ベルナールを頼って、一連のヴィジョンが果たして神の啓示や恩寵と矛盾しないかどうかを問う書簡をしたためる。これを受けてベルナールは司教座のひとつであったトリーアにおいて一一四七年から翌年にかけて三ヵ月にわたり開催された公会議の席上で彼女の幻視を取り上げ、居並ぶ枢機卿や司教に対してその内容を示し、それを擁護したのである。その結果、ヒルデガルトは教皇エウゲニウスから「神への愛の焔に燃えている」ことを称える文書を送られ、正当な幻視者として公認された。

ただしヒルデガルトは地上を遠く離れた神秘家ばかりであったわけではない。女子修道院長であった彼女の活動は、植物学、動物学、医学、薬学、さらには建築や作詞作曲などきわめて広範におよぶ。むしろ見神体験で得た人類救済史的なヴィジョンを、地上と天上の万物を統合する壮大な世界観にまで高めた汎知学《パンゾフィー》的な体系性に、中世最大の女性賢者とも呼ばれるこの人物の面目があろう。とりわけ目を引くのは、彼女が神秘学的著作と並んで九巻におよぶ博物学的な著作『自然学』*Physica*と、実践的な医学書『病因と治療』*Causae et Curae*を残していることである。神秘学的な著作に比べて実用書の性格が強い二つの著作については、後代に大幅な増補や加筆が施されている事情も含め、ヒルデガルト自身がどこまで筆をとったかは定かでないとされてはいるものの、その知識が中世には他に類を見ない医療実践と自然観察に裏打ちされていることは間違いない。その故あってか二十世紀の初めに「ドイツ最初の女医」として再発見されて以来、近年になってヒルデガルトは神秘家というより博物学者として、さらには、近代医学に対する代替的選択肢としての自然療法やホリスティック医学のさきがけをなす「癒し手《ヒーラー》」としても注目されているのである。

ところで『自然学』は独自の庭園論であり園芸書でもある。ベネディクト会修道女としての彼女が庭しごとに深いかかわりを持っていたことはいうまでもない。六世紀にヌルシアのベネディクトゥスが創建したこの修道会は、自給自足的な僧院生活と病人の保護や治療のために早くから僧院内に薬草園や野

ストラボ『園芸詩』より

菜畑を備えていた。ザンクト・ガレンや、ボーデン湖に浮かぶ小島ライヒェナウの修道院にも九世紀に由来する植物園を兼ねた大規模な庭園もしくは菜園があって、ライヒェナウの修道士ストラボは『園芸詩』でこの小島での庭しごとの喜びを歌っている。そもそも氷河期の影響できわめて植生の種類に乏しかったアルプス以北のヨーロッパの内陸部に、薬草をはじめさまざまな有用植物を移入・伝播するにあたって修道院の庭が果たした役割はきわめて大きい。それは一種の馴化植物園であったし、栽培や利用のために医学や本草学の文献を収集し、継承したのも修道院である。ヒルデガルトの実践もこの伝統の延長上にある。

庭しごとにいそしむ女子修道院長は、しかしもうひとつの古典的伝統の上にも立っている。すなわち四周を垣根や壁で囲まれた「閉ざされた庭」hortus conclususにいる聖処女マリアのイコノグラフィーである。「閉ざされた庭」そのものは古典古代やアラビア世界にも広く見受けられる文学的・絵画的定型《トポス》であるが、少なくともキリスト教の伝統においては、囲まれた園の中に鎮座するのは聖処女マリアで、越えがたい壁は彼女の無謬と純潔を象徴するとされる。挿絵に掲げたストラボの『園芸詩』に付けられた木版（ただし十六世紀の刊本による）もこの約束ごとに沿って描かれていて、いかめしい忍び返しのついた板塀に囲まれた庭園で庭を手入れする四人の貴顕の女たちは、門口に立つ男性の訪問者、闖入者には目をくれようともしない。外からいかなる誘惑や危難が迫ろうとも、来たるべき聖霊降臨の日のために貴重な庭園を整え護るマリアの侍女たち、というのがこの絵の見立てだろう。ヒルデガルトの創設した二つの女子修道院が、信仰生活の拠点であるとともに現世の荒波から人々を庇護する場所であったことはもちろんである。そういえば、彼女の名には人を庇護する囲われた場所としての《庭《ガルテン》》の「ガルト」が含まれている。聖なる庭を護る女庭師がここにいる。

もっとも、庭が外部に対してもっぱら防護的なものにとどまり続けるならば、『自然学』は生まれようがない。ヒルデガルトの自然観察や博物学的関心は、むしろ閉ざされた秘密の庭を外部の自然界に向けて限りなく開こうとする志向から生まれたと思われる。いわば森羅万象をそっくりそのまま「神の庭」とみなすのである。

この志向の根底には、この世の初めに完全無欠な被造物であったにもかかわらず神の意に背いて堕落した最初の人間アダムの子孫である人類を、造物主が用意した楽園に再び帰還させるという、彼女独自の救済史観があることにも触れておくべきだろう。堕落のあとに長く苦しい遍歴があるにしても、最後には恩寵が待ち受けていて、しかも主は最愛の被造物である人間が楽園に帰り着くために、人間以外のすべての被造物に帰還のための徴《しるし》を施された、とするのである。楽園への帰還を待ち望むアダムの子孫

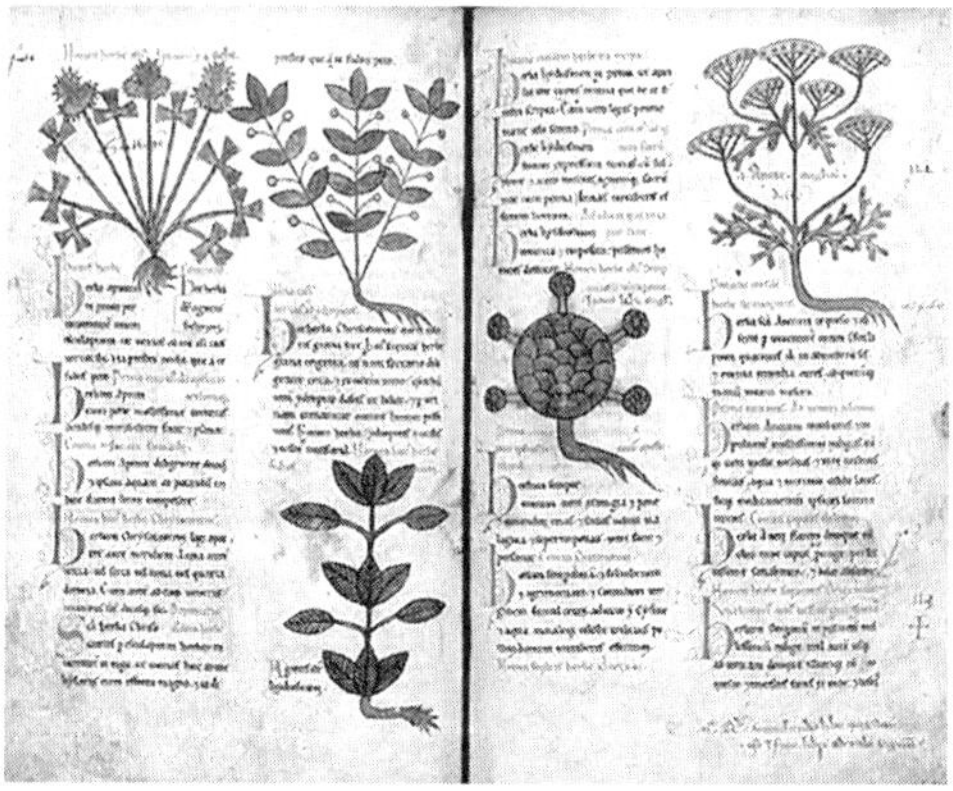
『自然学』*Physica*の写本の一頁

たちに、そのための道しるべを示そうとするヒルデガルトにとって、世界は神聖な徴に満ちたものであり、そこではすべてが意味を持ち、利用できないものは何ひとつない。だからこそ『自然学』と『病因と治療』はあわせて「自然のさまざまな被造物の隠された諸性質の書」と呼ばれるのだし、その徴を細心に読み取ろうとすればこそ、人体の生理や自然の事物への正確な観察がなされるのである。

たとえば『自然学』の第一巻「植物の書」の最初ではアダムのもととなった土についてこんな考えが述べられる。「土から人間が造られたとき、別の土が取ってこられて、それが人間になった。これに生命の宿っているのを感じたために、あらゆる元素は人間にかしずき、人間の行いのすべてに応えてそれを支え、人間もまた元素たちの力となった。そして土はその緑の力（Viriditas）を人間の成り立ち、天与の性質、性格、その他もろもろの特性に応じて賦与した。すなわち土は有用な植物を通して人間の精神的な性情に基づく行いを個々に教え、一方役に立たない植物を通して人間の邪悪で、悪魔的な特性を開示するからである。」

「緑の力」とはヒルデガルトの医学や博物学に頻出する、生命のエッセンスを示す概念であるが、必ずしも緑色をしているわけではなく、土の中、人間の体液や組織、あるいは植物をはじめ自然の万物にあまねく存在するとされる。この力を選別や料理法によっていかに有効に人間の中に取りこみ、増幅もしくは調整するかが庭師兼医師たるヒルデガルトの手引きするところとなる。

植物についてはまた、次のようにいわれる。「どの植物も温か冷のいずれかの性質を帯びており、温の植物の熱は魂を、冷の植物の冷気は肉体を示すためにそれぞれに応じて成長する。植物はその特性である熱気か冷気かのどちらかが十分に満ちたとき、旺盛に育つ。もしすべての植物が温に属していて冷の植物がなければ、それを使用するにあたって正反対の効果を生むことになろう。逆にすべてが冷で温がなければ、同じく人は平衡をくずすだろう。というのも、温の成分は人間の中の冷に、冷は人間の中の温にそれぞれ対抗しているからである。」

この一節を読む限り、ヒルデガルトの医学・自然学の体系は東洋の陰陽バランスに基づく養生法や漢方医学にきわめて近いものと見える。三百種類近い植物のみならず、魚、鳥、獣、爬虫類、さらに石や金属にまで薬効と治癒力を探った『自然学』は、いまはやりのアロマテラピーやオーガニック料理の格好のヒント集でもある。

現代の流行はさておき、女庭師としてのヒルデガルトが教えるのは、自然界そのものが広大な神の庭であり、瞑想 Vita contemplativa と実践 Vita activa が均衡する癒しの場であることではないだろうか。この教えに導かれた人は、自分の丹精する庭がたとえささやかな片隅であろうと、それが一片のエデンを含むことを感得するはずである。

3 お庭でグリム

都市でも田舎でもいい、ドイツで通りがかりにあちこちの民家の庭をのぞいていると、小びとの置物にしばしば出くわす。きまって赤いとんがり帽子をかぶり、原色で塗り分けられた、陶器かプラスチック製の、どのみち高級とは見えない置物である。とはいえ庭道具や楽器を手にしている彼らは、日本でもよく見かけるディズニー版「白雪姫」の小びとたちのコピーというわけではない。庭の小びと《ガルテンツヴェルク》とは、すでにバロックの庭園に原型があるれっきとした置物のジャンルで、市民の庭園が一般化した百年以上前から園芸用装飾品として量産されてきた、ドイツの庭には馴染みの小物である。園芸店の店先に赤い頭がずらりと並んだ様子は、縁起物のダルマの列を思い起こさせる。滑稽でキッチュなマスコットというのが現代の彼らの役どころだろう。

もっとも、小びとたちは単なる装飾として庭先に置かれているわけではあるまい。「白雪姫」の小びともそうだが、ツヴェルクはゲルマン神話では大地の奥に住む精霊で、地中に作用するもろもろの力を

象徴していて、その仕事は山の中で金銀鉄鋼その他の地下の財宝を採掘し、それを鍛造したり護ったりすることにあるとされる。とんがり帽子は角《つの》の痕跡だし、膝まで達する長い白ひげは超自然的な長寿のあかしだ。時にはまめまめしく家事を手伝い、思いがけない宝を分け与えてくれる親しみ深さと幇助の力も彼らの特性である。いまはすっかり毒気を抜かれて家庭化された無害な置物になり果てているものの、土くれや大地の生命力と親和性を持ち、かつ人懐こい彼らにとって、市民の庭は格好の落ち着き先なのかもしれない。

ヤーコプとヴィルヘルムのグリム兄弟が収集・再話した『子供と家庭の昔話集』（初版一八一二年）では、小びとたちの領分はもっぱら深い森の中や岩山の奥にあるとされる。「森の中の三人の小びと」では冬のさなかに継母に追い出された女の子に野イチゴのありかを教える三人の小びとが住むのは森のただなかの小さな家だし、「地もぐりの小びとたち」は山奥の穴の中に広壮な館を構え、財宝を貯えている。森の豊かな自然や、人間には閉ざされた地下の世界に住み、自然の神秘に通じていながら、地上と地下を自在に行き来して、人間界と自然界をつなぐ存在で、人間に危害も加えれば幸運をもたらしもする。ただし、異形でありながら野獣や怪物と、あるいは魔女たちとも違って、いたずらや、悪ふざけが好きで、お人よし、軽率、短慮といった愛すべき側面も備えている小びとたちは、人間の側の優位を端から認めていて、その願望充足に積極的に手を貸す。彼らはいわば、昔話の中で最初から飼いならされ《ドメスティケイト》ているのだ。

飼いならされているというなら、グリム兄弟の伝える昔話そのものが、もとは家庭という保護された

フィーマン夫人のもとで昔話を聴きとるグリム兄弟。「ガルテンラウベ」(1892) より

領分で採録されたものである。一八一二年に刊行された『子供と家庭の昔話集』第一巻の初版には、ドイツ中部の小都市カッセルに移り住んだ兄弟が、親しかった近所のいくつかの家族から聞き書きした八十六話が集められた。語り手はいずれも裕福な家庭に育った平均以上の教養のある女性たちで、彼女たちの口から語られた時点で、昔話はすでに素朴な言い伝えではなくなっている。初版の序文には昔話について、「暖炉の周り、台所のかまど、屋根裏への階段、いまでも祝われている祭日、静けさの中の牧場や森、そして何よりも濁りのない想像力が、それらを守り、時代から時代へと伝えてきた生け垣となった」とあるが、ことはそれほど自然でも素朴でもない。女性たちの口から語られた時に露骨さや猥雑さが取り除かれている「お話《メールヒエン》」は、文字化される過程でさらに変形を被らざるをえない。半世紀、七版におよぶ改訂によって昔話は、モチーフの整理や取捨選択が施され、筋立ての一貫したものとして組み直され、混合や追加によって、一見素朴な「昔話らしい」外観を持った、グリム風ともいうべき独特の語り口で編集し直される。勤勉、努力、正直、規律、清潔、家族のきずなの重視、倫理的行動の要請、といった市民的価値観が前面に出てくるのもその特色である。

こうした編集作業を通じて、グリム昔話は良家の子女に読み聞かせるためのテキストとして、十九世紀ドイツの市民階級に定着していったのである。

そうした読み聞かせが行われる場所として、庭は申し分がない。それも王侯貴族の広壮な庭園などではなく、緑の木陰と静寂が確保されれば、こぢんまりとした私的な庭のほうがふさわしい。グリム兄弟による最初期の収集メモには、いくつかの話について「庭で」あるいは「園亭の暖炉のそばで」と、実際に聞き書きが行われた状況が記されているが、市民の庭はすでにこの時代に共同作業や栽培といった農業の実用的な目的から切り離された、親密な団欒と余暇のための場になっていた。しかも、読書ができる階級の台頭（グリム兄弟と、その周辺の人々がそうである）によって、庭には別の価値が付け加わる。すなわち庭は子供にとって、屋外で家族に見守られて安心して過ごすことができる情愛にあふれた場所であると同時に、読み聞かせや読書によって最初の教育が行われる場所となるのである。庭での団欒や教育が母親を中心とする女性たちによって宰領されていることも見落とせない。庭は母親（ただし、労働とは隔たった所にいて、育児と家庭教育に専念できる読書階級であることが前提される）が一座の中心になって読み聞かせを行い、子供たちがそれに耳を傾ける場である。そこでは最初の読み書き以外に、秩序と清潔、礼儀と

ルートヴィヒ・グリムによる『昔話集』扉絵（実際には使用されなかった）

節度、現状への満足、家族の情愛や兄弟の連帯といった市民的美徳も教えられる。その意味で、ここで生まれた新しい庭は、母と子の絆を重視する小家族の形成によって生じた、秩序と安全の確保された「良き子供部屋」の延長上にある。それは外界の喧騒からも日々の労働の辛苦からも隔たり、幼いものを保護してくれる、快適でくつろいだ親密な空間である。こうした牧歌的な「子供の庭」のイメージは『昔話集』の挿絵でも繰り返し描かれることになる。

庭はしかし、グリムにおいて、物語が保存され、語りだされる現場であるばかりではなく、物語そのものの中で特別なことが起こるシンボリックな場でもある。グリム兄弟が昔話を収集するにあたってモデルとなった話のうちに、画家フィリップ・オットー・ルンゲによって提供された二つの話がある。そのうち「杜松《ねず》の木の話」で庭は超自然的な力が現出して魔法が行われる舞台となる。

M. v. シュヴィントによる「杜松の木」への挿絵

——ある男の妻が、子供を授かるよう庭の杜松の木に願うと、願いがかなない男の子が生まれるが、杜松の木の実を食べた妻は死んでしまう。その後、男が再婚した妻に女の子が生まれると、継母は先妻の子を苛み、大きな箱に入れたリンゴを男の子に取らせている間に、重いふたを閉じて首を切り落としてしまう。殺害の罪を着せられた妹は、だれにも知られないように兄の肉を刻んでスープに料理し、父親を含む一家はそれを平らげる。妹は食べ残した骨を絹の布に包んで、杜松の木の下に置く。すると木から靄が出て鳥が現れ、この鳥の歌う歌で犯罪が露見し、継母は庭先で石臼を頭上に落とされて罰を受け、死んだ男の子が生き返る、というのがその筋である。

ここでは庭は「飼いならされる」どころか、太古の神話の痕跡をあらわにとどめる審判の場となる。グリム自身がこの話に注釈を付け加えているとおり、杜松の木は常緑の針葉樹で、ヨーロッパでは古くから若返りをもたらす霊木として崇拝されてきた樹木である。また、切り刻まれた肉体が包まれたり継ぎ合わせたりして復活するのは、エジプト神話のオシリスやギリシャ神話のオルフェウスといった不死の神々と共通する特性であり、ゲルマン神話にも骨を集めると人や動物が生き返るエピソードがある。さらに古代ゲルマンの世界では、庭は神聖な樹木のもとで裁判と刑罰が行われる場でもあった。杜松の木とよく似た機能を果たすのは、「灰かぶり」で母親の墓の上に生えたハシバミの木で、この木は娘を幇助する聖霊の依代の役割をする。ほかにも庭は、高い塀で囲まれた禁断の区画であったり（「ラプンツェル」）、地下の世界への入り口となったり（「地もぐり小びと」ほか）、動物への、もしくは動物からの変身のきっかけをなしたり（「蛙の王さま」ほか）、いずれにしろ神威が現れて不思議なできごとが起こる場所である。

もともとグリム兄弟の昔話収集は、サヴィニーのもとで歴史法学を学んだ彼らが、口伝えにされてきた民間伝承の中に、すでに失われてしまったと思われた神話や習俗の痕跡を求めた民俗学的関心から始められたものだった。特に兄のヤーコプの場合、言語遺産の中に古代ゲルマンの神話や法の残滓を見てとろうとする態度は一貫していて、その学問的成果は『ドイツ神話学』や『ドイツ法律故事誌』に結実している。『昔話集』のたび重なる改訂と増補は主に弟のヴィルヘルムの手になるものだが、神話的な起源を持つ魔法物語としての実質がそれによって損なわれたというわけではない。むしろ、グリム昔話の特色は、神話の痕跡を含む古い層と、民衆的で素朴な語りの外観を持ちながら近代的な児童読み物として仕上げられた層とが、継ぎ合わされていることにある。庭についていえば、子供部屋の延長上にあって、快適さとある種の懐かしさを備えた、保護された領域である市民の庭の観念と、本来は地下の国、死者の国に由来する神威発現の場、時には裁判や刑罰の場となった庭という異教的・古代的観念が重なっているのである。

この重合は矛盾ではない。グリム兄弟が昔話の収集を始めた一八〇六年は、ドイツに侵攻したナポレオン軍が、兄弟が暮らすカッセルの街を占拠したのと同じ年である。昔話の採取を通じてゲルマンの古層からドイツの民族的記憶を掘り起こす作業と、それを保持し伝承する家庭的空間を整える作業は、実は同じ志向に基づいていることを見なければならない。その志向において『子供と家庭のための昔話集』*Kinder- und Hausmärchen*という標題そのものが、ドイツ国民に向けたメッセージとなる。「子供《キンダー》」は大人とは別の養育すべき者たちというより、次代を担う幼い同胞たちの集合を指し、「家庭《ハウス》」は個々に営まれる家政を超えて、古代ゲルマンから神聖ローマ帝国まで連綿と続いたドイツの古層ではぐくまれてきた（と兄弟が確信する）集合的な家郷、取り戻されるべき故郷の観念に向けて開かれているのである。

4 隠者と小びと

ロシアのサンクト・ペテルブルクにあるエルミタージュ美術館はいうまでもなく世界最大の収蔵量を誇る美術館である。エルミタージュという名が「隠者の庵《いおり》」を意味することも知られていよう。この美術館はもともと女帝エカテリーナ二世が冬宮殿の傍らに、一人こもって礼拝所で祈りを捧げるために建てさせた別邸で、これをいまも「小エルミタージュ」と呼ぶ。ネヴァ河に沿って居並ぶ壮麗な収蔵館群全体の中ではなるほどささやかな建物だが、それでも隠者の庵というには立派すぎる。

エルミタージュはもともと、初期キリスト教で人里離れて一人で砂漠や荒野をさまよいながら厳格に禁欲的な隠遁生活を送る独居隠士《エレミート》が仮住まいをする雨風をよけるためのごく簡素な居所を指す。語源のエレモスはギリシャ語で砂漠や荒野、さらに「孤独」を意味する語である。時には岩窟や樹のうろ、廃屋がそのまま仮住まいとして利用されることもあった。聖書のラテン語訳を成し遂げた聖ヒエロニムスはもっともよく知られた独居隠者であるが、この時、彼も洞窟にこもっていたとされる。

ところが時代を下るとエルミタージュは宗教的な目的を離れて、王侯貴族が公の目をのがれて休養や隠棲をするために設けた世俗的な小宮殿、別邸、離宮、ヴィラなどを指すようになる。たとえばバイロイトの王宮付属公園はバロック式庭園であるが、いくつもの城館や池泉を含む掘割に囲まれた広大な敷地の全体がエルミタージュと呼ばれている。

ただし、そこにも岩窟《グロッタ》や隠者の庵を思わせる鄙びた小屋は点在していた。ルイ十六世がマリー・アントワネットのために建てたヴェルサイユの宮殿プチ・トリアノンの敷地には、ハモウと呼ばれる人工の飾りものの農村が設営されて、農家や乳しぼり場、水車小屋、養魚場までが取りそろえられたが、ここでは隠者の庵も宮廷人が書割めいた田園風景を使って牧人劇に興じるための小道具のひとつにすぎない。

「隠者の庵」と呼ぶにふさわしい鄙びた小屋が別の目的で庭園に取り入れられ始めるのは、十八世紀後半のイギリスの風景式庭園においてである。風景式庭園は同時代のフランスの幾何学的にデザインされた整形庭園に対して、自然の地形を生かした景観美を追求する庭園様式であるが、イギリスの富裕な好事家たちが広大な敷地に設営した庭園に隠者の庵が盛んに建てられたのには理由がある。一五三六年に国教会としてカトリックから独立したイギリスにおいては、隠者はすでに禁欲なり祈祷なりの宗教的な意味を失った形象だった。そのイメージはドルイド教のようなかつてあった異教とも容易に混じりあう。隠者は、すでに存在しないからこそ、余計に空想をかきたてるのである。人造の廃墟、墓碑、グロッタ、異教の神殿、霊廟、ピラミッド、岩山、農家の納屋、タタール人の天幕、中国風のパゴダ（塔）、ゴシック風の教会や修道院の断片など、時代も出所も異なる奇抜な人造物が庭園内に設営された

ギルバート・ホワイト『セルボーンの博物誌』(1777) の扉絵

のも同じ理由からであろう。ちなみに、キヨスク、パーゴラ、ガゼボ、パヴィリオンなど、現代の造園術にも引き継がれる異国風の意匠もこの時代に庭園デザインに導入されたものである。実用的な目的をまったく持たないこれらの鑑賞用建築物は、その奇抜な外観ゆえに「フォリー」(愚行、道楽、陽気な戯れ)と一括されるが、風景式庭園のめざす「ピクチャレスクな」(絵のように美しい)効果を高めるために不可欠な添景だった。

めざされたの美的効果だけではない。隠者の寓居をはじめ、廃墟や墓碑、グロッタといった陰鬱な連想を誘う小建築物は、特定の感情を引き起こすために置かれた小道具だった。英文学者ゴードン・キャンベルの『庭園の隠者』(*The Hermit in the Garden: From Imperial Rome to Ornamental Gnome*. 2013. Oxford UP) によれば、十八世紀半ばに案出された風景式庭園は、ルソーの思想に影響を受けて、そこを訪れ、景観を見る者が自然に感応して孤独な瞑想や内省へと導かれ、さらには憂鬱を感じる場となる。メランコリーは現在では気分の消沈を示す陰気な言葉だが、十八世紀においてはむしろ感受性の高まりを示す高尚で深遠な概念であった。小トリアノン宮殿から見える擬似的な農村風景が単純素朴な田園生活の美徳を賛美していたとすれば、風景式庭園はそこを訪れる者の自然に対する感応力を高め、俗界から切りはなされた孤独な観照を通じて「悦ばしき憂鬱」を感得させる装置なのである。

そうした「瞑想的」効果を高めるためのもっとも奇抜な思いつきは、「装飾隠者」もしくは「雇われ隠者」という存在であろう。これは個人の所有する広壮な庭園に設けられた小庵や洞窟に、生身の人間をわざわざ雇って隠者の扮装をさせて住まわせるもので、先に挙げたキャンベルによれば、領主自らが隠者に扮することもあったが、雇われた隠者は実際にいたらしい。ある庭園の持ち主が掲出した募集広告では、契約に基づいて雇われた隠者は「隠者らしく振る舞う」ことを要求される。すなわち、身にまとうのは荒毛織の粗末な僧衣か毛皮のみで、髪の毛や髭をのばし放題にしなければならない。手足の爪を切っても、身体を洗ってもならない。庭園内で貸し与えられる狭い庵や岩窟には、小卓と椅子と粗末な寝台のほかには、孤独な修道生活を示す持ち物として読書用眼鏡や書物、それに現生の無常を教えるための砂時計やされこうべだけを置くことが許される。さらに隠者は来訪者に対して完全な沈黙を守ることまで求められる場合もあった。七年間と定められた雇用期間の俸給は賄いつきで金貨七百ギニーと破格であるが、先の約束を破ったり、期間の途中で放棄した場合には、俸給は御破算とされる。

ただし、こんな雇われ隠者の数は実際にはそれほど多くなかったらしい。やがて十八世紀も末近くなると隠者は木彫りの像や機械じかけの人形にとって替わられ、世紀が改まるや風景式庭園の流行も、メランコリーの礼賛もすっかり下火になるに伴って庭から消え失せてしまう。

ドイツでも風景式庭園は隆盛をきわめた。宮廷付属のバロック式庭園が風景式に改修されたものを含めれば、その数はむしろイギリスより多いくらいである。そうした庭園には、本家に倣って人造廃墟やグロッタ、異国風建築といった定番の鑑賞用景物とともに、エルミタージュもきまって設置された。ドイツにおける風景式庭園の代表例とされるデッサウのヴェルリッツ庭園も同様であるが、博愛主義を謳う啓蒙君主であった庭の主が、装飾用の生きた隠者をわざわざ雇ったとは思われない。

むしろ、隠者の形象は文学や美術において大きな反響を呼ぶ。疾風怒濤からロマン派までの文学の展開はドイツにおける風景式庭園の発展期と重なるが、感情の崇拝と自然への帰依、さらに過去への沈潜を主調とするこの時期の詩文に隠者の形象があまた登場する。表題だけを見てもハイデルベルク・ロマン派の雑誌『隠者のための新聞』、クリンガーの『森の隠者』、ヴァッケンローダーの『芸術を愛するある修道士の心情吐露』、アイヒェンドルフの詩「隠者」、少し時代を下ってE・T・A・ホフマンの『隠者セラーピオン』。ゲーテの初期の戯曲『サチュロス、あるいは偶像化された森の悪魔』にも幕開けに隠者が登場する。

ドイツ・ロマン派の画家カスパー・ダーヴィト・フリードリヒが描く幻想的な風景画にも孤独にさまよう隠者の姿を見ることができる。荒涼と広がる海と空のほかには何も見えない浜辺にたたずむ僧侶（「海辺の修道僧」）や、幽かな月明りのもと、廃墟となった修道院を取り巻くねじれた樫の木々と墓場の

カスパー・ダーヴィト・フリードリヒ「樫の森の中の修道院」(1817/19)

間を歩む一群の修道僧(「樫の森の中の修道院」)ばかりではなく、フリードリヒが広大な自然の添景として描く後ろ姿の人物像は、いずれも孤独な隠棲を連想させ、現世を離れた無限への憧れと憂愁をかきたてずにはおかない。一方、ビーダーマイアー期の画家カール・スピッツヴェクの風俗画にも隠者や修道僧を描いた一連の作品があるが、そちらの隠者たちは、禁欲と節制の枷を緩め、だれにも邪魔されずに、孤独な中にもきわめて現世的な生活を謳歌している。隠者はすっかり世俗化してしまったようだ。

世俗化と類型化といえば、庭の置物の小びとも隠者が閲した変容と関連づけられるかもしれない。直前のエッセイ「お庭でグリム」ではドイツの家庭の庭に置かれている小びとたちを取り上げて、彼らツヴェルクがゲルマン神話で大地の奥に住む精霊の末裔でありながら、時代を下るとすっかり霊力を失って世俗化し、家庭内で飼いならされて飾りものと化している、と書いた。型に入れて整形した粘土を焼き固めて色を塗った置物の小びとたちがいまの形になるまでには、ゲルマン神話や民間伝承だけではなく、宮廷で雇われて宴席に余興で花を添えた侏儒や、それをいささかグロテスクに描いたジャック・カロの版画、さらにシレジア地方の鉱山に出没するリューベツァールという山の妖怪のイメージからの影響もあったようだが、風景庭園の隠者たちとの類縁も見落とせない。とんがり帽子と長いひげは、ドルイド僧の装束とも見えるし、時にはグロッタを住処として庭の見張り番をつとめている点でも、彼らの姿は重なる。なによりも、沈黙したまま庭の付属品と化し、雨風に耐えている姿は、不在となった装飾隠者の代用として隠者の庵に置かれた木彫りの僧形を思い起こさせる。ただし、この固形化された隠者の末裔が見る者に呼び覚ますのは、陰鬱な内省でも、広大な自然への帰依につながる崇高な感情でもなく、市民の前庭に似つかわしい無邪気な微笑である。

カール・スピッツヴェク「居眠りする隠者」

5 牧草地《ヴィーゼ》の記憶

世に「モーツァルトの子守唄」として知られるベルンハルト・フリース作曲の子守唄は「ねむれよい子よ、庭やまきばに、鳥も羊も、みんなねむれば……」と歌い出される。この慰みに満ちた緩やかな三拍子の歌を子供のころから何度耳にし、口ずさんだかわからないが、堀内敬三の訳詞で「牧場《まきば》」とされる場所はいったいどんな場所なのだろうかと、そのたびに想像をふくらませたものだ。この子は庭や牧場でほんとうに眠ってしまうのだろうか、その揺りかごは、牧場の柵越しに馬や羊たちに見守られているのだろうか、と。「牧場」がもとのドイツ語の歌詞（F・W・ゴッター作）では牧草地Wieseであることを知ったのはずっとあとになってからである。

「庭や牧場に」に続くところは、原詩ではEs ruhn Schäfchen und Vögelein / Garten und Wiese verstummt（羊と鳥はねんねして／庭も草地もひっそりと）となっている。子供は庭や牧場で眠っていたわけではなかったのだ。それにヴィーゼは馬や羊が飼われる場所ではなく、牧草地、つまり草地を意味する

らしい。

もっと驚いたのは、このことを知るのと前後して読んだ和辻哲郎の『風土』で、まさにこのヴィーゼがヨーロッパ的風土の本質をなすものとされていたことだ。この本には「三つの類型」という章があって、モンスーン地帯、砂漠と並んで「牧場」が登場する。ただし和辻は「牧場」という語を「Wiese とか meadow とかの訳語」だとことわって使ってはいるものの、「この訳語は全然あたっていない」という。「『まき』は『馬城』であって、牛込《うしごめ》、馬籠《まごめ》などと同じく、家畜を囲い置くところである。しかるに Wiese は家畜の飼料たる草を生育せしめる土地であり、さらに一般的には草原である。がまた草原という日本語は Wiese のように家畜の飼養との密接な関連を意味してはいない。」要するに日本にはヴィーゼにあたる言葉も、そのものも存在しない。そう前置きしたうえで和辻はヴィーゼを手がかりにヨーロッパの風土と文化の特徴を解明し、壮大な比較文明論を展開するのである。

和辻は夏の乾燥と冬の湿潤という気候条件のもとで育つ牧草地に、人間に抗わず、人間が管理しやすい「従順な自然」の象徴を見ようとする。ヴィーゼは現実の植生から離れて「牧場的なもの《ヴィーゼ》」へと拡大され、ヨーロッパの人間の活動と文化のいくつもの重要な特性がそこから解明される。いわく、従順な自然を相手にするヨーロッパの農業労働には、自然との戦いという契機が欠けている。そして自然が暴威を振るわないところでは自然は合理的な姿に己れを表し、人はそこから容易に規則を見いだすことができる。ヨーロッパの合理主義も自然科学も、「牧場的風土の産物」なのである。いま読めば、この考え方はあまりにも西欧中心主義的だとすぐ気づくが、読んだ当時は「従順な自然」というものがあることにひたすら驚いた。

ただ、現実のヴィーゼを知るようになると、それが和辻の考えていたものとはだいぶ違うこともわかってきた。ヨーロッパでは夏の乾燥と冬の湿潤が、夏草である雑草の繁茂を防いで、牧草地の叢生を可能にしているという和辻の指摘は植生学的にも正しい。絨毯のように柔らかい草の上に裸で横たわることができるのも、生いでたばかりの冬草を中心とするからだ。確かにそれは従順に見える。ただし牧草は自然に育つものではなく、土地を耕し、灌漑し、施肥し、種を蒔くことで維持されるものだ。生育後も、高度や気象条件によって異なるが、腰の丈まで草が育つと初夏から秋にかけて二回から六回の刈り取りが行われる。こうして、農耕や牧畜の目的で養生された豊かな緑地ができあがる。丈の高い草が定期的に刈られて日光が下まで届くので、そこには牧草のほか、ハーブや野の花が混じって育つ。「花いっぱいのヴィーゼ」というのもそのためだ。もうひとつ大事なのはそれが放牧地ではないことである。放牧を行えば、家畜が好む牧草はまず食いつくされ、雑草だけが残る。短いままになった牧草は深い根が育たずやがて枯死し、土地は荒地となる。放牧に任せず、伸びた牧草を人の手で一定の丈に定期的に刈ることで、牧草の新しい成長が促され、常に青々とした草地が保たれるのである。

和辻は触れていないが、牧草地が広まったのは農法の大きな変化による。すなわち、ヨーロッパでは耕作と休耕を繰り返す二圃式から、夏作物用の耕地、冬作物用の耕地、休耕地を三年で一巡させる三圃式へと十三世紀ごろに変わるが、その際、畑地を深く耕すために牛や馬を飼育する必要が生じた。家畜は春から秋にかけては休閑地で放牧されるものの、草のない冬の間は飼料を与えて育てなければならな

ブリューゲル「乾草の収穫（7月）」（1565）

い。飼料を確保し、特に冬期のための乾草を生産する草地がヴィーゼなのである。さらに牧草地が共同利用地であったことも重要である。三圃制そのものが開放耕地制と呼ばれる共同耕作によって運営されていたが、牧草地も村落が共同で管理・利用する一種の入会地《いりあい》であった。家畜やほかの動物が入らないように柵で仕切られた草地では利用方法が定められ、定期的に行われる草刈りや乾草づくりは村をあげての共同作業であった。

「七月」と題されたピーテル・ブリューゲルの絵はそうした村落総出の乾草の収穫を描いている。谷あいの牧草地には村人が散らばり、刈った草を集めたり、荷車にうずたかく積み上げたりしている。前景では若い娘たちがレーキを担ぎ、木陰では農夫が草刈り用の大鎌を研ぐ。右に向かうのは農作業後の宴のごちそうを運ぶ一行だろうか。乾草の収穫は年中行事であり、村をあげての祝祭でもあった。ヒエ

ヒエロニムス・ボス「乾草を積んだ荷車」(1490-1495)

ロニムス・ボスにも乾草を満載した荷車を中心に据えた三幅画がある。そこでは巨大な乾草の山の上で享楽に耽る人間たちの魂をめぐって、天使と悪魔が争っている。そう考えると、ボッスではもっとも有名な「悦楽の園」で、何百という裸の男女が動物たちと入りまじって奇怪な逸楽を繰り広げる水辺の鮮やかな緑の台地もヴィーゼで覆い尽くされているように見えてくる。

グリムの『昔話集』にもたくさんのヴィーゼが登場する。グリムの場合特徴的なのは、牧草地が人間の住む世界と、動物や魔物が跳梁する森、あるいは冥界とのつなぎ目となる中間領域をなすことで、そこは人ばかりでなく動物や妖精や魔女、小びとたちが行き来する場所であり、同時に森や冥界の脅威が薄れる場所でもある。だれもが知る「狼と七匹の仔ヤギ」では、母ヤギの留守に仔ヤギをだまして七匹のうち六匹までを呑みこんだ狼は、腹いっぱいになると「木の下の青々とした草地に出て」眠ってしまう。「ホレばあさん」では、母親に叱られて井戸に飛びこんだ娘は、気がつくと地面の下にあるきれいな草原に着く。そこは「お日さまに照らされてたくさんの花が咲き乱れる場所」で、その先にはパンで一杯の竈《かまど》がある。あるいは、魔女の手で醜いガチョウ番に変えられた娘は、月明かりの中、森から出た草地の池で顔を洗うと姥皮が落ち、もとのお姫様の美しい姿を取り戻す（「泉のほとりのガチョウ番」）。ヴィーゼは親しみに満ちた美しい場所であるばかりか、人間に恵みをもたらす場所でもある。

もちろん、牧草地は農業のさらなる発展に伴ってその機能を失う。農業史によれば、十八世紀まで続いた三圃制は、より生産性の高い、牧草より栄養価の高い飼料作物を栽培する輪栽式の段階へと徐々に移行する。この段階では開放耕地も牧草地も必要とされず、耕地は集合され私有化され（これが「囲い込み」である）、共同管理によって結びついていた村落共同体も解体を余儀なくされる。産業革命の始まるころにはすでに牧草地は多くの地域で農業的な基盤を失っていたと見てよい。いまではそれは変化から立ち遅れた、大農法がおよばない地帯、たとえばアルプスの山麓で辛うじて維持されているにすぎない。

だからといって、牧草地や乾草の山が人々の記憶からすっかり失われてしまったわけではない。ドイツでは十九世紀以降、農業とは無縁の都市の内部にもたくさんのヴィーゼが保養目的で設けられた。それは単なる緑地や芝生とは異なり、公園の中で木々に囲まれた一角に設けられた、かつての牧草地を彷彿させる花の咲き乱れる草地で、家畜はいないが定期的な草刈りで快適な状態で維持される。寝転がることができる広々とした草地リーゲヴィーゼはドイツの都市公園の定番であるし、ミュンヘンの秋の名物の大農業祭オクトーバーフェストが開かれるのもテレージエン・ヴィーゼと呼ばれる広場である。

十九世紀の中ごろから流行した自然療法には乾草風呂というものもある。もとはチロル地方にあった伝統的な療法で、適度に湿らせた乾草の中に裸で埋もれて、発酵熱で発汗と新陳代謝を促す。日本の砂

ミレー「秋・積みわら」(1874)

風呂やおが屑風呂に近いが、ハーブや野の花が混じった香り高い「新鮮な」乾草には、とりわけ癒しの効果があるとされ、現代のクアハウスやウェルネス施設でもいまだに処方されている。牧草の記憶をよみがえらせるためのもっとも直接的な方法といえるだろう。

ヴィーゼを教育の中に意識的に取り入れようとする動きもあった。十九世紀の半ばに、都市生活によって不自然に歪んだ青少年の体を矯正するために生活改革を提唱した医師で教育家のD・M・シュレーバー博士の提案の中には、児童たちの身体鍛練のために適切な遊び場を設けるというものもあった。それがのちのシュレーバー・ガルテンの起源とされるが、遊具の置かれた遊び場は当初はシュレーバー・ヴィーゼと呼ばれていた。まず子供たちが遊ぶ草地があり、それを囲むように花壇や菜園が設けられ、やがて「庭《ガルテン》」と呼ばれるものに成長したのである。

ブリューゲルやボッスの描いた乾草の山はミレー、モネ、ゴッホら十九世紀末の画家たちが好んで取り上げたモチーフでもあった。特にモネはノルマンディー地方ジヴェルニーの農地に築かれた草の山の絵を二十五枚以上残している。ちなみに、日本語ではこれらの作品のほとんどに「積みわら」と標題がつけられているが、かなりのものが乾草の山であるように見える。彼らの描く、田園風景の中に大地からはみ出して兀《こつ》然と居すわる巨大な草の山は、近代的社会とも、農の効率化とも無縁な地層から生い育ったもののようである。そこからは大地の記憶というべきものが、確かに顔をのぞかせている。

モネ「ジヴェルニーの積みわら」(1884)

ゴッホ「プロヴァンスの干し草」(1888)

6 野の生け垣

いまから四半世紀前に評判になった哲学小説『ソフィーの世界』は、主人公の女生徒がある日、差出人のわからない手紙を受け取ることから始まる。ソフィーは、自宅の庭の隅にある、だれにも邪魔されない秘密の隠れ家にもぐりこんで、自分あてに届いた不思議な手紙の封を切る。その隠れ家が一風変わっている。ソフィーの家は作者の住むノルウェーにあると思われるが、「まるで世界の果てにあるみたいで、庭のむこうにはもう家はなく、森が始まって」いて、森と庭の境には長いこと手入れされずに藪のように生い茂った大きな生け垣がある。生け垣には目立たない穴が開いていて、そこに這いこむと奥は広まった洞穴のようになっている。このお気に入りの場所にこもってソフィーは、「あなたはだれ？」と問いかける最初の短い手紙を皮切りに、立て続けに届くいくつもの長い手紙に読みふけることになる。太古から現代まで、西洋哲学史を駆けぬける空想的なレクチャーがここから始まる。

「エデンの園」と題されているとおり、世界の果てにあるような庭の片隅の穴ぐらは、謎の手紙から

始まる哲学講義の幕開けにふさわしい。穴からのぞかれる庭はソフィーにとって世界そのものであり、彼女は最初の人間のようにそれを眺め、「世界はどこから来たか」を考える。荒れて藪のようになった生け垣は、人間の住む庭と、それを囲む森とを仕切る機能をもはや果たさず、ソフィーは穴ぐらにうずくまって、智慧の木の実ならぬ哲学の贈りものを味わうことを覚えるのである。まだ正体のわからない差出人は、どうやら野生の領域である森からやってきては、気づかれぬうちに庭先の郵便受けに手紙を入れていくらしい。生け垣の中にぽっかりとあいた空洞は、しばらくあとで紹介されるギリシャ哲学で、目に入るすべての現実は暗い洞窟の壁に映る不確かな影絵にすぎないとした、プラトンの「洞窟の比喩」にも結びついている。

「垣《かき》」という日本語はもともと「カキル（限る）」からきていて、建物や敷地などの周囲を「囲み」、「区切り」「隠す」機能を持った工作物や植栽を指す。垣の右側の旁《つくり》（亘）は、物の周囲をめぐる形を示すという（白川静『常用字解』）。垣の本来の目的は、ある場所を囲って人や獣の侵入を防いだり、目隠しをしたり、日ざしや風害などを防ぐことにあるが、古くは玉垣、瑞垣《みずがき》、斎垣、籬《まがき》などに見るように、神の憑代である聖域を囲む結界でもある。樹を植えなくとも、棒を立てて注連縄《しめなわ》を張るのも、木の柵で囲うのも、石を積むのも垣である。要するに、植栽を伴わずとも、囲い、隠す機能があれば、垣と呼びうる。板塀も竹垣も、柴を編んだ四ツ目垣も、土で固めた築地《ついじ》の塀も石垣も、垣根であることに変わりはない。ただし、人がもぐりこめるほどの厚みを備えた生け垣は、単なる区画や防御の機能以上に、そこに籠ることで何にも乱されぬ庇護と安息を約束する緑の隠れ家を体現している。ヤマタノオロチを退治したのちスサノオがクシナダ姫とともに籠った八重垣もそうした原初の隠れ家であったし、その向こうにはたたなずく青垣に囲まれた大和の原郷、籠国《こもりく》がある。

隠れ家としての生け垣といえば、すぐ思いあたるのはグリム兄弟による昔話集の「いばら姫」である。この話の原話はペローの「眠れる森の美女」にあるが、どちらの話でも、錘《つむ》の先で指を刺して呪いを受け、百年続く眠りに落ちる姫の居城は、藪のように茂る背の高い茨《いばら》の生け垣でびっしりと全体が蔽われて、だれも外から見ることも立ち入ることもできなくなる。棘のある茨の蔓が幾重にもからみあって外部からの侵入を固く拒む城とその奥に眠る姫君の姿は、グリムの昔話の中でももっともよく知られたイメージだろう。

物語の中では人を寄せつけない壁のように立ちはだかるものの、生け垣は本来人間にとってもっと身近な存在だったはずである。ヨーロッパで生け垣といえば、ヴェルサイユ宮殿などバロック式の整形庭園で目にする、さまざまな図形に植樹され、幾何学的な形状に刈りこまれた、ボスケットと呼ばれる装飾物や回廊のような植栽をまず思い浮かべるかもしれない。しかし本来の生け垣は、単一の樹種からなるものでも、刈りそろえられたものでもない（じっさい、ペローの昔話では、姫が眠りに落ちるや城の周囲には「大小の樹木や絡み合った茨、灌木が生い茂って、動物も人間も通り抜けられそうにないようになった」とある）。生け垣を表すドイツ語のヘッケも英語のヘッジも、同じ古高ドイツ語heggaに由来し、もとはイバラやサンザシのように棘のある灌木を畑や住居の周りにめぐらした列を指していたようだ。その起源はゲルマンの森や荒れ地が開墾されて耕地や牧草地が拓かれた中世にさかのぼり、樹を伐採して根を掘り起こし、

イギリス　ヘリフォードシャー近くのヘッジロウ

斜面を平地に均したあとに生じる畔や土手、拾い集められた石の山、切り通しの道沿い、水路の岸辺などにひとりでに根付いた植生がもとになって生じた自然の生け垣である。それは低木や灌木とその周囲の草本が混生する、奥行きと高さがそれぞれ二メートルから十メートル以上になる樹木の長い列で、垣根というより小規模な混成林のような外観を持つ。こうした生け垣は、第一に森や荒れ地と利用地を分かつ境界であり、次いで定期的に刈り取りや剪定を行うことで高さや幅や密度を調整された、獣や外敵の侵入を防ぎ、家畜の脱出を妨げ、風防としての機能も持つ緑の防塁でもあった。

この種の生け垣の中には、連なりあって列をなし数キロメートルの長さを持つものがある。特にイングランドやウェールズの低地田園地帯に広がる、村落や畑地や牧草地を取り囲む生け垣《ヘッジロウ》の列が延々と続く風景は名高い。ヘッジロウは中世から築かれていた生け垣が、十七・十八世紀にイギリスで行われた地主による共有地の囲いこみをきっかけに、私有地を区画するために急速に拡大したものだが、その総延長は十九世紀の最盛期に比べ半減したとはいえ、いまも四十万キロメートルを超えるという。ドイツにも総延長ではイギリスにおよばないものの、北ドイツの低地平原や南ドイツの丘陵地帯のあちこちにフェルトヘッケ（野の生け垣）が残って独特の風景を作り上げている。

この景観が長い間維持されてきたのは、生け垣が農業や牧畜を営む共同体によって管理・利用される共用地（コモンズ）であったことによる。先に挙げたヴィーゼと同じく、そこは緑の防塁としての機能を維持するために共同で下草刈りや剪定、枝打ちを行う場であるとともに、集落の者ならだれでも燃料となる枯れ木や小枝を集め、農用資材を得、家畜の餌となる草や葉を刈り取り、灌木に実る多くの種類の漿果や木の実を収穫することが許される場所であった。その意味では、田畑に隣接して山林との境界をなし、入会地として共同管理され、薪炭と、落ち葉や下生えから作る堆肥の供給源であった日本の里山とよく似ている。

野の生け垣は独特の形状を持っている。典型的なそれは次頁の図で示すように、断面で見ると中心部の高木（といっても十メートルを超えない）の層と、中間の低木・灌木、そしてその周囲に生える草本の三層に分かれ、それぞれ「核」「マント」「縁どり」と呼ばれる。幅は縁取りを含めて十五メートルまでだから、全体は緩やかな三角形をなすことになる。その中に落葉樹を中心に数百種類の植物が密生しているのだが、その形状と種別はたえず人の手を加えられることで維持される。たとえば中心の高木は一定の高さを超えないように定期的に枝打ちと間伐が加えられ、周囲の灌木も隙間なく枝葉が更新するように剪定が行われる。下生えの草を刈ってよい期間も限定されている。

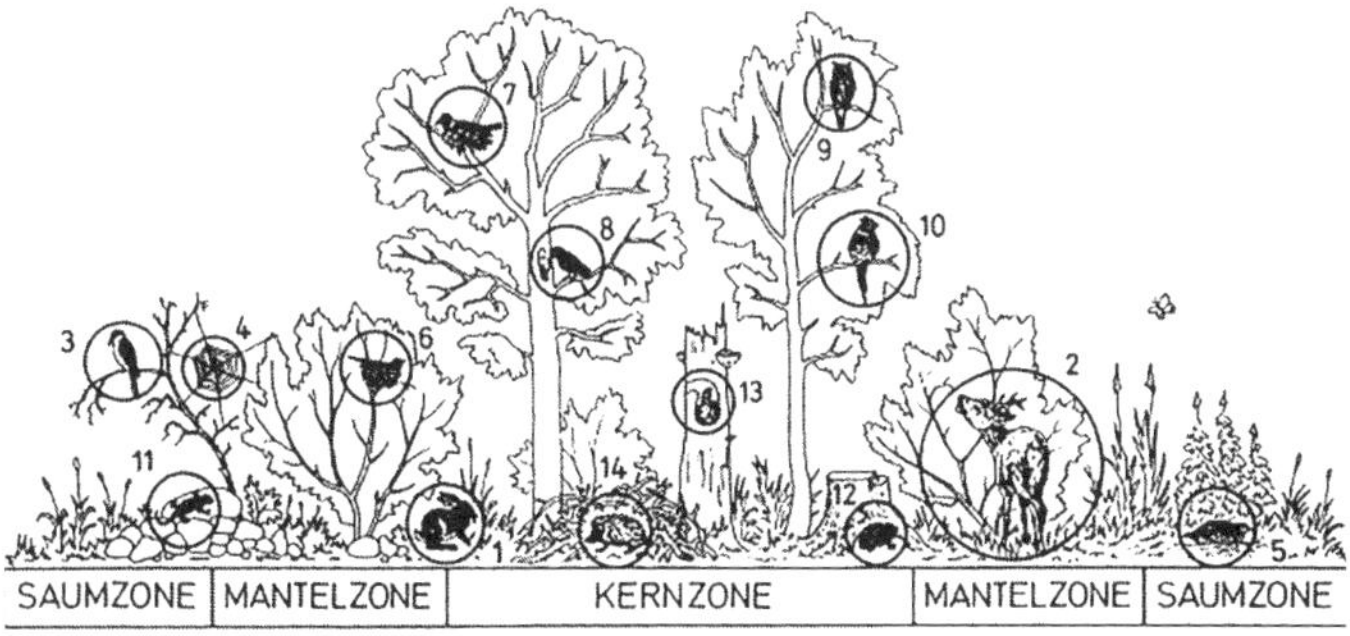

フェルトヘッケの断面図。中核層（中高木）を中心に、中間層（灌木）、周縁層（草木）が三角形をなし、連続的に連なっている。そこがさまざまな動物の住みかとなっていることも示されている。

膨大な種類の植物が共生する生け垣はまた、多種類の動物が棲息する小空間でもある。農業・牧畜を営む集落による共同利用が廃れた現在、ヘッケが注目されているのはむしろこの生態学的な側面である。密生した藪をなすこの領域は、なによりも野鳥たちが外敵から身を守るのに格好の住みかである。森林と畑の境界に位置し、餌となる小動物や木の実が豊富なヘッケは野鳥たちの天国であり、四十種におよぶ鳥たちがここに巣を作り、産卵と子育てをする。ちなみにヘッケには「生け垣」以外にも、動物の繁殖場所、一度に生まれた雛や仔という意味もある。細長く続く生け垣の列は鳥たちの移動路としても役立つ。ほかにも、ハリネズミ、蝙蝠、野ウサギといった哺乳類から、亀、カエル、多くの昆虫と軟体動物まで、合計すれば何百種類もの動物がこの小さな空間を棲息地としているという。こうした生態系と生物の多様性を積極的に維持するために、現在ドイツ各地では生け垣の保護活動が盛んである。

もちろん、農業や牧畜の基盤をすでに持たず、人間の生活とのかかわりも薄れた以上、野の生け垣は、いまは自然景観とし

ラウベに集う人々。家庭雑誌『ガルテンラウベ』創刊号（1853）の表紙絵

て保護されるしかない対象である。生け垣は野を離れて人為的な庭園の領域に囲いこまれれば、もっぱら単一樹種からなる、整形されて美的・装飾的な機能を果たす植栽に変わってしまう。

　とはいえ、かつてあった生け垣の共同体的な利用の名残がないわけではない。ドイツの庭にはラウベと呼ばれる四阿《あずまや》風の仮小屋が欠かせないが、それは小屋に限らず、木組みにブドウや蔦などの蔓植物をからませたパーゴラ風のものから、雨風をしのぐだけの簡素な張り出し、さらに植物に蔽われた庭の片隅の緑陰までを広く指す。ラウベは木の葉を表すラウプ（Laub）に由来する言葉で、もとは木の葉を家畜の飼料としていた農民が、林地や生け垣の共有地から得た樹の葉、蔓、枝、柴、樹皮などの手近な素材で組み立てた仮の庵のようなものだった。それが市民の庭の中に取り入れられ、ささやかなくつろぎの場所として定着したのである。庭のラウベに人々が集うとき、枝葉のそよぎや小鳥のさえずりからは、かつてあった緑陰の共同生活の記憶がよみがえるのかもしれない。

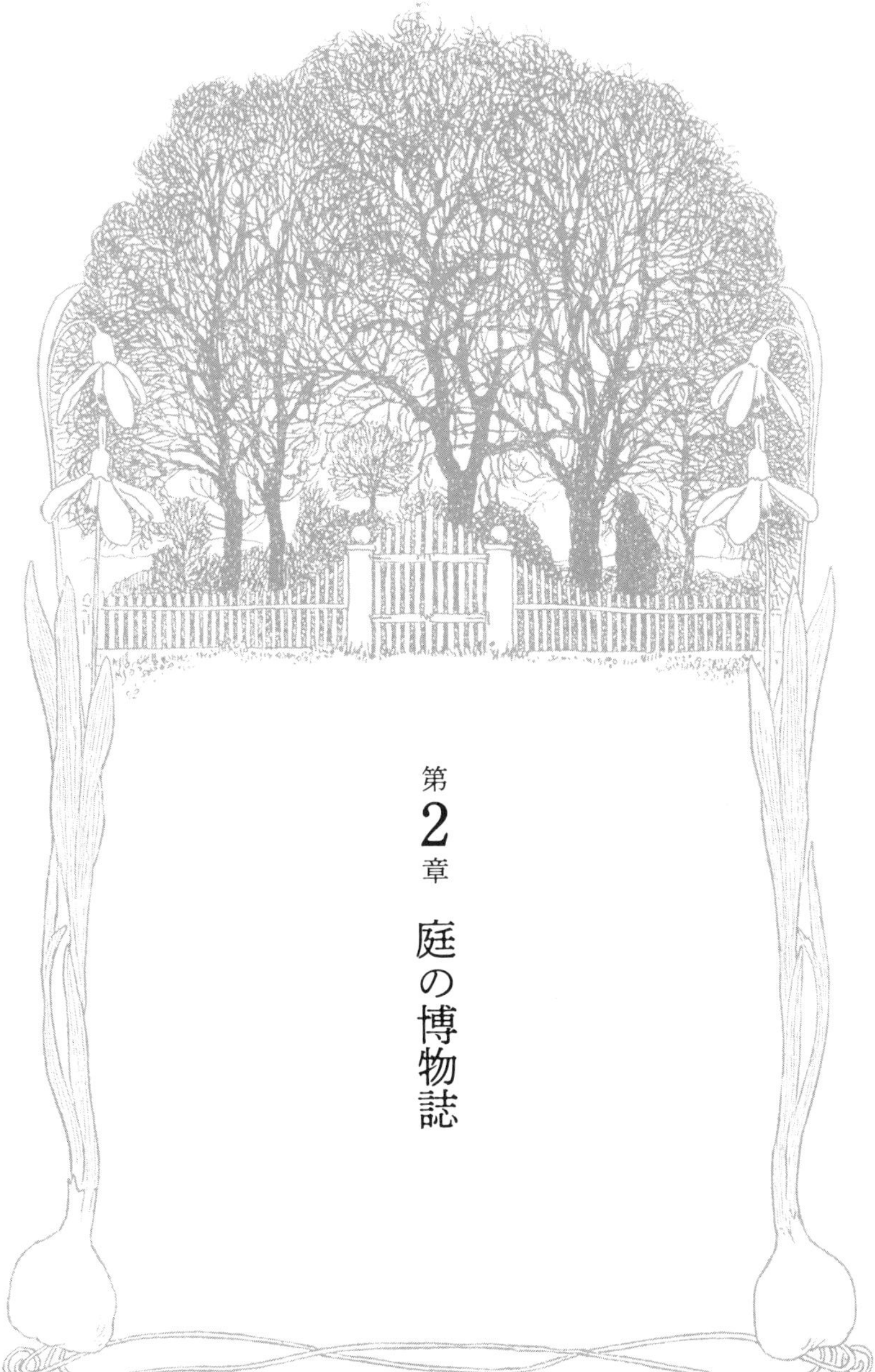

第2章

庭の博物誌

1 ボダイジュの下で

北半球の高緯度に位置するドイツでは、夏至を迎えるころに日没は午後十時近くなり、その後もしばらく薄明のような明るい時間が続く。日の出が五時前だから、夜の闇は正味五時間ほどしかない。日本のような梅雨のない北ヨーロッパの、もっとも喜ばしく、またもっとも輝かしい季節といってよい。ちょうどそのころ、公園（広場）や街路のあちこちで菩提樹《リンデ》の花が満開になる。濃い緑の葉をつけた高さ二十メートルを越す大樹の樹冠いっぱいに淡黄色の小花が咲き広がっている様は壮観である。おまけに樹の周辺にはこの花に特有の甘い蜜の匂いが漂い、それに群がるミツバチやマルハナバチの立てる羽音がうるさいほどだ。

シューベルトの歌曲で名高い菩提樹の名は、仏陀がその下で悟り（菩提）を啓いた大樹にちなむ。しかし、実際には熱帯植物であるインドボダイジュ（クワ科）とヨーロッパのボダイジュ（セイヨウシナノキおよびナツボダイジュ、フユボダイジュとその雑種）とは別の種類のものである。葉の形をはじめ花や樹形も

ナツボダイジュ
Tilia platyphyllos

異なるが、菩提樹という名からまず連想される瞑想や内省、静寂は西洋のボダイジュとは縁遠いように思える。

ベルリンのブランデンブルク門から延びる大通りに、この樹の並木に由来するウンター・デン・リンデンがある。プロイセンのフリードリヒ大王が首都の偉観を作り出すために整備した目抜き通りだが、すでに森鷗外が『舞姫』の冒頭で「菩提樹下と譯するときは、幽靜なる境なるべく思はるれど」と、光彩に満ちた新興都市の賑わいとこの和訳名との落差を語っている。都市の街路を飾る並木としてボダイジュが広範に利用されるのは近代以降の都市計画に基づくものだが、この樹の下は古くから活発な社交や出会いの場であった。

もともとこの樹はゲルマン神話の愛と豊穣をつかさどる女神フライアに捧げられていて、ゲルマン系の民族が定住した中部から北ヨーロッパ地域では広く親しまれた樹木である。ボーデン湖畔のリンダウや、オーストリアのリンツ、さらにライプツィヒもこの樹に由来する地名で、植物学者リンネの姓もそれから来ている。ボダイジュが民衆的な樹木として親しまれている理由は、それが広場の樹であることにもよる。かつてはどの集落の広場にもドルフリンデ（村の樹）とかタンツリンデ（踊りの樹）と呼ばれる巨大なボダイジュがあり、その周りでティングと呼ばれる集会や裁判をはじめとして、婚礼や祭りなどさまざまな行事が行われたという。村のボダイジュのもとでの祝祭は公認されたもので、お堅く見られるルターですら、この樹の下で人々が歌ったり踊ったりするのを大目に見て「リンデはわれらにとって平和の樹であり、喜びの樹なのだから」とのたまう。ボダイジュは確かに、孤独な瞑想や悟りよりは、地上的な社交や快楽に強く結びついているのだ。

ボダイジュの下で行われるのは、祭りや集会ばかりではない。先に触れたとおり、フライアは恋愛と豊穣をつかさどる女神である。この女神に捧げられた樹の下での恋の悦びを直截に歌った、ドイツ中世の詩人ヴァルター・フォン・デア・フォーゲルヴァイデの有名な詩がある。

中世の写本「コデックス・マネッセ」より
ボダイジュの下での贈り物

ぼだい樹のこかげ
あの草原は
あたしたちふたりの寝床があったところ
花も草も
すっかり折れているのが
見えるでしょう。
谷あいの森のはずれ
タンダラダイ
すてきな歌をナイチンゲールがうたいました。
（高津春久訳）

ボダイジュがドイツ文学において恋を語ることと切り離せない樹とされるようになったのは、フォーゲルヴァイデのこの詩によるところが大きい。逢瀬の悦びを隠し通すことができずに、歌にして口ずさんでしまうのは農村の純朴な娘であろうか。ともれ初夏の短い夜を夜どおし啼き続けるナイチンゲールが証人なのだから、野辺での逢引は宵から夜明けまで続いたのだろう。ここに掲げたのは最初の節だけだが、人目を忍んで会うふたりにとって「谷あいの森のはずれ」のボダイジュの深い木陰は、女神フライアが魔法をかけた愛の園となる。枝で啼くナイチンゲールは、中世以来この悦楽境に欠かせない脇役である。

ボダイジュの下の恋人たちをもっと技巧的に歌うのがハインリッヒ・ハイネである。

月の光に酔ったボダイジュの花は
甘い匂いを注いでいるわ
そうしてナイチンゲールの歌声が
空と木立を満たしている

恋しいあなた、このボダイジュの下に
座っているのはどんなに楽しいことかしら
黄金の月のかがよいが

木立の葉越しに洩れるこの宵に
ボダイジュの葉を見て！
心臓の形をしているのがわかるでしょ
だから恋する者たちは
この樹が一番好きなのね（…）

『新詩集』「新しい春」より

ここでは、夏の宵に甘い香りを放つボダイジュの花と、皓皓たる月の光と、ナイチンゲールのにぎやかな啼き声が舞台装置となって、まさに恋人たちのパラダイスが現出している。葉がハート型だから恋人たちのお気に入り、というのはいかにも少女じみた空想に聞こえるが、民衆的な愛の樹であるボダイジュへのオマージュであるならば、まだそれも素直に受けとめられる。ちなみに中世の恋愛詩ミンネザングを集めた写本の挿絵でもボダイジュの葉はハート形で描かれるために、すぐそれとわかる。

もっとも、この愛らしい葉が災厄をもたらした例もある。北欧神話をもとにした叙事詩『ニーベルンゲンの歌』では英雄ジークフリートが地中に住む邪悪な龍を退治して、その血を浴びて不死の身になりながら、背中の肩甲骨の間に一枚のボダイジュの葉が張り付いたために龍の血がつかず、その部分がのちに裏切りにあって致命傷を負う個所となる。ハート型の葉はいわば地上的なものの象徴として、人間

龍を倒してその血を浴びる英雄ジークフリート

の領域を超えて不死の神々に近づこうとする英雄の背中の翼が生えるべき個所に貼りつくことで、天上的なものへの飛翔を妨げるのである。

話が詩文にばかり偏ってしまったが、ボダイジュは実用的に見ても多様な用途をもった樹木である。まず蜂蜜。ボダイジュの花蜜はきわめて良質で、養蜂家たちは花の季節にはこの樹から大量の蜜を得る。淡黄色の花を乾燥させて煎じた薬用茶には鎮静と発汗の効果がある。プルーストの『失われた時を求めて』で主人公が幼年期の記憶を呼び起こすきっかけになるのもこのボダイジュの花の茶である。その実を絞ればオリーヴ油に似た食用油が得られる名高いリーメンシュナイダーの祭壇彫刻にもこの樹が使われている。さらに、枝の皮を剥いで水にさらした靭皮から得られた丈夫な繊維は、粗布、敷布、し、軟質の木材は彫刻や工芸にうってつけである。籠、ロープの材料や農業用資材として古くから広い用途を持っていた。

興味深いのは最後の用途がボダイジュの樹形に関係することである。ボダイジュは高さ四十メートル、幹回りが十メートルを超えることもある樹木だが、村の広場のボダイジュの中には高さはさほどな

エフェルトリッヒのボダイジュ（1900年の写真）

いのに、幹回りが太く、枝が横に張って屋根のように広がった巨木がある。写真に掲げたバイエルン州エフェルトリッヒのタンツリンデ（踊りの樹）がその典型で、樹齢が推定八百年から千年とされるこの樹は、高さが七メートルなのに対して枝の広がりは直径二十メートルにおよび、水平に伸びた大枝は多くの支柱で支えられている。こうした傘のような樹形は、樹皮繊維を得るために上に伸びる若枝を定期的に刈って切りつめることで形成されるものだという。ボダイジュは剪定にきわめて強い樹種で、樹冠を切り戻されることによってたえず若返る。独特の樹形によってこの樹は、街路樹や公園樹として利用されるはるか以前から、村落の景観形成にも深くかかわってきたのである。

成長が早く、しかも整形しやすい性質を活かしてボダイジュは十八世紀のバロック式庭園の生け垣に好んで利用される樹となった。狭い間隔で直線的に植えられ、アーチ状、柱状、箱状あるいは回廊状に樹冠を刈りそろえられた樹の利用方法はもっぱら装飾的なもので、野原や泉のほとりに堂々と立つ一本樹や、人々を集める「村の樹」のありようからは隔たっている。最初に挙げたベルリンのウンター・デン・リンデンの並木道も、バロック式庭園の回廊状の生け垣が都市の中に大規模に延伸していったものと見ていい。庭園樹としてボダイジュほど人間によって好き勝手な用いられ方をされてきた樹はないだろう。

ただしそれがこの樹にふさわしくない、ともいえない。人為と自然の間を「優しく」（lind）に切り抜けるのがこの民衆的樹木の特質だからだ。大樹の下でなくとも、街路に張り出した大枝の下や、湖畔のテラス席でも、芳香につつまれたボダイジュの樹陰からは、親密な囲われた空間、庭園の原型としての「好ましい場所 locus amoenus」があいかわらずのぞいている。

2 ルバーブの来た道

わが国でも、ズッキーニにしろ、ポロネギにしろ、たいていの西洋野菜はそう珍しいものではなくなってしまったが、ルバーブはまだ馴染みの薄い部類に属するだろう。ドイツでは春先から初夏にかけて、鮮やかな赤い色の葉柄が束ねられて朝市や果物店の店先をにぎわす。日本の蕗《ふき》や芋茎《ずいき》に似ていないこともないが、未熟な果物に似た強い酸味を持つ植物である。ドイツでは家庭菜園で、春先に手に入りにくい果物に代わり、ジャムやケーキの材料となる作物として盛んに植えられている。外国産の新鮮な果物が年中手に入る近ごろでは家庭菜園での栽培は以前より下火になったとはいうものの、五月に出盛る白アスパラガスと並んで、ドイツの春の味覚といってよい。

ルバーブはそれ自体として見ても、面白い由来を持った植物である。まず学名の*Rheum*には、ヴォルガ川の古名「ラー」からきているという説と、「流れ」を意味するギリシャ語の「レー」から来て、「通じを良くしてすべてを流す」ことを指すという説がある。いずれにしろヨーロッパでは、古代ギリ

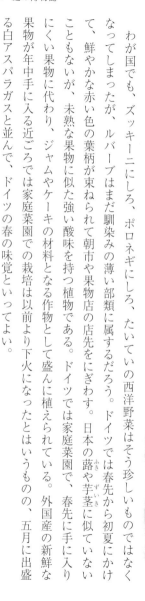

Rheum officinale: n, pistils and stigmas; d, nectar tubes.

薬用ダイオウ（*Rheum offizinale*）
ダイオウには薬用にされる近似種がほかにもいくつかある。

シャ以来この植物はもっぱら東方から渡来する薬品として知られていた。それもそのはず、*Rheum* はリンネの分類ではタデ科ダイオウ属の多年生草本の総称であるが、薬品名としてはこの植物のうち何種類かから製される漢方の生薬の大黄《ダイオウ》を指すものだった。われわれにもなじみのある生薬としての大黄は、草丈二メートル、根は数キログラムにまで成長するこの植物の塊根を輪切りにして乾燥させたものの切片で、中国では四千年前から瀉下や健胃のほかに出血や炎症にも効能を持つ薬として用いられていた。乾燥した大黄の根は中国にとって重要な輸出品であり、それが遠くヨーロッパまで伝わったのである。

乾燥した根の輪切りしか知らなかったヨーロッパに、栽培植物としてのルバーブが伝わるのはようやく十八世紀になってからである。きっかけは、当時ウズベキスタンのキャフタ経由で行われていた中国からの輸入品の大黄の取引をロシアが独占していたことに対して、各国が原種の種や株を手に入れて国産品の栽培を試みたことにある。その中心は、植物学者や医師、種苗家らが外来の植物を競って求め、移入した「植物狂い」の時代の大英帝国で、まずエディンバラ大学の薬学・植物学教授のジョン・ホープが、ロシアから入手した種を使って一七六三年に最初のルバーブ栽培に成功したとされる。その後、ヘイワードという薬剤師が大規模なルバーブ農園をイギリス国内に設け、薬用大黄の生産に成果をあげる。ただし、実際に普及したのは本来の薬用種とは異なるマルバダイオウ（*Rheum rhabarbarum*）で、これが現在の食用ルバーブにあたる。春先に地上に伸びる若い葉柄が食用にされ始めるのはこの品種の栽培が普及してからである。つまり食用ルバーブの栽培は、ユーラシア大陸の西の端に行き着いた薬品交易とプラント・ハンティング、そして土着化の副産物だったということになる。十九世紀半ばになると、ルバーブ栽培の重点は生薬の採取から新鮮な葉柄の収穫に移り、それをジャムやパイに加工することがイギリス風の食文化として定着する。

ドイツに食用ルバーブが伝わったのもイギリス経由である。その栽培は、イギリスとの関係が深く、気候的にも似通っていたハンブルクの近郊で一八四〇年代に始められたとされる。いまだにヴィクトリアとかプリンス・アルバートといった品種が有名なのも、食用ルバーブのイギリス起源の反映である。定着にはしばらく時間がかかったものの、十九世紀末にはルバーブはハンブルクやベルリンといった大都市での需要を皮切りに、近郊での栽培のほか、自給自足も可能な蔬菜としてドイツ中に広まっていく。ジャムやケーキやスープの材料はもとより、甘酸っぱいシロップを薄めてレモネード代わりにしたり、長期間発酵させて代用ワインを醸造したりと、広範な利用法が紹介されていくのもこのころである。

輪切りにされた薬用ルバーブの根

ところで、異国産の乾燥した根であったルバーブが有用な栽培種として自国化していく過程は、言語的に見ても興味深い。学名の*Rheum*については先に触れたが、俗名のルバーブRhabarbaのbarbaは、理解できないことばを話す異民族を指すギリシャ語バルバロイに関連する。古代にはこの薬品がインダス川河口の港町バルバリケを経由して取引されたからだという説もある。いずれにしろ、ルバーブという言葉はヨーロッパ人にとってとりわけて異質な響きを持つらしく、英語でもドイツ語でもルバーブ、ルバーブ（ラバーバ、ラバーバ）と繰り返すのは、舞台などで不特定多数の登場人物がたてる、よく聞き取れないガヤガヤ、ザワザワというざわめきを指す。ルバーブはドイツ語ではラバーバだが、この怪しげな響きは、イギリスから来た食品が最初ドイツに定着するにあたってしばらくは障害となったものの、いざ人口に膾炙するや、むしろ愛着をもって口にされるようになったようだ。現代でもそれは変わらない。

たとえば、二〇〇四年にドイツのゲーテ・インスティテュートが選んだその年の「もっとも美しいことば」のひとつに、「ルバーブのジャムRhabarbermarmelade」というのがあった。なぜジャムが、とといぶかる思いも浮かぶが、投稿者によれば、この言葉を使って日曜の朝に愛するパートナーに「ねえバルバラ、ちょっとそこのルバーブのジャムをとってよ」とささやくことができたら最高に幸せな気分になれるらしい。もっと手のこんでいるのは「バルバラのラバーバ」という早口言葉である。

――ある村にバルバラという娘がいたとさ。娘は飛び切りおいしいルバーブ・ケーキを焼くことで辺り一帯に知られていて、皆にラバーバのバルバラと呼ばれた。バルバラは自分のケーキでお金儲けができるだろうと思いついて、村に軽食屋を開き、ラバーババルバラバーと名づけた。バルバラの店にはすぐになじみの客ができて、その中でももっとも足しげく通うのが野蛮人《バルバーレン》のご一行。ラバーババルバラのいるラバーババルバラバーにラバーババルバラ・ケーキをめあてに集まる彼らは、手短かにラバーババルバラバーバルバーレンと呼ばれる……。

なじみの野蛮人たちの立派なヒゲ《バルト》や、それを手入れする床屋《バルビエ》のベルベルまでが付け加わるヴァリエーションもある、長大な早口言葉だ。だれが思いついたともわからない言葉遊びだが、ともかくバルベルバルラバと延々と繰り返されるうちに、ラバーバはちっとも「よそもの」ではなくなってしまうのが不思議だ。付け加えるならば、固有名のバルバラももとは「異国の女」を意味する。

音の響きばかりではない。東洋から渡来した貴重な薬品だったルバーブがヨーロッパの風土に馴化した栽培種となることでたどるのは、世俗化と土着化の道である。ダイオウ本来の薬効の由来する、毒の含まれる塊茎や、シュウ酸を多く含む葉の部分は顧みられなくなり、春一番に伸びるみずみずしい葉柄だけが収穫されるのは世俗化の大きな一歩である。この時点でルバーブは薬局の薄暗い棚や、薬用植物園から離れる。冬の間に暖房をかけた室《むろ》で育て、酸味が穏やかで見た目にも紅色の鮮やかな葉柄を採取する軟化栽培の方法も開発された。人間の手による馴化を経て食用にふさわしくなるのはすべての栽培植物に共通する特徴だが、「異国産の」薬草としての出自と、栽培化が始まってからわずか二百年ほどの歴史の浅さを勘案すると、ルバーブの適応ぶりは際だっている。ちなみに現在の食用ルバーブには、ビタミンCが豊富だという以外には、食べ過ぎると下痢ぎみになるというほか、さしたる薬効はみとめられない。

世俗化をさらに進めるのは料理法である。ルバーブ料理は、ムースやジャムにしろ、ケーキやパイのフィリングにしろ、たいていが切り刻んだ材料を形がなくなるまで煮こんだものだ。レヴィ＝ストロースによれば、料理法において「焼いたもの《ロティ》」と「煮たもの《ブイイ》」は対立していて、前者が外来者に対して供される公的な性格を持つ「外向き」の料理法であるのに対し、後者は親密な絆で結ばれた、限られた小集団のために供される「内向け」の料理法である（『神話理論Ⅲ　食卓作法の起源』）。ルバーブ料理が、粥状になるまで煮こまれ、ほかの材料と混ぜあわされて一体にされる「ブイイ」の典型であることは間違いない。

この「煮物文化」を支えるのが女性たちであることも書き添えておこう。グリム兄弟を扱った項で、女性たちに宰領される親密圏としての庭について述べたが、ルバーブを煮る台所はこの親密圏の中心にある。「内向け」の料理の親密な性格は、「手作り」で、それも材料が「わが家の庭」で育ったとあればいよいよ強まるだろう。少なくともドイツについていえば、こうしてルバーブは倹約や質素、居心地の良さ、自家製のものの重視といった、十九世紀後半のビーダーマイヤー風の時代からドイツの市民文化が育んできた家庭的な空間《ホイスリツヒ》にきわめて短期間で順応し、両大戦間、あるいは戦中・戦後の窮乏や「代用食」の時代を生き延びてきた。もとは果物の代替物であったルバーブは、廉価で、融通無碍に形を変え、しかも自給自足も可能であることによって、はやばやと「よそもの」の位置を脱してドイツの親密圏に迎え入れられたのである。ルバーブでジャムやケーキを作ったり、仲間うちでそれを味わうことは、そうした家庭的な記憶をよみがえらせ、確かめる行為なのだ。

3 チコリの変身

チコリはいまはわが国でもだいぶ多く出回るようになった野菜である。フランス語ではアンディーヴ。白菜をごく小ぶりにした、尖った筆先のような形を持ち、独特の香りとほろ苦い味がある。ただし、これは十九世紀にベルギーで開発された軟白法といわれる方法で育てて若葉を結球させたもので、チコリの姿をわずかしか伝えていない。和名のキクニガナからも、チコリがいったいどんな植物なのかは想像しがたいだろう。

ドイツ語ではWegwarte（ヴェークヴァルテ）。名前どおり道端に生えるキク科の多年草で、一メートル以上の丈にまで育ち、矢車菊を思わせる鮮やかな青もしくは白の舌状花をつける。太く肥大する根にも特徴があって、軟白法では栽培した根をいったん掘り取ってから直接若葉を出させる。野生種はヨーロッパでは野原でふつうに目にすることができる野草である。道の監視所《ヴェークヴァルテ》という思わせぶりな名前は、もとは路肩を好んで育つ、よく見かける草花、という程度の意味らしいが、その名にちなむ次のような

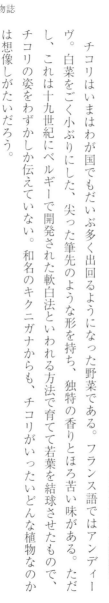

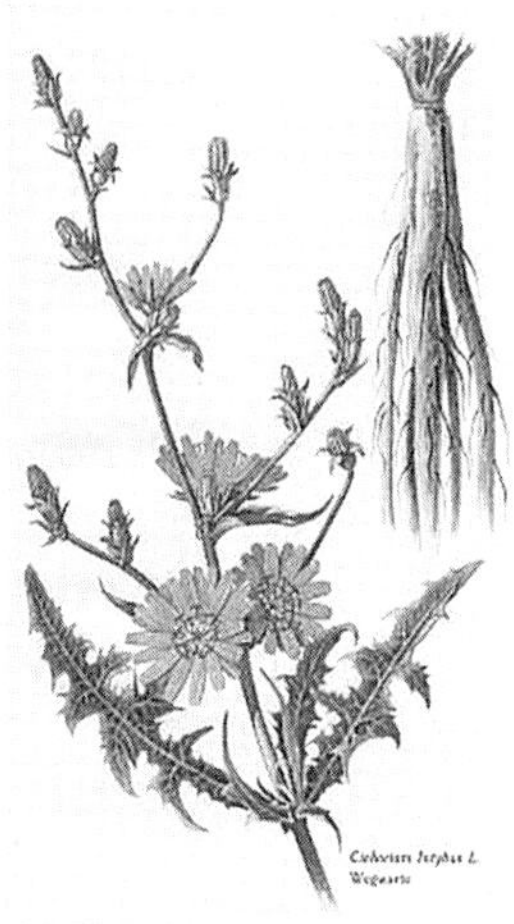
チコリ（キクニガナ）
Cichorium intybus

伝説が知られている。

——とある若い騎士が十字軍に加わろうと東に向けて旅立った。その恋人である姫は市門の外の道の辺で侍女たちとともに帰りを待ちわびていたが騎士はいつになっても帰ってこない。待ち暮らす女たちを憐れんで神さまがついに姫を白の、侍女たちを青の花に変えた。それ以来、白と青の花は太陽が昇るたびに、騎士が帰ってこないかという期待で東を向いて一斉に花弁を開き、太陽の動きを追いながら昼過ぎには落胆でしおれて首を垂れる。しかし翌朝にはまた新しい花が咲く——

最後のくだりは陽の神アポロンに袖にされて向日葵《ヘリオトロープ》の花に姿を変えたクリュティアの伝説に似ているが、ともに向日性の花の動きから連想されたエピソードだろう。この伝説もそうだが、チコリはとりわけ愛をつかさどる魔法の植物として、驚くほど多くの民間伝承や俗信を伴っている。ベヒトルト＝シュトイブリ編の『ドイツ迷信事典』から主なものだけでも拾ってみよう。

特別な魔力が宿るのは、まずその肥大した根である。それを掘り取るには特別な日を選んで、神に加護を願うまじないや、この植物の効能をたたえる聖母マリアの祈りを唱えながら、鹿の角か黄金製の道具を使って、必ず夜明け前に行わなければならない。掘った根には決して素手で触れてはならない。掘り取った根の効果は絶大で、たとえば夏至の日に鹿の角を使って掘った根で意中の人に触れると、その人を虜にすることができる。この根はすべての危難をかわし、打撲や刺し傷、弾丸から身を守ってくれるばかりでなく、持ち主の姿を相手から見えなくする。錠前やかんぬきはこれを持っていれば簡単に開き、何か盗まれたら、頭の下にこの根を置いて寝ると、夢で盗んだ者がわかる。どこで結婚することになるか知りたい人は、根が三本に分かれたチコリを掘ればその一番長い根が指す方角からそれがわかる。スロヴァキアでは若い娘がこの根を長靴の右の靴底に入れてから男物のズボンに通し、さらに枕の下に置くと、夢に未来の夫が現れる。金曜日に掘ったチコリの根をひもで結わえて首に掛けていると眼病をはじめ、インポテンツや不妊にも効果がある。

花の持つ呪力もあなどれず、獅子宮のころにチコリの花を摘み、月桂樹の葉と馬の小臼歯の間に挟んでおくと人に愛され、かつ相手から愛を拒まれなくなる。ボヘミアでは若い娘がこの花のつぼみを摘んで呪文を唱えて下着の中に入れる。そのつぼみが開けば恋はかなう。裁判に出かける前に何か気がかりがある人は日の出どきに青い花を七つ摘み、耳の後ろの髪に刺して呪文を唱えると良い、などなど。

どうやらすこぶる霊験あらたかな植物であるらしい。

薬用植物としての効能も際立っている。すでにプリニウスが『博物誌』でチコリとおぼしい薬草をエジプトの魔術師が伝えた「万能薬」と評価しているが、ディオスクリーデスはじめ、ほとんどの薬物誌にチコリに関する記載がある。もっとも詳細なのは、ドイツ十六世紀の植物学者・医者・薬学者のヒエロニムス・ボックとその弟子のタベルナエモンタヌス（ヤーコプ・テオドール）によるもので、後者が一五八八年に出版した『新本草学』には薬草としてのチコリの効能が、葉や根を食べたり、湿布剤にしたり、煎じて飲んだり、アルコール漬けにする処方とともに紹介されているという。それによれば、チコリは食欲の増進、解毒、解熱、発汗に著しい効果があり、その適応症は目の炎症、便秘、発熱、下痢、肝臓および腎臓の機能の衰え、黄疸、悪液質、臓器疾患、水腫、吐血、血便ときわめて広い。

要するにチコリは、魔法の草花として広く民間で信仰されたばかりでなく、実際にもきわめてすぐれた薬用植物でもあったのである。

しかし、小文の目的はチコリの民俗や効能を紹介することにあるのではない。むしろ興味深いのは、のちにチコリが薬用植物であることをやめ、ある嗜好品の代替品となる経緯である。前の文章でルバーブについて、それが遠くアジアから伝わった生薬からヨーロッパで果物の代替物に変化するまでを紹介したが、チコリの場合はこの変化はもっと急激でその影響も大きかった。なによりも、ことはドイツ人の国民的飲料であるコーヒーにかかわるのだから。

アラビア生まれの褐色の飲みものがドイツに伝わったのは一六七〇年ごろとされる。先進国であるイギリスやフランスに若干遅れたものの、大都市には次々にコーヒーハウスが開業して、この異国産の飲みものの消費は拡大していった。ただし英仏やオランダのようにコーヒー産地のいずれにも植民地をもたないドイツの諸領邦にとって、高価なコーヒー豆の輸入は通貨の海外流出を招きかねない。それを憂慮した当局は一七六〇年代から八〇年代にかけて相次いでコーヒー禁止令を出してこの贅沢品が民間に広がるのを阻止しようとする。もっとも有名なのがプロイセンのフリードリヒ大王のそれで、ジャガイモ栽培について強権を発動した王は、次いでコーヒーに重税をかけ、直営の施設以外での焙煎を禁止するまでした。フリードリヒの目的は税収の増加にあったようだが、コーヒーの消費を抑制しようとする一連の禁令によって注目されたのが代用コーヒーである。

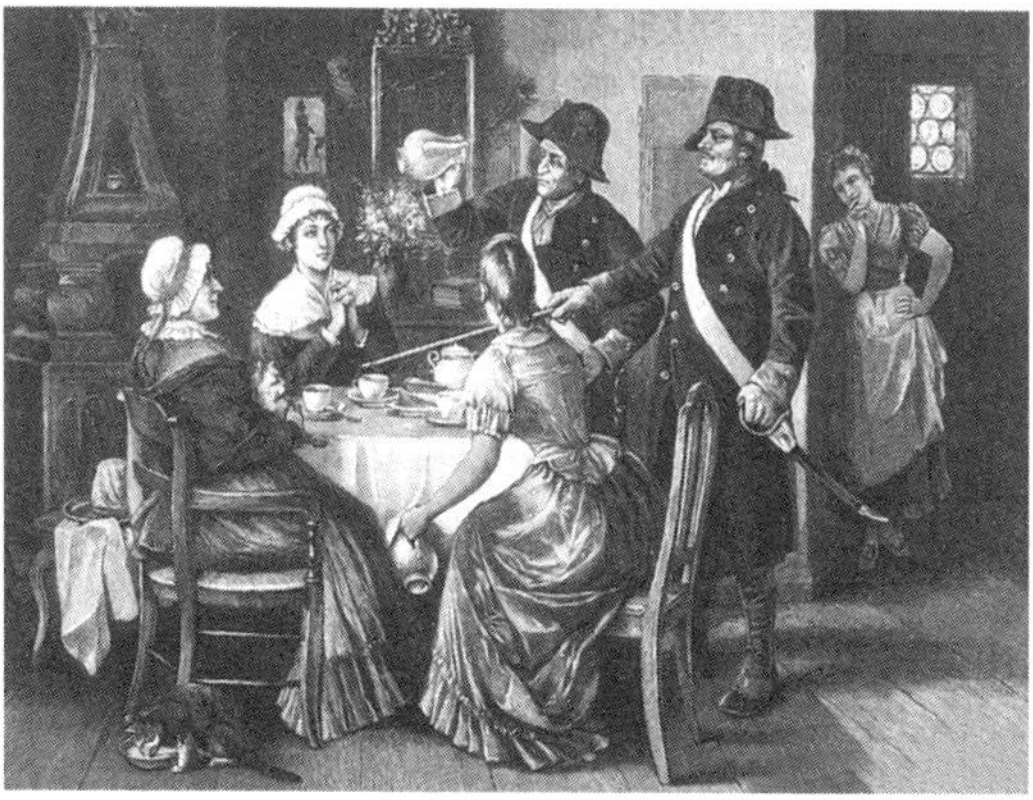

プロイセンのコーヒー嗅ぎ検査官。カッツェンシュタインの原画による19世紀末の複製画

チコリの根を裁断、乾燥、焙煎したうえで粉に挽いてコーヒー粉の代用とすることは、長い期間、薬用にこの植物を扱ってきた経験からすれば、それほど奇抜な思いつきではなかっただろう。革新的だったのはそれが商品として大量生産されたことである。チコリコーヒーの製造を本格的に始めたのはハノーファーの退役将校ハイネとホテル経営者フェルスターで、二人は一七七〇年に政府からの特権を得て工場での生産に取りかかる。事業は大成功をおさめ、流通量ではまもなく「本物の」コーヒーと肩を並べるまでになる。この成功には、本物に比べてはるかに安価なこととあわせて、遠い海外の植民地から、しかも外国の手を経て輸入される高価で贅沢な舶来品とは違って、庭先にも生えるチコリからできる「自国産の」コーヒーこそがより健全で健康な飲み物だ、というナショナリズムも与って

フランク社のチコリコーヒー、プラハ支店の看板

いたはずである。コーヒー禁止令が解除されても、十九世紀初めにナポレオンによる大陸封鎖のために植民地産の物品が一切手に入らなくなると、この代用品は余計に重宝された。さらに時代が下ってコーヒーが自由に手に入るようになってからも、チコリコーヒーの需要は衰えることを知らず、むしろ人口の急激な増加と都市化に伴う近代的な食生活を支える国民的な飲み物としてドイツ全域に定着するのである。ドイツの食品史研究によれば、十九世紀末から二十世紀初めにかけての労働者の食事に現れる「コーヒー」はたいていの場合、本物のコーヒーではなくこの代用コーヒーだという（南直人『世界の食文化・ドイツ』による）。

チコリの名にはギリシャ語の畑（chorion）が含まれるようだから、文字どおりの「畑のコーヒー」の誕生である。代用品については「出がらし」「いかさま」「土臭い」とその味をこきおろす声もあった。とはいえ、当時のコーヒーは本物であっても現在よりはるかに濃度が薄く（二分の一から三分の一）、しかも原料がコーヒー豆だけであることはまれで、さまざまな増量材や添加物を入れるのが普通だったそうだから、そう大きなことはいえまい。代用コーヒーの材料としてはチコリのほかにも、桃やサクランボの種、ヒマワリの種、ドングリ、各種の豆、タンポポの根、テンサイ、ジャガイモ、麦芽、ライ麦、オオムギ、トウモロコシ、干した果物、ナナカマドの実、樹皮など、身近にあるありとあらゆるものが試みられたらしい。そういえば、東ドイツ時代にも、配給されるコーヒー粉に大量のエンドウ豆の粉が混ぜられていたことで暴動寸前になった事件があった。いずれも材料を焦がしてコーヒーに似た色と苦みを溶かし出して飲用するのだが、これらの怪しげなまがい物に比べればチコリの根は誇りをもって「純正」な代用品を謳うことができたのである。実際、生産は年を追って拡大し、大手のフランク社（一八二八年創業）はヨーロッパ内陸に次々にコーヒー工場や支社を設立する。そればかりか、十九世紀の中ごろから二十世紀の初めにかけて、チコリコーヒーはドイツの重要な輸出産品のひとつとさえなる。フランク社は一九三六年にヒトラー政権下で開催されたベルリン・オリンピックのスポンサーになるほどの有力企業だった。

チコリの代用コーヒーへの変身は、民間の俗信や古くからの効用をたどってきた目からすれば、いささか興ざめでもある。もとより工場での大量生産の原料となるのは、路傍の可憐な野生種ではなく、工業原料として栽培された、肥大した根が一キログラムにもなるチコリである。なによりもこの代替に際しては薬効や来歴は二の次で、あくまでもコーヒーに似ることが求められた。いわばチコリは薬草としての起源を捨て、コーヒーの軍門に下り、この異国産の商品が世界にはりめぐらせた資本主義の消費システムに取りこまれてしまうのである。商品作物としての宿命であるにせよ、この変わりようには一抹の哀れを感じざるをえない。いまは野菜として食べられるチコリの若葉の淡い苦みは、かつてこの植物に宿っていた治癒力をかろうじて思い出させるばかりである。

4 青のエアフルト

植物染料を使ったいわゆる草木染めは、今日では限られた伝統的な衣料や趣味的な手工芸品に用いられるにすぎない。しかし、それはつい近ごろまで広く使われていた技術であり、染料の原料となる植物の栽培は農業の重要な一翼を担っていた。たとえば日本では藍《あい》染めに使われる藍や、赤染めに使われる紅花や茜《あかね》は、すでに奈良時代から各地で栽培され、年貢として納められた地域もあったという。紅花、麻、藍は三草と呼ばれる江戸時代の代表的な商品作物だったが、中でも藍は衣料としての木綿の普及とともに江戸中期から急速に需要が拡大し、阿波を中心に大規模な作付けと、蒅《すくも》や藍玉と呼ばれる染料の量産が行われる。明治に入ってもその生産と染色業の隆盛はしばらく続くが、やがて安価な輸入染料や化学染料が大量に入ってくることで生産は激減し、伝統的な藍染の技術も主流から大きく外れていくのである。

エアフルトの遠景（17世紀）

ヨーロッパで日本の藍とほぼ同じ役割を果たしたのがタイセイ（大青　*Isatis tinctoria*）である。タイセイも藍（*Polygonum tinctorium*）と同じく青色染料のインディゴチンを含む植物であるが、藍がタデ科であるのに対しタイセイはアブラナ科で、両者の形状は大きく異なる。タイセイは十三世紀から十七世紀にかけてヨーロッパ各地で大量に栽培・加工され、青色染料の需要をまかなった。興味深いのは栽培から染料に加工されるまでの長く複雑な工程である。

タイセイを石臼で挽く作業

冬に蒔かれたタイセイの種から芽吹く笹の葉に似た細長い葉は翌年の六月から八月にかけて花が咲く前に何度かにわたって刈り取られ、洗って生乾きのまま積み上げられ、水を加えながら石臼で挽いて細かいペースト状にされる。このペーストは数週間発酵させられた後、握りこぶし大のボールに丸めてゆっくり陰干しにされてから染料業者に売られる。ここまでの工程は藍玉を作るまでによく似ている。染料業者はこのボールを再び撞き崩し、水と灰汁、それに人間の尿を加えてどろどろの液状にして攪拌しながら分解と発酵を進める。発熱による脱水、乾燥、新たな加水という四十日ほどのサイクルを何度も繰り返すことでインディゴの色素が分離され、ようやくパステル（画材のパステルと同じ語で、元はペースト状の染料を指す）、もしくはグイドと呼ばれる粉状の青い染料が得られる。刈り取りからここまでにはおよそ一年を要する。大量の発酵熱と強烈な臭気を発する長い工程にかかわる染料職人は汚れ役で、差別の対象となった。さらに青の染色が特別なゆえんは、その発色の仕方にある。染料を溶かした液に浸された布は最初は黄色だが、空気に晒すと酸化によって一気に鮮やかな青色に変化する。「青の奇跡」と呼ばれるこの作業にかかわるのも、特別な技術を有する染物師と呼ばれる職人達に限られていた。

ところで、色を自然現象として以上に「文化的構成物」として見る文化史家のミシェル・パストゥローの『青の歴史』によれば、そもそも青はヨーロッパでは中世初期まで赤、白、黒といったほかの色に比べれば「あいまいな」色で、はるかに低くしか評価されていなかったという。古代においても初期中世においても、空の色や水の色は青で描かれることはなかった。キリスト教美術において青が登場するのはようやく十一世紀末で、最初は聖母マリアのまとうマントの喪の色の黒に替わって使われ、それが次第に拡大してステンドグラスや紋章、さらに服飾にも使用されるに至ったものらしい。その場合、青はむしろ、色が呼び起こす特定の価値観（赤ならば豪華もしくは虚栄）と結びつかない「中立的」な色であることによって、近世に向けて色の体系の中でその地位を向上させ、使用領域を拡大していったというのである。

商品作物としてのタイセイが大規模に栽培されるようになったのは、この「青の革命」と、十三世紀に西ヨーロッパで始まった毛織物の増産による。イングランドやイタリアで興隆する繊維業での莫大な需要を受けて、タイセイから精製された染料は「青い金」とまで呼ばれて高価で取引され、ヨーロッパ全体に流通する。その生産と流通の中心になったのが、フランスでは南西部ラングドックのトゥルーズ、ドイツでは中部チューリンゲン地方の中央に位置するエアフルトである。交通の要衝にもあった両都市はともに「タイセイの都市」として、ほぼ三世紀にわたって伝説的な繁栄を誇った。ちょうどこの時期にエアフルト大学に学んだマルティン・ルターがエアフルトの住民を「神聖ローマ帝国の庭師」と称えたのは、タイセイの栽培・加工と交易によって栄えるこの都市の姿を目にしたからだろう。

　ルターには、青を色彩として使用した重要なシンボルもある。先に挙げたパストゥローの『青の歴史』には、プロテスタンティズムが色彩使用に対して示した禁欲的な姿勢、特にカトリックの典礼に使われる赤への批判と、「道徳的な」色彩としての黒や青の優位というエピソードがあるが、ルターもまた青に特別な意味を見出していた。封印や書物の検印に用いられた「ルターの薔薇」がそれで、彼自身の説明によれば、「自らの神学の目印」であるこの紋章の中心には、黒い十字架が刻まれた赤いハートがあり、それは死んで蘇ったキリストへの信仰を表す。ハートを囲む薔薇の白は霊たちと天使たちの色であり、それは信仰が喜びであり、慰みであり、平穏であることを示す。そして薔薇が空の色、つまり青地の上に置かれるのは、天上のよろこびがいまはかなえられないが、未来にはかなえられることを意

ルターの薔薇

味する。さらに金色の輪がこの図像全体を永遠のものとして取り囲むのだという。元来この紋章は単色で流通していたものだが、現在はルターの説明のとおり彩色して使われている。青はプロテスタンティズムの支援も受けながら、「正しい」色として認知され、色彩の新たな象徴体系の上位に位置づけられたのである。

もっとも、青の牽引役になったタイセイの好況はそう長くは続かない。それはタイセイに比べて数十倍もの強い染色力を持ち、しかも染色にさほどの技術を要しない輸入インディゴが十六世紀以降大量に出回り始めたからである。ヨーロッパには自生しないインド藍（*Indigofera tinctoria* マメ科）から抽出されるこの染料は、異国の産品としてすでに古代から知られていたが、アフリカ周りのインド航路の発見によって供給の道が開け、ヨーロッパでも大量に出回り始める。当初はタイセイ業者がインディゴの流入に抵抗したため、インディゴ染色禁止令が何度も出されたものの、価格の安さと強い染色力に抗しきれず、パステルの値段は暴落する。十六世紀半ばに壊滅的な打撃を受けたトゥルーズに対して、エアフルトのタイセイ生産は十七世紀半ばまで続けられるが、その後、青の染色は東インド会社の重要な輸入品でもあり、のちにはアンチル諸島やサント・ドミンゴでの大規模なプランテーションによって大量生産される輸入インディゴに全面的に座を譲る。日本の藍染めが二十世紀初頭まで命脈を保つのは、鎖国体制によってインディゴの世界制覇からかろうじて逃れていたからにすぎない。

とはいえ、タイセイの栽培から染色までに至る莫大な手間暇と長大な時間を費やす行程で培われたマニュファクチャの伝統が途絶えてしまったわけではない。エアフルトについていえば、この都市はタイセイの栽培が終息してまもなく、十八世紀半ばからは「園芸の都」あるいは「花の都」として盛名を馳せることになる。その先駆けとなったのは「ドイツ園芸の父」とされるクリスティアン・ライヒャルト（一六八五―一七七五）で、法学を修めたのち独学で農芸学者に転じた彼は、新たな農業技術の啓蒙と普及を進めるほか、自ら農園を営んでクレソン、カリフラワー、ブロッコリーなど多数の蔬菜の高密度栽培に成功する。なかでも水耕によって育てられるエアフルトのクレソンは評判が高く、ドイツを占領したナポレオンはこの地から技術者を連れ帰ってフランスへの栽培技術の移入を試みたほどである。ほかにも、多数の作物の輪作や集中栽培、用具の改良、九十種類以上の野菜の種の頒布など、ライヒャルトがドイツのみならずヨーロッパの園芸界にもたらした革新は大きい。六巻におよぶ著書『農業・園芸大観』（一七五三）は当時の園芸書の白眉であり、この方面に関心を持つゲーテにとっても座右の書であった。

N. L.クレステンゼン社の種子カタログ（1897）

その後もエアフルトはこの「園芸の父」の伝統を引き継ぐように多数の園芸家、園芸業者を輩出する。中でもハーゲ、シュミット、ベナリー、ハイネマン、クレステンゼンらの園芸業者は何代にもわたる名家で、そのいくつかは現代まで続いている。たとえばハーゲ社は創業が一六八五年にまでさかのぼる文字どおりドイツ最初の園芸業者であるばかりでなく、一八二二年からは世界で最初にサボテンの取引と販売を行っている。エアフルトの園芸業のピークは十九世紀後半から二十世紀初めにかけてで、先に名を挙げた業者は急速な都市化と工業化によって高まる需要に応えて、カタログによる種子や苗や球根の通信販売、交通の要所としての地の利を生かした生野菜や果実、切り花の大都市への鉄道輸送など、園芸にかかわる多種多様な事業を展開していずれも成功し、ドイツのみならずヨーロッパ中にその名を知らしめた。市の外周を温室、圃場、花壇、菜園、種苗畑、果樹園などが花づなのように取り巻き、園芸業は都市の景観にも大きな影響を与えた。こうしてエアフルトは、ふたたび「庭師たちの都」としての実質を備えるに至るのである。

5

ジャガイモの風景

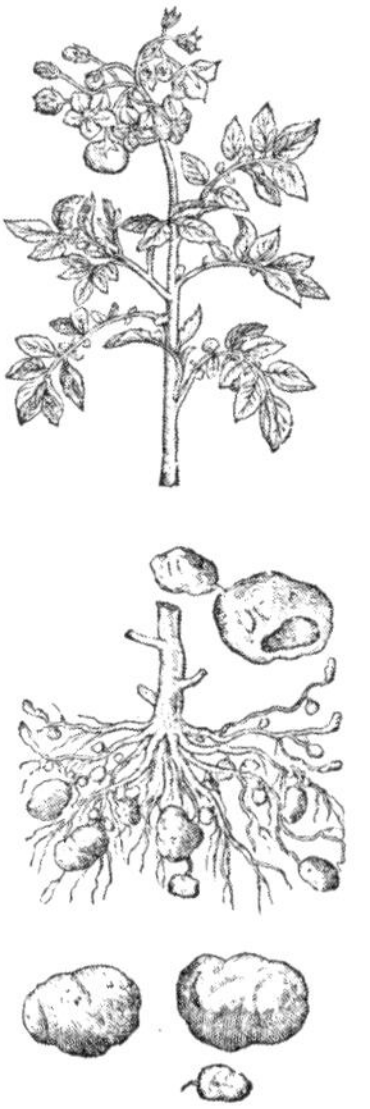

ギュンター・グラスの小説『ブリキの太鼓』（一九五九年）はポーランドの田舎の畑地の描写から始まる。のちの主人公オスカルの祖母となるアンナが、収穫したばかりのジャガイモをたき火で焼いて枝に刺して食べているところに、警官に追われたよそ者の放火犯が逃げてきて、彼女の巨大なスカートの中に隠れて難を逃れ、おそらくその場でオスカルの母の「種が仕こまれ」る。騒がしく猥雑なピカレスク・ロマンの幕あきだ。最初の舞台となるポーランドの平原は、ドイツ名でダンチヒと呼ばれていたグダニスクの西に広がるひとつながりの開墾地である。十九世紀の終わりの年、ヨーロッパの奥まった農村地帯にも工業化が迫っているのだが、まだここには煙をあげる煉瓦工場と森と電信柱が遠景に点在するばかりで、あとは地平までジャガイモ畑がうねうねと続くばかり。小説を原作としたフォルカー・シュレンドルフ監督の映画（一九七九年）でも、冒頭でこの寒々とした風景のショットが長く続く。収穫が終えられ、畝のほか身を隠すところがない広大な畑の中で、逃げまどうよそ者は仕方なく農婦のス

『ブリキの太鼓』(1979)

カートの奥に庇護を求めたのである。似つかわしくも「ジャガイモ色の」スカートを何枚も重ね着して、畑に根を張ったようにしゃがみこむアンナは、大地母神デメーテルという見立てである。もっともデメーテルが小麦をはじめとする穀物の豊穣をつかさどる女神だったとすれば、アンナは地中に育つ塊茎の申し子である。大地とつながったスカートの奥での懐胎から、戦争に明け暮れる動乱の半世紀を扱った長大な物語が始まる。ヨーロッパの奥深くにまで広まったジャガイモは、ひとつの神話的風景を作り出すに至った。

いまでは世界中に普及し、重要な食料ともなっているこの作物が南米アンデス原産で、ヨーロッパに伝えられたのはコロンブスの西インド発見後、十六世紀になってからであるのはよく知られるところだろう。大航海時代以降中南米からヨーロッパに伝わった有用植物としては、ジャガイモのほかにトマト、パプリカ、トウモロコシ、インゲン豆、カボチャ、トウガラシ、タバコなどがあるが、これらいずれも「聖書に載っていない」植物の中でもジャガイモほど近代ヨーロッパの食糧事情に甚大な影響をおよぼした植物はあるまい。その影響力にもかかわらず、また目立たず飾り気なく不ぞろいで無骨な見てくれにもかかわらず、これほど民衆的で親近感のわく作物もない。栽培のしやすさと、作付面積あたりの収量の多さから由来する安価もこの農作物をことさらなじみ深いものにしている。当然ながらドイツでもジャガイモは好んで栽培され、食生活に深く浸透している作物であり、農家といわず、一般家庭でも広めの家庭菜園があればこれを植えて一家の消費分くらいは賄うのがごく普通である。

ところがこれほど人口に膾炙した作物が、ヨーロッパでは移入後も長い間「卑しい根」として蔑まれていたことをご存知だろうか。このナス科の植物は当初は花を愛《め》でる園芸植物として珍重されていたが、毒があるとされて食物としては顧みられなかった。それは、枝葉や花、実の部分を食べたためでもあったらしい。もっぱら塊茎を食べることが知られるようになってからも、地面の下で次々に子を増やし、身を太らせるこの異国生まれの植物は、その性情ゆえに貧民の救荒作物か家畜の飼料に利用されるだけの「下等な」食物の地位に甘んじていた。そうした状況を変えたのが、十八世紀以降にあいつぐ飢饉と戦争である。ドイツでジャガイモが普及するにあたって多大な貢献をした筆頭は、なんといってもプロイセンのフリードリヒ大王であろう。劣等な植物という偏見からジャガイモを受け入れようとしなかった農民に対し、王は一七五六年、七年戦争の開始にあたり「ジャガイモ令」を発布して耕作地の十パーセントにこの新作物を植え付けることを農民に強制し、結果的に国民を飢えから救った。戦争に明け暮れたこの啓蒙君主のおかげで、ジャガイモの生産性の高さや耐寒性、栄養価が遍《あまね》く知られるようになり、その栽培は寒冷で痩せた荒地が多かったためにしばしば食糧難に悩まされたプロイセン領に定着し、さらに国境を越えて広まっていく。フランスでも七年戦争に従軍して捕虜となったアントワーヌ・パルマンティエがプロイセンの例に学んでルイ十六世下で食糧飢饉を緩和する食物としてこれを普及さ

フリードリヒ大王によるジャガイモ畑の視察。R. ヴァルトミュラー「王はどこにでも現れる」(1886)

せる。

こうして十八世紀から十九世紀にかけて、まず飢饉を救済する食糧として普及し、ついで産業革命と人口増を支える「国民的」食物にまで成長した「貧者のパン」であるが、その功績によってもまだ完全に偏見から脱したというわけではない。たとえば、ある国には適正な人口があり、飢えや戦争はそれを維持するための抑止策だとするマルサスらの人口論からすれば、自然が設けたこの制約を取りはらって人口増を可能にするジャガイモは、食欲と性欲を充足することで人間、とりわけ下層民の必要以上の増殖を招きかねない危険な食糧だった。すでに十七世紀にジャガイモ栽培が定着したアイルランドでは、十八世紀から十九世紀半ばまでに三百万人から八百万人に人口が増えるが、マルサスはこの状態を憂いて「ジャガイモのもたらすシステムのもとでは、下層アイルランド人の人口は通常の労働需要を超えて増え続けることが可能であり、そうしたシステムが存続する限り、怠惰で放埓な彼らの生活習慣が矯正されることはない」（『人口論』）と述べる。もちろん、一方にはジャガイモの高い生産性と栄養分に優れた食糧としての価値を認めたアダム・スミスのような経済学者もいたが、こうした見解は少数意見であった。少なくとも、アイルランドで一八四五年から四九年にかけて、特定種の単作に頼っていたジャガイモが疫病のために壊滅的な打撃を受けて人口の八分の一、百万人以上を失った大飢饉は、ジャガイモ擁護派にとって圧倒的に不利な材料となった。

興味深いのは、農作物としてのジャガイモの有用性が認知されて以降、農学者や医者ばかりでなく、ジャーナリストや政治家、政治経済学者たちをも巻きこんだ論争の中で、一貫してジャガイモが「単純な」作物であることが強調されていることである。苗床に穴を掘って種イモを埋めれば、植えっぱなしでさほど手入れを必要としないために、前述のアイルランドではそれを栽培する畑がレイジー・ベッド（ものぐさ畑）と呼ばれた。食べるにもまるで手がかからず、煮るか焼くか、ともかく熱を加えさえすればよい。それはたとえば小麦が、種蒔きから刈り取り、脱穀、製粉、発酵、パン焼きという一連の行程を経て食物に加工されるのと比べて、きわめて単純である。人間の手による加工が文化の証しであるとすれば、ジャガイモの単純さはこの作物がいかに「文化」から遠い位置にあるかを示すことになる。文化的階梯が低いばかりではない。反ジャガイモ派にとって、「卑しい根」による著しい人口増は、人間が食物によって野生に引き戻され、動物に近くなる不安を抱かせるのだ。ちょうど魔女キルケーにたぶらかされたオデュセウスの部下たちが、魔法の酒を飲んで豚に変えられてしまったように。端的にいえば、ジャガイモは人間を自然状態に退行もしくは隷属させる原因となるものであり、またそれを象徴す

ゴッホ「ジャガイモを食べる人々」（1885）

る食物とされたのである。

　異議を唱えれば、穀物を「文化的」とし、塊茎作物を「非文化的」で未発達なものとするこの考えのもとには、小麦とパンを農耕文化の頂点とみなす、西欧に根強い穀物信仰がある。バナナやイモの栽培に農業の起源を求める中尾佐助氏の『栽培植物と農耕の起源』と山本紀夫氏の『ジャガイモのきた道』は、西欧から始まった穀物中心の農業起源論に対する説得力のある反論である。さらに、穀物があいかわらず優位に置かれ続けたからといって、その後ジャガイモが作物として民衆に浸透するのをやめたわけではない。それは地面に根差した地下的な特性を生かして、土に埋もれ、畝に隠れ、目立たぬままにあちらの庭、こちらの農地へとそのテリトリーを広げていく。いざ食糧難に陥った時に飛び入りの助っ人となり、都市の真ん中でも空き地さえあれば短期のゲリラ的な食糧生産を可能にするのも心強い点である。いまはミュンヘン市民の憩いの場であるイギリス庭園ももとは練兵場で、その一角には一七九〇年代にバイエルン王国で兵士たちの訓練を任された英国人士官ベンジャミン・トンプソン（のちにラムフォード卿となる）が食糧自給のために開墾させたジャガイモ畑があった。救貧のための慈善食として名高いジャガイモ入りのラムフォード・スープは卿の発明である。あまり知られていないが、ベルリンの中心にある広大な森林公園ティアガルテンも第二次大戦後の一時期は樹木が刈り払われて食糧確保のためにジャガイモ畑に姿を変えた。

国会議事堂前の耕作地（1946）

　ドイツには百に余るジャガイモの別称がある。もっとも一般的なカルトッフェル／テュッフェルは導入当初に塊茎をキノコ（トリュフ）に似ているとして命名されたイタリア語からきているとして、「地中のリンゴ《エルトアプフェル》」「地中の梨《エルトビルネ》」「地面のパン《エルトブロート》」「こぶ《クノレ》」「曲がりんぼ《クルム》」、クネーデル、ポタッケと変化に富む。ヨーロッパ各国のものを含めれば何百もの異名や方言があるだろう。お上のジャガイモ論議の風向きにかかわらず、民衆的想像力は異国生まれのこの作物を各地でとっくに手なづけてしまったようだ。

　最初に挙げた『ブリキの太鼓』のジャガイモ畑の風景にも、十八世紀から二十世紀にかけて戦争が起こるたびに国土を蹂躙されたポーランドの飢饉と戦争の記憶が揺曳している。同時にそれは、戦乱に踏み荒らされても地中に潜んで生き伸びる、たくましく多産で放埓な民衆的「根っこ」の生のありようも写しとっている。

6 リンゴの福音

先日、久しぶりに店先で紅玉《こうぎょく》というリンゴを目にした。いまどき出回っているデリシャスやフジ、ツガルといった品種に比べれば小ぶりだが、名前どおりの深い紅色にまず目を奪われ、ついでその強い酸味が口の中によみがえってきた。筆者が子供のころはリンゴといえばたいてい紅玉か国光で、故郷の信州では、近所の果樹園から安く大量に買って木箱のもみ殻の中に保存されるこの果実が冬の間のおやつがわりだった。もみ殻の中に手を突っ込んで、丸い実を探りあてたときの安心感、軽くぬぐった程度で皮もむかずに、甘酸っぱい実にそのままかぶりつくときの幸福感をいまだに思い出す。

チリの詩人パブロ・ネルーダにリンゴに寄せた頌歌《オード》がある。

「おお、りんごよ／ぼくの讃えるものよ／お前の名でぼくの口を満たしたい／お前を丸かじりしたい」

「お前の丸い無垢にかじりつくとき、ぼくらはしばらくの間、生まれたとき／乳飲み子の状態に帰る。ぼくたちの中にはなにがしかのリンゴが残っているのだ」。

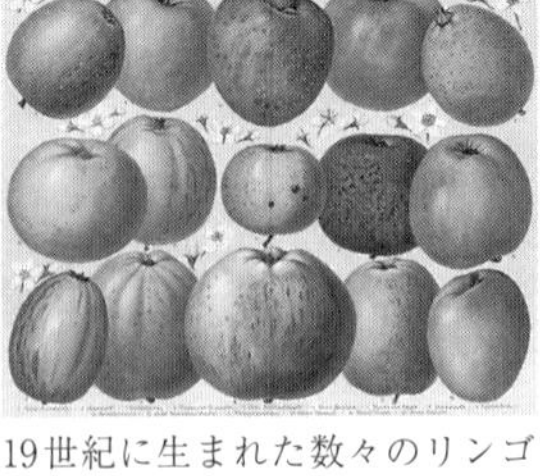

19世紀に生まれた数々のリンゴの品種

ネルーダの詩にはパラダイスでアダムとイヴが味わった最初の果実のエロチックな記憶が響いているものの、エデンの園を追い出された原罪を負うやましさはない。リンゴにかじりつくのは「地上でもっとも単純な行為」で、だれもがそれを通じて母親の乳房に吸い付くように甘い快楽にあずかることができる。「パラダイスに落ちたときとおなじ、夕焼けのバラ色の肌をしている」リンゴは、ネルーダにとって原初の豊穣に与ることを万人に約束する、素朴かつ民主的な果実なのだ。

その特性からすれば、果物店の店先やスーパーマーケットで、リンゴの一つひとつが飾りもののように磨かれて値札を貼って並べられているのには違和感がある。リンゴといえば、武骨かつ不ぞろいにごろごろと転がっているのが常態のように思えるからだ。グリム昔話集の「ホレばあさん」で、たわわに実をつけたリンゴの樹が「ゆすっておくれ、ゆすっておくれ、ぼくらはみんな熟れきっている」と叫ぶのに応じて少女が木を揺さぶると実が上から雨のように降ってきて山をなす、というのはリンゴの特性としていかにも好ましい。豊穣をつかさどる大地母神の恵みは、このように鷹揚でなければならない。

ドイツの家庭の庭でも、リンゴはもっとも頻繁に目にする果樹である。花や植栽が中心の日本の庭に比べて、必ずといっていいほど果樹が植えられているのは、ドイツのひなびた庭の特色であるが、かつては野菜やハーブが育てられていた菜園の畝がすっかり後退し、花壇や芝生が優先されている場合にも、四、五本の果樹はある。梨や桃、プラム、サクランボ、さまざまなベリー類も植えられてはいるが、目立つのはやはりリンゴである。この樹は、その白い花で春の盛りを、枝いっぱいの実で秋の訪れを告げる季節の指標の役割を果たしている。秋口に、幾十もの庭が集中するクラインガルテン地区に足を踏み入れると、収穫期をむかえた果樹園の中に迷いこんだような気になる。

とはいえ、リンゴがドイツの庭に浸透し、「民衆的な」果物として普及するまでには長い道のりがあった。現在ある食用リンゴの原種はカザフスタンの山中に自生する野生リンゴだとされる。それはすでに石器時代には栽培種としてヨーロッパに伝わって食用とされていたが、現在のものよりずっと小さいばかりか苦みが強く、そのままでは食べられず、あく抜きをしたうえで乾燥させて冬の保存食としたらしい。生食できるような品種改良がされるのは古代ローマ時代で、「甘いリンゴ」が知られるようになるのはそれからである。ただし、それがただちにリンゴ一般の性質になったわけではない。というのも、リンゴは植物学的にいって、遺伝的多様性がきわめて大きく、種《たね》からは同じ性質のものが生じず、容易に野生に戻ってしまうからで、同じ性質を持つ樹を殖やすには接ぎ木によるしかない。リンゴの栽培の困難は、人間にとって優良と思われる性質を接ぎ木によって継承すると同時に、実生（種からの育苗）から生じる膨大な数の苗木の中から、風土への適合性をそなえ、甘さ、食感、酸度、保存性、耐病性、色や美観、用途など、目的にかなうものを選び出すことにある。人間のたえざる介入による品種の継承と改良の努力が、リンゴという果樹に高度の文化的性格を与える。

この文化的性格は、リンゴの象徴的意味にも反映していると思われる。エデンの園にある「智恵の木の実」は一般にはリンゴだと考えられているが、聖書では「園の中央に生えている木の果実」とされるだけで具体的な名前はない。遅くとも中世以降、ヨーロッパでクラナッハやデューラーが描くとおり「禁断の果実」がリンゴとして描かれるようになったのには、この果実そのものの洗練があった。丸く美しく甘い果実は、罪と腐敗を予示するより、人間による陶冶の賜物として、美と健康をことほぐように、若々しい裸のイヴの掌に握られている。それはプロテスタンティズムを代表する、気高くかつ健康な果物なのだ。

シンボリックな意味はさておき、食糧として見ると、中世までリンゴは保存がきかず痛みが激しいため、主要な食材とはなりえなかった。中世以降も果実の用途の大半はワインの代用品であるリンゴ酒醸造用か、乾燥保存用に限られていた。リンゴを含めて果物一般が食品として脚光を浴びるのはようやく十九世紀後半になってからである。背景は都市生活者の増大による食の産業化で、市場と流通の拡大を受けてリンゴの生産量も飛躍的に増加する。果汁のほか、料理素材、菓子材料など、食材としてのリンゴの利用法が広がり、味ばかりでなく保存性や収量を改善するためにおびただしい数の品種改良が試みられたのもこの時代である。ドイツを含む中欧では十九世紀だけで実に二千七百種ものリンゴ品種が記録されている。他のヨー

ルーカス・クラナッハ（父）「アダムとエヴァ」（1526）

ロッパ諸国やアメリカを加えれば、その数は二万を超す。

もうひとつ、リンゴの普及を後押ししたのは菜食主義である。肉食を避けて植物性食品のみを摂取して生活することをめざすこの思想は、ドイツでは十九世紀後半にテオドア・ハーン、エドゥアルト・バルツァーらによって唱道されたが、安価で潤沢に得られる国産のリンゴは、彼らのめざす「自然になった」食餌法の格好の後ろ盾となった。市場に出回る果物を利用するばかりでなく、裏庭や家庭菜園を利用して自家用の果樹を育てることも推奨された。のちにこの本で紹介するコロニー・エデンは、菜食主義を奉ずる同志たちが一八九三年にベルリン郊外に設立した果樹の生産共同体である。そこでは自給用以外に、果汁やムース、瓶詰などの自然食品が販売用に共同の加工場で生産され、運動の福音を広める拠点となった。

興味深いのは、菜食主義運動の中でもリンゴをはじめとして果物の生食の習慣はなかなか広がらなかったことである。果物は、当時の医者たちによって栄養的にはほとんど無価値な添えものとみなされていたが、それに抗して果物を自然にかなった理想の食材だと説く菜食主義者のレシピでも、生食は推奨されていない。果物はたいてい熱を加えてから食べられた。

少なくともリンゴについて、ドイツ語圏で生食の習慣を大いに進捗させた人物がいる。スイスの医師であり、ミューズリを発案したマクシミリアン・ビルヒャー＝ベナー（一八六七―一九三九）である。ミューズリといえば、いまはシリアル系の手軽な健康食として知られ、できあいの品が売られているが、本来のレシピは口あたりがよい市販品とはかなり異なる。

ミューズリ

マクシミリアン・ビルヒャー＝ベナー

材料はリンゴと燕麦のフレーク、もしくはフスマとナッツ類である。ビルヒャー＝ベナーによるオリジナルのレシピ（一人前）を紹介すれば、

①燕麦のフレーク大匙1は大匙3の水で半日前からふやかしておく。

②リンゴ2〜3個、大きければ1個（500グラム）をその場ですりおろし、フレークと混ぜる。その際、リンゴは皮ごと、芯も種も抜かずに丸のまますべてを粗くすりおろして使うのが肝腎である。

③レモン汁半個分と大匙1の練乳を加えてさらに混ぜ、最後に粗くきざんだ木の実をふりかけて供する。

自らの闘病体験から編み出したこのダイエット食を、ビルヒャー＝ベナーは病人用の滋養食としてばかりでなく、日常の食事としても広く薦めた。彼が「太陽光の食事」と名づけるこのレシピで生のリンゴに主役を演じさせるのは、無機物が有機物へと転換される光合成の過程にもっとも近い植物の葉や果実を摂取することこそ、もっとも自然にかなった食餌法だと考えるからである。リンゴはまさしく天からの福音を伝えるのである。

リンゴを生で食べるのが一般的になり、むしろそれが奨励されるようになったのは、果実に含まれるビタミンCや有機酸が発見され、その栄養学的・医学的効用が明らかになった一九三〇年代以降である。火を通せばこれらの栄養素は破壊されてしまう。現在では、リンゴのポリフェノールやペクチンが癌細胞の発生を抑えるとする研究もある。ちなみにこれらの有効成分は皮や芯に多く含まれる。そのためか、ドイツ人はいまもこの実を皮ごと、芯や種まで食べる。

いまやリンゴは、健康に良く、安全な自然食品の代表といってよい。しかし、消費材として大量に流通する中で、それは過度に規格化され、個性や清新さを薄れさせているように見える。前世紀初めには数千を数えた品種は、消費者の好みと大量生産に合わせて淘汰され、いま流通するのは十種類に満たない。顧みられなくなった古い品種は個人の庭や、営利目的から離れた粗放栽培の果樹園で細々と育てられている。

どんな品種であれ、リンゴの樹がたわわに実をつけているのは悦ばしい眺めである。とりわけ、生け垣に囲まれた庭の奥まった片隅でこの樹が大きく枝を広げ、無数の重い果実をつけている光景は、強くパラダイスを思い起こさせる。葉裏からのぞく球体は、たとえ未熟で、いくらかは酸っぱさや苦みがあるにしても、じかにつかんでもぎ取り、丸のままかじりつきたい欲望をかきたてるのである。

7 殖えよ、ウサギ

ある夏はドイツでずいぶんたくさんのウサギを目にした。まずはデュッセルドルフ市内の公園。朝まだき、まだ日が昇らないうちに散歩を兼ねて鬱蒼と樹の繁る公園に足を踏み入れると、薄闇の中で草地のあちこちに黒い小さな塊がうずくまっている。近づくと白い綿毛の球のような尻尾を見せて一斉に逃げ出すウサギの群れがいくつもある。ひとつの群れは十匹から二十匹ほどで、早朝のこの時間までが彼らが安んじて草を食むころと見える。朝日が昇り、犬を連れた散歩の人々が木々の間に見え、周囲から交通の喧騒が聞こえるようになると、ウサギたちはどこやらへ姿を隠してしまう。

もうひとつはライプチヒを訪ねた折のこと。街なかでたまたま見かけたポスターに「飼いウサギ展示会」とある。二日間だけの開催で、四、五階建ての集合住宅が連なる地区の裏手にあるクラインガルテンの集合地の入り口に納屋のような仮設の展示場が設けられている。展示場はあまり大きくはないが、中にはウサギの入った飼育箱が所せましと二段に積まれている。ともかくその種類の多さに驚く。ての

飼いウサギ展の案内板（2013）

野ウサギ（左）と飼いウサギ（大ドイツ種）

ひらに乗りそうな小ぶりのものから、両手で抱えてもはみ出すほど巨大なもの、耳が長いもの、短いもの、羊のように垂れたもの、毛がもじゃもじゃのやつ、短毛のもの、と実にさまざまだ。色や模様も、白、灰色、褐色、黒の単色をはじめ、各色のブチ、縞、三毛、大小の星のような斑点を散らせたものと、ヴァリエーションが多い。生まれたばかりの仔ウサギまで加えて、ざっと五十種類はいただろうか。どれも「純血種」をうたっていて、飼育箱の横に掲げられたプレートには、品種名や特徴に加え生年月日や体重までが記されている。品種からいえば犬や猫にはもっと豊富なヴァリエーションがあるかもしれないが、重ねられた狭い飼育箱の中で乾草の上におとなしくうずくまり、黙々と口を動かすばかりの、ほとんど同じ顔つきの小動物が何十匹も並んでいるのは奇観だった。あとで知ったことだが、ドイツ各地では数百種を集めたもっと大規模な展示会が毎年幾つも開かれている。

ひとくちにウサギといったが、野ウサギと飼いウサギは違う動物である。前者は英語ならヘア、ドイツ語ならハーゼ、後者は同じくラビットとカニンヒェン。両者は同じウサギ科に属しながら染色体数が異なり、棲息地から体型、繁殖方法、食性までかなり違う。たとえば、野ウサギは群れをなさず単独で行動し、仔は生まれたときから目が明いていて、生後まもなく自立して餌を探すのに対し、飼いウサギの原種であるアナウサギは地面に数十メートルにおよぶ巣穴を掘って集団で生活し、出生時の仔は赤裸で目が見えず、地中で二週間あまり授乳される。南方熊楠の『十二支考』の「兎に関する民俗と伝説」でも、アナウサギの熟兎《なんきん》と野兎がまず区別される。アナウサギはもともと地中海沿岸のイベリア半島に棲息していたもので、それを家畜化したのが飼いウサギである。ややこしいのは、野原にいるから野ウサギというわけではないことで、都市の公園などで見かけるウサギは、飼いウサギが再び野生化したもので、デュッセルドルフの公園にいたウサギたちもそれである。彼らは人間の居住地とごく近い場所に棲息し、純然たる野生動物である野ウサギの狡智や、いざとなれば「脱兎のごとく」時速八十キロにおよぶ速さで疾駆する脚力はない。

アナウサギの家畜化に着手したのは古代ローマ人だとされている。その目的は肉を得るためであったが、美食家であるローマ人が特に好んだのは、驚くべきことに成獣の兎肉より、ウサギの胎児、もしくは指ほどの大きさしかない生まれたばかりの仔だったという。大プリニウスの『博物誌』にも一ダース単位で食べるこの珍味について記述がある。ウサギ食は中世のキリスト教修道院に引き継がれるが、その理由がうがっている。修道僧たちはウサギ肉を獣肉とはみなさず、肉食を絶たなければならない四旬節（灰の水曜日から復活祭の前日までの日曜日を除く四十日）の期間に、魚の代わりに食べることができる唯一の肉としたのである。教皇グレゴリウス一世が「ウサギは海のもの」だとしてその肉を食べるのを公認したのをきっかけに七世紀以降、ウサギ飼育は中世の修道院で次々に広がった。放っておけば地面に穴を掘って逃げ出してしまうウサギたちを、レンガや石張りの床の上で柵で囲って飼育する方法を編み出したのは修道僧たちである。

さらにアナウサギが世界中に広められるのは大航海時代である。ウサギは航海中の船乗りたちの〈生きた貯え〉《ライヴストック》として船に積みこまれ、渡航した現地では食糧調達のため野に放たれた。ただしその結果はむしろ害のほうが多く、たとえばオーストラリアやニュージーランドでは放たれたわずかなウサギたちが野生化してネズミ算式に殖え、地面の草を食べつくすや木の幹や根までかじったあげく地面を掘り返して生物相を荒廃させ、結局は駆除に膨大な手間をかけさせることになった。

アナウサギの家畜化のきっかけがその旺盛な繁殖力にあったことは疑いない。メスは一年に五回から六回の出産が可能で、ひと月あまりの妊娠期間を経て、一度に六匹から十二匹の子供を産み、生まれたメスは生後五、六か月で交尾可能となる。動物学では家畜について、生殖が人為的に管理される動物、と定義しているが、ウサギの場合、生殖の管理が容易で、しかも簡略な飼育施設によって元の生殖場所である大地の穴ぐらからたやすく切り離しえたことで、急速に家畜化が押し進められた。古代ローマ時代から始められたウサギの家畜化の歴史は、ほかの動物の家畜化の歴史、たとえば犬の約一万年（三万年以上という説もある）、イノシシの九千年、馬とミツバチの五千年、猫の三千六百年に比べて、きわめて新しい。にもかかわらずその家畜化は徹底的で、飼いウサギの生態に大きな変化をもたらした。やはり動物学によれば、家畜化によって動物には、形態や機能、性質に変化が生じる。たとえば、繁殖時期が長くなることによって産仔数《さんし》が増す。気性がおとなしくなり、人間に服従しやすくなる。生活は完全に人間に依存し、人間の介在なしには生活環を全うできない。さらに、集団レベルの変化として、表皮の毛色が多色化したり、奇形ともいえる機能や形態がその動物の特徴となることもある。これらはいずれも飼いウサギに観察される特性である。たまたま立ち寄ったライプチヒのウサギ展示会は家畜化の最前線だったわけだ。

ちなみに、ビアトリクス・ポターの絵本の中で子供向けに愛くるしく擬人化されたキャラクターであるピーター・ラビット（ラビットであるにもかかわらずドイツ語訳ではなぜかペーター・ハーゼとされている）もまた家畜化《ドメスティケーション》と無縁ではない。菜園に入りこんで悪さをする食いしん坊のアナウサギは、自由なようでいながらすっかり人間の生活圏に取りこまれている。ラビット一家は大きなモミの木の根元の穴ぐらに住んでいるが、彼らの実際の生活は隣の敷地に住むマクレガーさんの菜園に依存している。母親がラビット・ウールからミトンやマフを作り、ローズマリー・ティーや、ラベンダーから作ったラビット・タバコを専売して生活しているのもその一環で、そもそもピーターの父親はマグレガーさんに「肉入りパイにされてしまった」のだし、六匹の子ウサギ（「フロプシーの子供たち」）もマグレガーさんに捕まってあやうく毛皮にされかかる。ウサギを独立した動物とはみなさず、人間の生活領域のごく近いところに位置づけることから、こうしたファンタジーは生まれるのだろう。

いうまでもなく、家畜化にとどまらず、ドメスティケーションは庭の第一法則である。それは、野生の動植物を人間の家（domus）の領域に引き入れ、手なづけ、慣らし、飼育し、改良し、適応させたうえで繁殖や栽培を行うことである。動物にしろ、植物にしろ、人の手を経ずには庭に座を占めることができない。その意味で飼いウサギは庭の環境に馴致されきった家畜の典型といえるだろう。

ドイツの一般家庭でウサギが盛んに飼われるようになったのは、一八七一年の普仏戦争終了に際して、ウサギ飼養の先進地であったフランスから兵士たちが飼育方法を持ち帰ったのがきっかけだとされる。もちろん愛玩用というより食肉用、毛皮用で、飼育箱で育てることのできるおとなしく手のかからない草食動物は、都市の狭い住宅の軒先でも手軽に飼って殖やせるために、特に労働者階級の間で人気があった。同じころ隆盛し始めた自給自足的なクラインガルテンの一角が格好の飼育場となったことも不思議ではない。そこは鶏やアヒルと並んで、ウサギも飼われる小農園となった。

それもつい最近まで続いていたことで、旧東独におけるクラインガルテンの全国組織は「菜園家、入植者ならびに小動物飼育家の連合」とされていた。この場合、小動物とは自給目的の庭で飼うことができる一連の動物、すなわち鶏、鶉《うずら》、アヒル、鳩、ウサギ、ミンク、ハムスター、ヌートリア、そしてミツバチを指すが、それらは自給用であるばかりか、市場に出すこともでき、旧東独ではウサギ肉と蜂蜜はほぼ百パーセントがクラインガルテンから出荷されたものだった。

実はぼくがウサギ展示会に足を運んだのも、クラインガルテン発祥の地であるライプチヒでウサギがどう飼われているのか知りたかったからだ。残念ながら、いくつかのクラインガルテンの集合地を見回ってみてもウサギ飼育は目につかなかった。西側にあわせて小庭園の使用目的を保養に切り替え、小動物の飼育そのものを規約で禁ずる組織がほとんどである。ウサギたちもまた、現代の有用動物の例にもれず、人の目につかないところで繁殖、飼育、屠殺される商品としての「肉」や実験動物と、飼い主の好みで品種改良される愛玩・鑑賞用のペットへと、完全に二極化してしまったと見える。

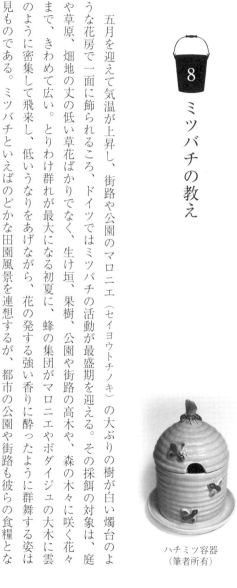

8 ミツバチの教え

ハチミツ容器
（筆者所有）

五月を迎えて気温が上昇し、街路や公園のマロニエ（セイヨウトチノキ）の大ぶりの樹が白い燭台のような花房で一面に飾られるころ、ドイツではミツバチの活動が最盛期を迎える。その採餌の対象は、庭や草原、畑地の丈の低い草花ばかりでなく、生け垣、果樹、公園や街路の高木や、森の木々に咲く花々まで、きわめて広い。とりわけ群れが最大になる初夏に、蜂の集団がマロニエやボダイジュの大木に雲のように密集して飛来し、低いうなりをあげながら、花の発する強い香りに酔ったように群舞する姿は見ものである。ミツバチといえばのどかな田園風景を連想するが、都市の公園や街路も彼らの食糧となる蜜と花粉の重要な採集場所なのである。

膜翅目に属する体長十五ミリほどのこの虫が、花粉を媒介することで植物の生殖にとって重要な役割を果たしていることはいくら強調しても足りない。種類でいえば被子植物のうち八十パーセントが昆虫を媒介して受粉しているとされるが、ミツバチの場合は採粉する植物が多種にわたり、果樹に限ればその九十パーセントをカバーしているという。人間の営む農業はこの昆虫なしには成り立たない。

受粉による生殖のメカニズムが解明されるはるか以前から、ミツバチは蜂蜜や蜜蝋を恵んでくれる「唯一人間のために作られた昆虫」（プリニウス）としてわれわれと親密な関係を持ってきた。野生では樹木の洞などに巣を作るミツバチの習性を利用して、葦の茎の束や土器、のちには籠や木箱などの人工の容器で飼育し、その収穫物を得る養蜂の技術はすでに古代インド、メソポタミア、エジプトにあった。人間による管理と繁殖を経てきたことからすれば、ミツバチはもっとも小さな家畜である。蜂蜜は滋養豊富な食品であるばかりでなく、貴重な医薬品でもあった。また、巣の素材となる蜜蝋も蝋燭の材料として有用だった。そのため養蜂は中世の修道院で特に積極的に営まれた。養蜂術は園芸学の一分野として、十九世紀まで発見や発明があいつぐ。

しかし、ミツバチは実利的な理由だけから珍重されてきたわけではない。この昆虫は独特の生態ゆえに、古くから人間の驚嘆と崇拝の対象であった。セイヨウミツバチについて現在知られていることを簡単にまとめておくと、ひとつのミツバチの群れは一匹の女王蜂と、数百匹のオス蜂（採餌や養育は行わず、精子の提供だけを行う）、それに最盛期には四万から六万匹を数えるメスの働き蜂からなる。唯一、数年の寿命がある女王蜂は、産卵期には毎日千五百から二千個の卵を産み、たえず次世代の産出を行う。蜂たちは女王蜂のもとで完全に統率されて生活し、働き蜂の間でも、蜜や花粉の採取を行う外勤蜂と、巣作り、蜜の保存、幼虫の養育、巣の防御を行う内勤蜂の役割が分けられている。花蜜は花粉とともに蜂たちと幼虫の食糧となるが、わずか一グラムの花蜜を採集するために、働き蜂は花と巣の間を二十回以上往復しなければならない。集められた蜜液はさらに巣の中で蜂たちの体温と、羽根をはばたかせて行う空気循環によって糖分を二倍以上に濃縮され、巣穴の中に保存される。体内からの分泌物である蜜蝋と、プロポリスと呼ばれる樹脂から作られる巣は正六角形をしていて、壁の厚さも巣穴の間の距離も均一で、数百におよぶ個室は定規で測られたように整然と配置されている。この巣の中で蜂たちは互いに振動を伝えて通信を行っているらしい。そればかりではない。オーストリアの社会生物学者カール・フォン・フリッシュが解明した、空中で円を描くダンスで仲間に花蜜の所在を知らせる行動は、高い知性の存在すらうかがわせる。

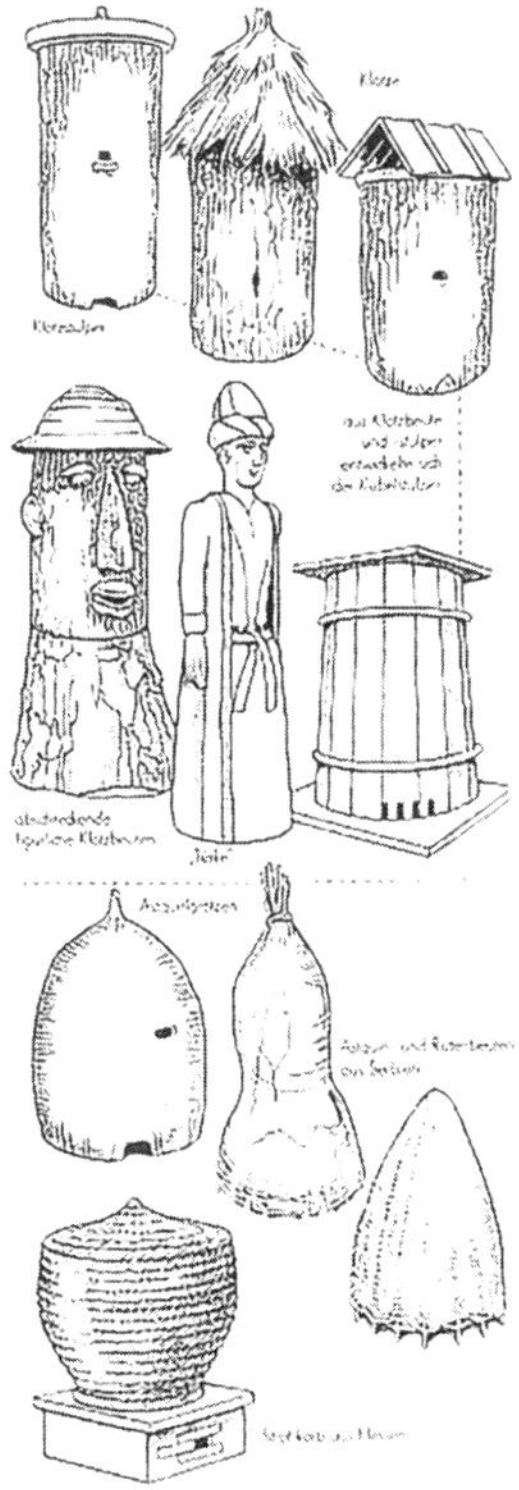

さまざまな養蜂箱

　こうして列挙するだけでも、この小さな生物の不思議な生態には驚かざるをえない。もちろん、これらの生態は昔から詳しく知られていたわけではない。たとえば、それまで「王」と思われていた、巣を統括する一匹の大柄の蜂がメスの「女王」であることを顕微鏡を使って初めて発見したのは、十七世紀オランダの動物学者ヤン・スワンメルダムである。むしろその生態の大半が謎に包まれていたからこそミツバチは一層、神秘的な存在として人間にとって驚嘆と崇拝の対象となったのである。それは宗教的な色彩を帯びてもいた。ドイツには「神の奇跡の御業《みわざ》を見たければ、ミツバチのところに行きなさい」という古い格言がある。統率された共同生活のもとで供物となる蜜を黙々と集め、神の計画の実現と見まごう完全なシンメトリーを備えた巣づくりに励むミツバチは、勤勉、倹約、秩序、忠誠、協働、そして純潔というキリスト教的な徳目を体現する、生きた教えだったのである。その神秘な業に魅せられたためだろうか、養蜂技術を改良・発展させた近代の養蜂家には司祭や牧師、教師が多い。

ミツバチへの驚嘆は、十九世紀後半に生物学によってその生態が解明され始めてからも一向に収まらない。むしろ、高度な社会性を備えた生物としてのミツバチの組織や行動が明らかになると、そこに人間社会の理想的なモデルを見ようとする動きが加速する。たとえば二十世紀初頭のベストセラーになった詩人・劇作家のモーリス・マーテルリンクの『ミツバチの生活』（一九〇一）では、この昆虫の不思議な集団生活が一般向けに詳しく紹介されたうえで、理想的な「国家」として賞賛される。マーテルリンク自身も養蜂家だったというが、彼が手本にしたファーブルの昆虫記の記述とは異なり、この本は人間にとって望ましい未来に向けた詩的な宣言書である。

似たような投影の試みはほかにもある。たとえば、ディーゼルエンジンの発明者で社会改革的企業家でもあったルドルフ・ディーゼルは『社会的連帯』（一九〇七年）という著書の中で、資本家と労働者の階級的な対立を解消し、生産性の高い社会を実現するために、人間はミツバチに学ぶべきだとする。それによれば、ミツバチに倣った社会では、集団の利益のために自己を排した利他的行動と一糸乱れぬ統率が尊重され、労働者たちは規律のもとで率先して分業にいそしみ、利潤を十分に分け与えられることで満足を得る。貯えられた財は社会の共有物として適正に管理され、次代のために役立てられる。これこそ宥和的でかつ生産効率の高い産業ユートピアにほかならない。この社会では王権による絶対的統率と、家臣である国民の服従と分業が積極的に評価されることはもちろんである。

『蜜蜂マーヤ』（1920版）の表紙

ミツバチの存在を子供たちに向けてもっともポピュラーにしたのは『蜜蜂マーヤとその冒険』（一九一二年）である。オーストリアと日本の合作のアニメーション映画によって近年ふたたび有名になったキャラクター、マーヤはドイツの作家ヴァルデマール・ボンゼルス（一八八一―一九五二）が生み出したものだが、アニメと違って原作では、擬人化された昆虫たちの世界が牧歌的にばかり描かれるのではない。「世間を知るために」単独で冒険に出た若いメス蜂のマーヤがほかの昆虫に出会うたびに、「わたしはマーヤ、ミツバチの一族《フォルク》よ」と誇らしく名乗りをあげるとき、フォルクは女王蜂に率いられる一群のミツバチを指すばかりでなく、女王に忠誠を誓う臣民を指してもいる。実際、物語は臣民としての使命に目覚めて、「女王のため、国家のために何か役に立つこと」をするために巣に帰ったマーヤが敵であるスズメバチの来襲を告げ、敵の軍団とミツバチ族との激戦で幕切れを迎える。スズメバチが、「役立たずの盗っとども、ごろつきの強盗種族《フォルク》」と口を極めて酷評されていることからも、原作の民族主義的な傾向は明らかであろう。華々しい戦いは多大な犠牲を払いながらもミツバチ族の勝利に終わり、女王に仕える蜂たちは再び彼らの義務と任務を果たし始める。第一次大戦の直前に出版されてベストセラーとなるこの作品では、いざとなれば戦いも死も辞さないドイツ民族の連帯と果敢さが強調されているのである。ボンゼルス自身が歯に衣着せぬ反ユダヤ主義者だった。

ところで、ミツバチは十年ほど以前から別な意味で注目を集めるようになった。ミツバチの大量死がそれで、最初アメリカの果樹農園で観察されたこの現象は、蜂群崩壊症候群（ＣＣＤ）というものものしい名前がつく環境問題の重要トピックとして世界的に取り上げられている。農作物の受粉のために巣箱で飼われている一群あたり数万匹のミツバチの三十から九十パーセントが突然姿を消す現象が続出して危機感をもって受けとめられているのは、農業への壊滅的な影響が懸念されるためである。大量死の原因としては、農薬（特に、ネオニコチノイド）、特殊なダニの寄生、ウィルスと諸説があり、いまだに完全には解明されていない。花粉を運ぶミツバチがいなくなれば農作物の受粉は行われず、その結果世界の食糧生産は大幅に停滞し、やがては人間も死に絶えるという最悪のシナリオを描く研究者さえいる。

CCDを受けて、ミツバチの役割を見直そうという動きが世界各地にある。そのひとつが、田園や農地ではなく都会の真ん中で、主に環境問題に対する啓発を目的としてミツバチを飼う試みである。これはミツバチの飼育を通じて、人工的な環境に暮らす都市住民に、自然との関係を考え直し、ほかの生物との共生に気づくきっかけを与えようとするものであるが、ミツバチの大量死を招いた、農薬と化学肥料に依存するモノカルチャー（単一作）による農業の弊害や食糧危機、環境汚染などのグローバルな問題への対処も視野に入っている。ドイツの「ベルリン・ブンブン計画」では、美術館、教会、議事堂、大学など公共施設の屋上や庭に巣箱を設けて養蜂が行われるだけでなく、環境問題への啓蒙活動も活発に行われている（日本にも、「銀座ミツバチプロジェクト」というNPOがある）。一連のプロジェクトは、季節のない人工物である都市環境を、緑の植生と各季節の花にあふれ、ほかの生物に対しても優しい、持続可能な「庭」に変換しようとする試みといえよう。ミツバチはいまやその使徒なのである。

ベルリン・ブンブン計画のロゴ（2014）。summtはハチの羽音とともに、サミットのような頂上会議ではない、市民参加の草の根運動であることを示している。

第3章 クラインガルテン探訪

1 空き地のユートピア

ドイツの統一後、三百四十万人の人口を擁する首都になったベルリンの市内に七万を超す貸し農園があるといったら、信じてもらえるだろうか。ベルリンを上空から写したインターネット上の航空写真を拡大して確かめてみると、多くの緑地や公園に混じって、細かく方形に仕切られた四阿《あずまや》付きの庭が密集する区域がいくつも目に入る。地区でいえば、中心から見て北側のパンコウやライニケンドルフ、南側のノイケルンやシュテークリッツ・ツァーレンドルフが目立つが、それ以外の全域に広がっている。いずれも市を大きく取り巻く環状線Sバーンに隣接し、市域が郊外に向けて広がる一帯である。わずかな空き地を利用した小規模なものもあるが、何百もの方形の敷地が整然と区画された庭の集合地《コロニー》は、その数と密集度で、つかの間鳥の目を得て俯

瞰する観察者を圧倒する。密集しているとはいえ、一つひとつの庭の区画が小さいというわけではない。二百から四百平方メートル、日本なら一戸建ての家が二つや三つ建ちそうな広さである。それが何百も集まっている場合には、全体の面積は数ヘクタールから数十ヘクタールにもおよぶ。実にベルリンの総面積の三パーセント、合計二千九百ヘクタール以上の緑地が、これら小さい庭（クラインガルテン）の集合から成り立っているのである（二〇一九年末のベルリン市当局統計による）。

クラインガルテンはベルリンにとどまらず、ドイツ語圏の都市ではたいてい眼にすることができる半公共的な貸農園である。もとになる土地は大半が公有地だが、私有地や企業の所有する敷地もあって、それを賃貸者の団体が共同管理したうえで、規約に基づいて利用者に貸し付ける。借り手はそれを一定期間、作物栽培や園芸を楽しんだり余暇を過ごすなど、限定された目的で私的に利用することができる。こうした制度は他国にもあるもので、イギリスならアロットメント、フランスならジャルダン・ウーブリエ、日本でも市民農園がそれに類似していよう。

ドイツのクラインガルテンは、ライプチヒで都市生活者の生活改革と児童の身体陶冶を目的として始められた会員制のシュレーバーガルテン、イギリスのアロットメントに倣って労働者の福祉を目的とした「貧者の庭」、企業が従業員の福利厚生のために貸し与える菜園、教会や赤十字による慈善目的の救貧園などいくつかの起源を持つが、ベルリンがドイツでも有数の広大な貸し農園地帯をかかえる都市にまで育ったのには別の理由がある。

直接のきっかけになったのは、十九世紀に始まる工業化と都市化による人口増である。プロイセンの首都だったとはいえ、ベルリンは十九世紀初頭にはわずか十七万人の住民が住む兵営都市にすぎなかった。世紀半ばまでに三倍ほどに増えた人口は、普仏戦争での勝利を潮に新生ドイツ帝国の首都になった一八七一年には八十二万人を超し、以後、一八九五年には二百万人、一九一〇年には市域が拡大して「大ベルリン」となったことで三百三十万人へと一気に膨張する。流れこんできたのはほとんどがプロイセン邦のかつての農村地帯の住民で、世襲隷農制が廃止され、移住と職業選択の自由が認められた彼らは、農村を放棄して都市へと流入する。その結果、ベルリンでは十九世紀半ばから深刻な住宅不足が生じ、新住民の多くは劣悪な環境の集合住宅に押しこめられ、あるいは仮住まいを余儀なくされた。

ミーツカゼルネの内部（ベルリン、1907）

この時代のベルリンの住環境を特徴づけるのは、ミーツカゼルネと呼ばれる四、五階建の賃貸集合住宅である。ベルリンの再開発による土地投機と住宅不足に乗じて雨後の筍のように建設されたこれらの住宅では、居間と台所と寝室を兼ねた狭い一部屋に家族全員が寝起きし、昼間は夜勤労働者にベッドを又貸しすることさえ日常的だった。「囲いこみ」によって農村を追われて都市に流入した産業革命下のプロレタリアートの凄まじい窮状と非人間的な生活環境については、エンゲルスの『イギリスにおける労働者階級の状態』（初版一八四五年）がいまなお最良のドキュメントだが、少なくとも住宅事情に関しては、エンゲルスが報告するロンドンやマンチェスターの貧民街の陋屋の実情に勝るとも劣らない状況がベルリンにも生じていた。

住宅に窮したプロレタリアートは大都市の空き地にも居場所を求めた。彼らは都市計画に基づく建築がまだ始まらない空き地を借り、あるいは無許可のまま占拠し、板切れを集めて自分の手でバラックを建てた。最初は雨風を避けるだけの板囲いが、やがては炊事の設備や厠を備え、寝泊まりも可能な仮設住宅へと発展し、周りには食糧不足を補う菜園が耕された。ラウベとは本来は市民の庭の園亭を指すが、ベルリンでは簡素なバラックの掘建て小屋である。こうしたにわか造りの小屋と菜園がいくつも集まって、ラウベンコロニーと呼ばれる一画があちこちに生まれたのである。それは都市の酷烈な環境の中に徒手空拳で放り出されたプロレタリアたちが、生活の必要に迫られて法を無視して勝ち取った地面であり、美的とはいえないが、生活実感にあふれた、労働者の自立と不羈を感じさせる領分である。コロニーという呼び名も、都市の中に開拓された自給自足の群居地を示すのにふさわしい。大半が農村出身の労働者たちにとって庭づくりは、樹一本、土のひとかけらも手にすることができず、自然や陽の光や大地から隔絶され、季節感も希薄な都市の環境へのプロテストという意味も持つ。

当然ながら所詮は仮住まいで、用地はもともと彼らのものではないのだから、小屋も菜園もいずれは撤去される運命にある。しかし、普仏戦争からの帰還兵が流入することでますます逼迫するベルリンの住宅事情はむしろコロニー拡大の追い風になり、行政は一時しのぎの仮住まいを野放しにせざるをえなくなる。一九〇八年時点で、市が所有する四百六十ヘクタールの空き地に七千ものラウベが林立し、「ベルリン借地人組合」なる組織まで設立される。すでに世紀転換期には小屋と菜園が密集するクラインガルテン集落は首都ベルリンの名所にまでなっていた。

庭として見た場合、当座の用を満たそうとする欲求から自然発生的に生まれたコロニーは無秩序で粗放にすぎるものとして目に入ったに違いない。既成社会の枠組みから排除されたよそ者たちが都会の空き地に設けた開拓地は、そもそも計画などなく、間に合わせに切り拓かれたもので、時間と手間をかけて手入れされた庭の概念からはほど遠い。当初から「荒れ果てた小屋、手入れのされない畑地、ほったらかしの苗床、生え放題の雑草」と、美的な見地からの批判があった。そればかりではない。庭の住人たちはしばしば浮浪者、無宿者、不逞の輩、果ては「大都会のツィゴイネル」とみなされ、コロニーそのものを「ジプシーの村」「野蛮人の集落」と貶める声さえあった。

こうした批判が実情をそのまま伝えているとは思えないが、少なくとも、集落化したコロニーが大都市の中に生じた風変りな田園地帯として、独自の民衆文化をはぐくんだことは確かだと思われる。収穫祭をはじめ、仲間うちの定期的な祝祭や飲酒、羽目をはずした乱痴気がここでは許された。そこは庶民が都市の過酷な現実を忘れることができる避難所であるとともに、一国一城の主である庭主たちが自主管理する独立国であり、時には行政が容易に手を出すことができない解放区のような様相を呈すのである。そういえば、ラウベの屋根には決まって領地の独立を示すかのように小旗が掲げられていた。

ラウベンコロニーを「労働者の天国」としてこよなく愛した画家がハインリヒ・ツィレ（一八五八－

ハインリヒ・ツィレ「ベルリン、庭の都」（1914）

一九二九）である。ツィレはミーツカゼルネの住宅事情をはじめ、たくましく生きる下層階級の貧しくも陽気な都市生活を活写してベルリン子に人気を博した画家であるが、コロニーの情景を描いた一連のペン画を残している。連作は題して「ベルリン、庭の都」。もちろん、描かれるのは二十世紀初頭にイギリスから伝わった理想の住空間「田園都市《ガルテンシュタット》」とは根から異なるラウベの日常である。上に掲げた、ヴィラ・ローザというラウベを描いたタイトル画で垣根に立てかけられた看板には、「寝床貸します。男女を問わず、警察への届け出不要。保養税もなし」とある。庭はまず生活の場であり、次に（ときに怪しげな）副業によって生計を得る場である。ツィレにとって庭は、庶民が雑草のように根を張って生きる「環境《ミリヨー》」の一部なのだ。次頁の絵は拓かれてまだ日が浅いコロニーだろうか。ごみ置き場のように散らかった庭に建つ仮小屋の向こうにもほかの地所を示す旗が林立している。ベルリンなまりのト書きは、「おっ父《とお》、ご覧よ。旗が出ている。野郎てっきり家にいるらしいや」。垣根ごしの逢引や、普請中の小屋を描いたほかの絵からも、雑然として少々不細工ながら、自前の小さな地所に居すわることができた庶民の安堵と幸福感が伝わってくる。

そんな幸福を提供するラウベをツィレは、ユートピア《ウトピー》を茶化してベルリンなまりでウテープヒェンとも呼んだ。遠い天国や声高な社会改革の約束よりは目前のぬくもりや逸楽を優先し、高望みするよりはいま手にしているささやかな所有物での満足を味わわせてくれる足もとの小ユートピア。労働者がようやく獲得したつかの間の慰安の場としてのクラインガルテンを特徴づけるのに、これ以上ふさわしい言葉はない。

もちろん、現在あるベルリンのラウベンコロニーは、ツィレの時代から百年以上を経ている。その間、クラインガルテンのいくつもの系統が入り混じり、コロニーはその時々の必要に応じてその姿と役割を変えてきた。農村から流入した下層労働者の臨時の避難所という性格は、彼らの定住が進むにつれて弱まり、コロニーは常態化することで市民が持続的に利用できる余暇、食糧生産ないしは園芸、さらには市域の緑化という機能をあわせ持つ施設に変わった。方形の小ユートピアはすっかり土着化し、いまは都市ベルリンに根付いているのである。

„Kiek, Vata, de Fahne is draußen –
denn is der Lump ooch drin!“

ツィレ「ベルリン、庭の都」より

2 旧東独クラインガルテン事情

ベルリンの市域にいまも残る広大なクラインガルテン地区の起源については前項で述べた。二度の大戦とたび重なる都市改造や再開発を経てなお、歴とした首都でこれほど大規模な生産緑地がいまなお維持されているのには、旧東ドイツ、すなわちドイツ民主共和国の功績が大きいことにも触れておこう。第二次大戦後、かつての帝都ベルリンは壊滅的な空爆を受けただけでなく、英米仏とソビエトによる四ヵ国の占領下に置かれ、ソビエト地区と「西側」地区は分断されて一九六一年には壁が築かれ、東西ベルリンへと二分されるが、戦前からあったクラインガルテン地区は、東ドイツの首都を名乗った東ベルリンでも社会主義体制の中に吸収されることなく存続していた。ベルリンに限らず、ライプチヒ、ドレスデンはじめ、ほとんどの東ドイツの都市でも同様であった。

そもそも、いまなお何百ものラウベを束ねるコロニーが集中するトレプトウ、パンコウといった市域

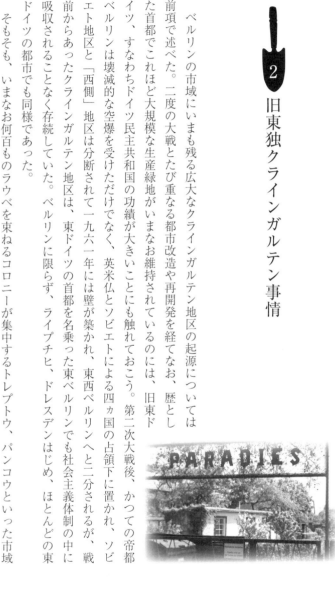

はそのままベルリンの東地区にあたる。社会主義化の当初は小市民的な私有財産に近いものとしてその利用が批判にさらされたこともあったようだが、やがて東ドイツの独自路線が軌道に乗ると、クラインガルテンは「労働者の楽園」そのままに、移動の自由の制限があったため利用が限られた国営休暇地に代わる手近な保養先として、不足しがちな食糧の自給手段として、あるいは画一的で手狭な共同住宅（六十年代に大量に建てられた安手のコンクリート作りの集合住宅プラッテンバウは「プロレタリアを収容するロッカー」と陰口をたたかれた）を補う、補助的住空間として認知されるようになった。

東ドイツが社会主義圏の優等生として成長路線を確保した七十年代の初め、クラインガルテンにたてこもる一人の若者を主人公にした小説が世に出た。ウルリッヒ・プレンツドルフの『若きWのあらたな悩み』（一九七二年　邦訳・白水社Uブックス）である。のちには戯曲化、映画化もされ、東ドイツのみならず西側にも広く紹介されて話題となったこの小説で、十七歳の見習い職工の主人公は、家を飛び出してリヒテンベルク地区の「撤去寸前のラウベンコロニー」にある居住用のバンガロー（邦訳では「庭小屋」とある）に住みこんで、そこを拠点に既成社会への反抗を試みる。ちなみにリヒテンベルク地区もベルリン東部にあるクラインガルテンの集合地のひとつで、主人公が住みこむ貸農園を管理する「パラダイスII」と同名の組織はいまも存在する。

この小説が評判になったのはひとつには、家を出て一人で生活し、初めて自分の手で人生を律しようとする主人公の「悩み」が、社会主義のもとでも、家庭の中での孤立や成果主義の社会の中での鬱屈、恋愛や冒険へのやむにやまれない思いといった、若者の生活感情として吐露されていることによる。それは実際には反抗ともいえぬ反抗で、むしろサリンジャーの『ライ麦畑のキャッチャー』を思わせる、大人や既成社会への不信の表明に終始しているものの、それまで社会主義圏の文学では見られなかった若者の主観的な心情が、十七歳の若者の語り口を用いて率直に表現されていることで、同世代の共感を得たといえる。

もうひとつ、タイトルからすぐ知られるように、この小説はゲーテの『若きヴェルテルの悩み』のパロディーでもある。無人のバンガローに住みついた主人公は、そこの便所でレクラム版の『ヴェルテル』を手にする。もっとも、それは表紙を失い、ばらばらになりかけた文庫本で、主人公には「奇妙な文体」で書かれたテキストが有名な古典的恋愛小説であることさえわからない。しかし偶然手にした小説を暗記するほど読みこんだ主人公は、やがてそれを自分の境遇に重ね、引用を録音テープに残して友人にメッセージを伝え始める。『ヴェルテル』はいわば主人公の新たな人生のシナリオとして使われるのである。

たとえば、庭小屋に閉じこもる主人公にとって好ましいのは、ヴェルテルのこんな述懐である。

「なんと心地よいことだろう。自分が畠で育てたキャベツを食卓にのせる人の、素朴で無邪気なよろこびをぼくの心が味わうことができるというのは。いや、キャベツばかりではない。そのときぼくは、その人がそれを植えた美しい朝を、それに水を注いだいとしい夕べを、そして日ごと作物が育つのを見て喜んだすべての日々を一瞬のうちにともに味わうのだ。」

本家ヴェルテルの場合、庭仕事や自給自足的な生活への愛着は、近代以前の素朴な生産方式と、分業や階級分化によって損なわれない人間関係への共感に結びついている。とりわけ恋愛小説の舞台となる田舎町の牧歌的生活は、移り住んだばかりのヴェルテルの目に理想郷と映る。しかし二百年後の社会主義圏でドロップアウトした若者にとって、自給自足的な生活はそのまま理想郷を意味するわけではない。ましてや舞台は大都市の中に取り残された、撤去寸前のクラインガルテンである。ひきこもる主人公にとって、そこはむしろ社会や家族の指図によってあらかじめ形作られた人生ではない自分の人生を自分の手で組み立て直す場となる。ささやかな庭を「ぼくのコルホーズ」とまで呼ぶ意味はそこにある。

とはいえ、自分探しの行程は基本的にはヴェルテルのたどった歩みのもじりである。庭と隣あわせた幼稚園の保母に出会い、この年上の女性をシャルロッテに見立てて恋するのも、庭先で子供たちに囲まれるロッテをヴェルテルが最初に目にした状況をなぞっている。やはりヴェルテルの筋書きそのままに、体制に順応する恋敵の登場によってこの恋愛は妨げられ、ピストルによる自殺ではないが、バンガローでの工作中の感電死によって若者の自己実現の軌跡は突然途切れる。

逃避とひきこもりの場に使われるのは、東独のクラインガルテンにとって例外的な設定だったかもしれない。というのも先にも触れたとおり、当時の東独におけるクラインガルテンの繁栄ぶりは西側を上回るもので、特に食糧の供給不足が日常化する七十年代には、食糧増産のために各地で新たな貸農園の用地が拓かれさえした。そこでは保養のために芝生を育てるよりは果実や野菜、穀物を生産することが奨励され、自家用のほか余剰分は市場に出して売ることもできた。ベルリンの壁崩壊を目前にした一九八七／八八年の統計によれば、政府の買い取り制度によって、全東ドイツの八十五万にのぼる貸農

優秀なクラインガルテンに協会が与えた賞状（1968）

園から、市場に出回る野菜の十二パーセント、果物の二十パーセント、卵の三分の一、ウサギ肉と蜂蜜についてはほぼ百パーセントが供給された。家禽の飼育や養蜂のみならず、毛皮を得るための小動物の繁殖も盛んで、ヌートリア（南米原産の体重十五キロにおよぶネズミ科の獣）の皮を二十七万頭分、ヨーロッパ・ミンクの皮を六万七千頭分産出していたというから驚く。逃避の場どころではない、クラインガルテンは社会主義下の国民経済に組みこまれ、それを下支えする生産機構としての一面も持っていたのである。

ところで、旧東ドイツには庭の仮小屋を指すラウベと並んで、ダーチャという施設も市民権を得ていた。ロシアで夏に都市を離れて過ごすための別荘を意味するこの言葉は、社会主義文化の中で、労働者が家族で週末や休暇を手軽に過ごすための保養施設として設けられた郊外の庭つき別荘や居住用のバンガローを指すのに使われた。廉価で借りることができる都市内部の生産緑地であるクラインガルテンに比べて、ダーチャは賃料が幾分高いものの、もっと面積が広く、労働と生産の規制から離れ、保養目的で森や湖畔といった郊外の自然の中に置かれていることに特徴がある。そこは手狭な集合住宅を離れた一時的な居住の場所としても使われた。

世界的なヒットとなったドイツ映画『グッバイ・レーニン』（二〇〇三）にもダーチャが登場する印象的なエピソードがある。映画の終盤近く、昏睡状態に陥ったために「壁」の崩壊を知らないまま療養を続けてきたものの、周囲の著しい変化を目にして事の真相に気がつき始めた母親を伴って、一家がそろってベルリン郊外の別荘に行く場面がそれである。手に入れたばかりのトラバント（東独の国産車）に乗って行きつく先には、水辺に近い森の中に、鳥のさえずりと虫の羽音に包まれた広い草地とバンガローがあり、孫を連れた一家はそこでくつろぐ。やがて母親は、胸のつかえが取れたように、永く秘密にしていた夫の出国の経緯と、自分が東側にとどまり続けた理由を子供たちに打ち明けて詫び、その夜再び昏睡に陥る。

『グッバイ・レーニン』（2003）
©X Filme. Creative Pool

ダーチャの登場には伏線がある。少し前の場面で、ベルリンの街路にあふれる大量の西側の車に驚いた母親は、あれは西独を嫌って東独に移住してきた人々なのだ、という息子の偽りの説明を真に受ける。住居に困った彼らを救おうにも、この手狭な集合住宅には受け入れることはできない、と娘に言われると母親は、「だったらダーチャがあるわ、ダーチャに西からのお客様をお迎えしましょう」と即座に応じる。森のバンガローは、寛いだ一家団欒の場であるとともに、東ドイツが誇る、癒しと受け入れの場なのである。

ただし、クラインガルテンにしろ、ダーチャにしろ、東西統一後の未来は明るくない。なによりも、ほとんどが公共用地の賃借によって成り立つ西側のクラインガルテンに対し、東側のそれは主に個人が地主の借地の上に建てられていて、公的保護下にはない。賃料が大幅に値上げされるばかりでなく、借地に設けた耕作地や建物の利用は制限され、統一後さっそく撤去されて土地投機の対象になったコロニーもある。さらに難しいのは、西側で起草された「連邦クラインガルテン法」が東西一律に適用されるようになったことで、この法律ではクラインガルテンとは保養を目的とし、営農はできないことがまず定められ、さらに作物は自家消費用に限られること、区画の広さは四百平方メートル以上であってはならないこと、家畜の飼育はできないこと、小屋は二十四平方メートルを超えてはならず、それを継続的に住居として利用してはならないこと、などが規定されている。借地権の期限延長などの特例はあるものの、統一から三十年を経て、旧東ドイツで隆盛を誇ったクラインガルテンやダーチャは変質を迫られているのである。

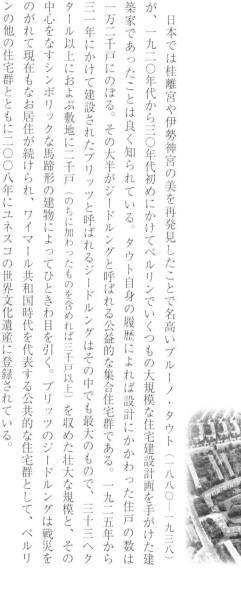

3 ジードルングの庭

日本では桂離宮や伊勢神宮の美を再発見したことで名高いブルーノ・タウト（一八八〇—一九三八）が、一九二〇年代から三〇年代初めにかけてベルリンでいくつもの大規模な住宅建設計画を手がけた建築家であったことは良く知られている。タウト自身の履歴によれば設計にかかわった住戸の数は一万二千戸にのぼる。その大半がジードルングと呼ばれる公益的な集合住宅群である。一九二五年から三一年にかけて建設されたブリッツと呼ばれるジードルングはその中でも最大のもので、三十三ヘクタール以上におよぶ敷地に二千戸（のちに加わったものを含めれば三千戸以上）を収めた壮大な規模と、その中心をなすシンボリックな馬蹄形の建物によってひときわ目を引く。ブリッツのジードルングは戦災をのがれて現在もなお居住が続けられ、ワイマール共和国時代を代表する公共的な住宅群として、ベルリンの他の住宅群とともに二〇〇八年にユネスコの世界文化遺産に登録されている。

ブリッツをはじめとするジードルングの特色は、ひとつには大都市労働者の住宅難の解消という公益的な課題に応えたことにある。ベルリンは第一次大戦後には人口四百万人の欧州最大の都市になるが、そこには慢性的で深刻な住宅不足があった。そのために特に低所得のサラリーマンや労働者のために大量の住宅を供給する組織が、一九二四年にベルリンに設立された。これが社会民主党系労働組合の共同出資によるゲハーク（GEHAG）と呼ばれる公益住宅・貯蓄・建設会社であり、タウトは設立直後からその建築顧問、詳しくは「設計部門における芸術顧問」として大規模なジードルングの設計にかかわる。ここでいうジードルングは単なる住居群というより、都市計画に基づき、しかも社会改革的な構想を備えた集合住宅を指す。

タウトの設計したジードルングのもうひとつの特色は田園都市的な要素を導入していることである。産業革命以降の都市労働者の悲惨な労働・居住環境を改善するために、大都市の郊外に都市と農村を融合させた新たな居住・生活地である田園都市《ガーデンシティ》を開発する構想は、いうまでもなくイギリスのエベネザー・ハワードが一八九八年に発表したパンフレット『明日――社会改革への平和的進路』に由来し、世界中に広がったものである。ドイツでも一九〇二年に田園都市協会が設立され、一九〇九年にはドレスデン郊外にドイツ最初の田園都市ヘレラウが拓かれる。タウトも若くして田園都市の構想に強い影響を受け、一九一二年にはベルリン近郊ファルケンベルクでの田園都市建設にかかわる。しかしタウトは大規模なジードルングを手がけるようになってからは、田園都市の牧歌的・ブルジョア的な構想から離れ、より実際的、機能的な新即物主義の道に向かったとされる。そこには大都市における住宅不足の解消という喫緊の課題が優先されたという事情もあったろう。

ただし、彼のジードルングからは田園都市的な構想が消え去っているわけではない。本来、田園都市は都市からある程度離れた郊外に建設される衛星都市であるが、むしろタウトの真骨頂は、大都市のただ中の住宅群に田園都市的な要素を取り入れていることにある。ブリッツでは通りに面した三階建ての集合住宅（壁の彩色のために「赤いフロント」と呼ばれる）が周辺の都市の喧騒から敷地全体を切り離すように列をなし、卵型の池を囲む馬蹄形の建物がその外周の開口部に位置して全体の要をなす。馬蹄形はジードルングの性格を示す農耕的なシンボルとも見える。実現されなかった拡張構想を示す計画図によれば、敷地の境をなす住宅群の列は弧を描いてさらに扇形に展開し、やがてはハワードのデザインに近い円環をなすはずであった。

田園都市的性格をより強く印象づけるのは、緑地の扱いである。タウトが設計したジードルングに足を踏み入れる者はいまでもその緑地部分の多さに驚かされる。ブリッツの場合には、当初計画では三十三ヘクタールの敷地のうち建坪は七ヘクタールで、残りは庭と空き地にあてられていた。緑地の比率はタウト設計の他のジードルングでも大きくは変わらない。こうした緑地面積の多さは、単なる装飾や心理的な慰安効果を意識したものではなく、ほとんど陽が当たらず風通しもない劣悪狭小な賃貸兵舎《ミーツカゼルネ》に替わる、日照や換気を重視した優良な住環境を都市労働者に提供する意図を反映したものであろう。知られるとおりヨーロッパでは都市内部の、あるいはそれに隣接する広大な公園や森などの公共的な緑地は「緑の肺」と呼ばれ、工業化と人口集中の弊害を解消するためにすでに十九世紀後半から都市計画の中で重要な位置を占めてきた。ただしタウトの設計したジードルングの緑地にはもう少し積極的な意

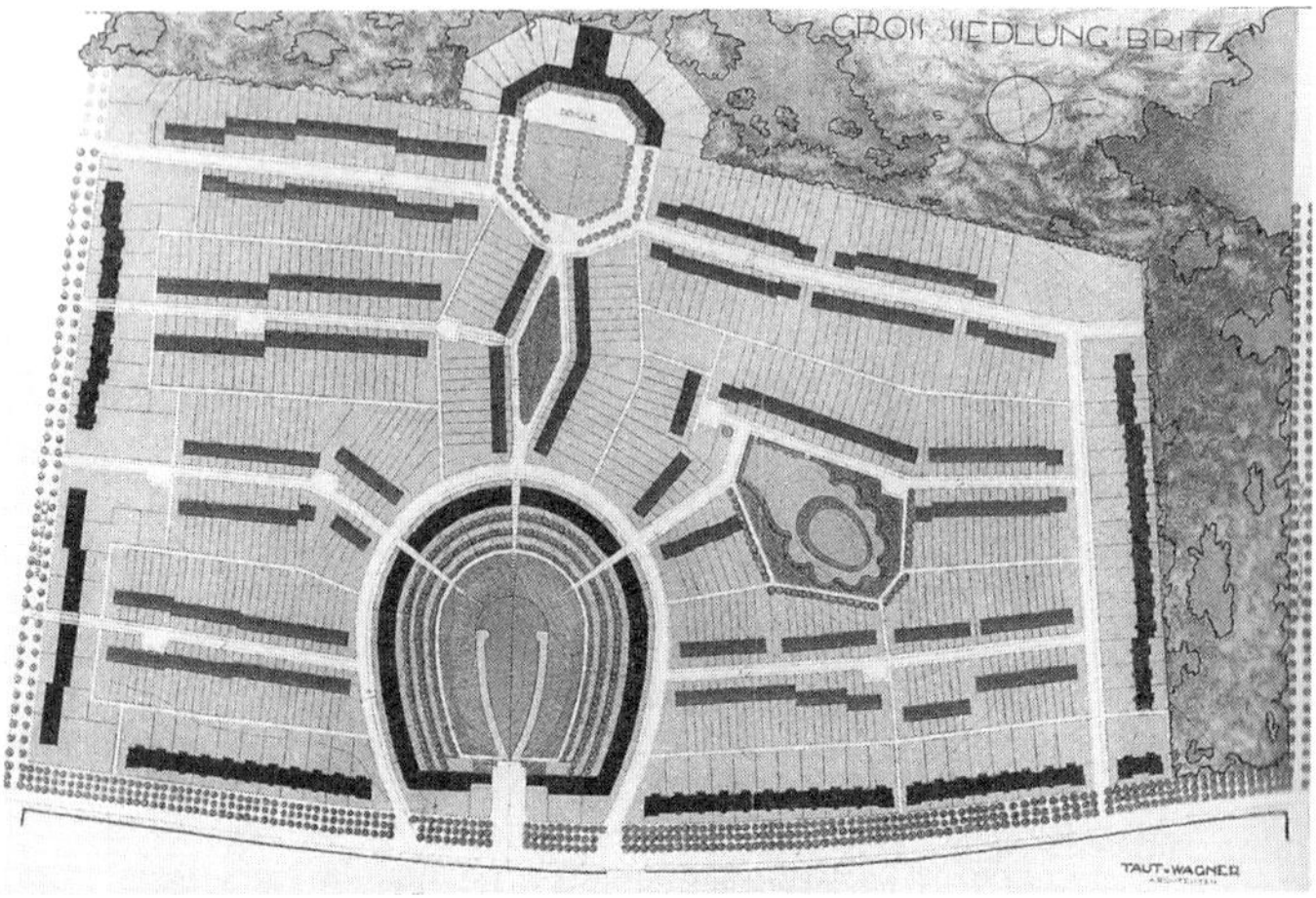

タウトとヴァーグナーによるブリッツ（第1期、第2期分）の平面図

味を読み解くことができる。

その手がかりとなるのは、ブリッツの設計図の敷地全体に施された細かい長方形の仕切り線である。これは広大な緑地の大半が当初の計画では各住戸にそなわった耕作可能な土地、すなわち自給自足用の菜園として区画されていたことを示すものである。列状の家屋に沿った庭はひとつの区画が三百から五百平方メートル。数えればほぼ住戸数に相当する。この計画はタウト独自のものというより、造園を担当した造園設計家レーベレヒト・ミッゲ（一八八一―一九三五）のアイデアに支えられたものだった。

タウトの設計した一連のジードルングを論じる際に必ず名を挙げられる、ベルリンの建築局主任であり、タウトの実質的な上役でもあったマルティン・ヴァーグナーに比べれば、ミッゲの名は緑地部分の設計者としてほとんどの場合ごく簡単に言い添えられるにすぎない。しかし、ミッゲはすでに第一次大戦前からタウトやヴァーグナーと交友があったばかりか、彼らと同時期に田園都市的な構想の洗礼を受け、ワイマール共和国の時代を通じて彼らと共働していくつものジードルングの設計に携わっている。

　ジードルングにかかわる庭園デザイナーとしてのミッゲのユニークな点は、庭、それも装飾的な庭園や公共緑地ではなく、個人が耕し自給自足の糧を得る小さな農地としての庭の可能性を徹底して追求していることにある。自給自足的な庭づくりといえば、あとにこの本でも取り上げる「自由地同盟」や協同組合的な菜食主義者のコロニー・エデン、さらにスイス・アスコーナのモンテ・ヴェリタの無政府主義的コミューンが思い浮かべられる。ミッゲのアイデアも、十九世紀末から生まれるこれらの生活改革的な試みに連なるものである。ただしその庭づくりの思想は第一次大戦を経て、より先鋭で過激なものとなる。いうまでもなくこの大戦は当事者となる国の国民全体を巻きこんだ世界最初の総力戦であり、ドイツ国民は民間人を含む数百万人にのぼる死者を出した。驚くべきは民間人の犠牲者の中に八十万人近くの餓死者が含まれることで、これは大戦末期の異常気象による不作とイギリスの海上封鎖によるドイツ国内の極端な食糧不足が原因である。餓死者の大半は都市の労働者であった（藤原辰史『カブラの冬』による）。

レーベレヒト・ミッゲ『誰もが自給生活者』(1918)

　この経験を受けてミッゲは、庭の目的をもっぱら実用的な食糧生産に絞ることを提唱する。大戦中の一九一八

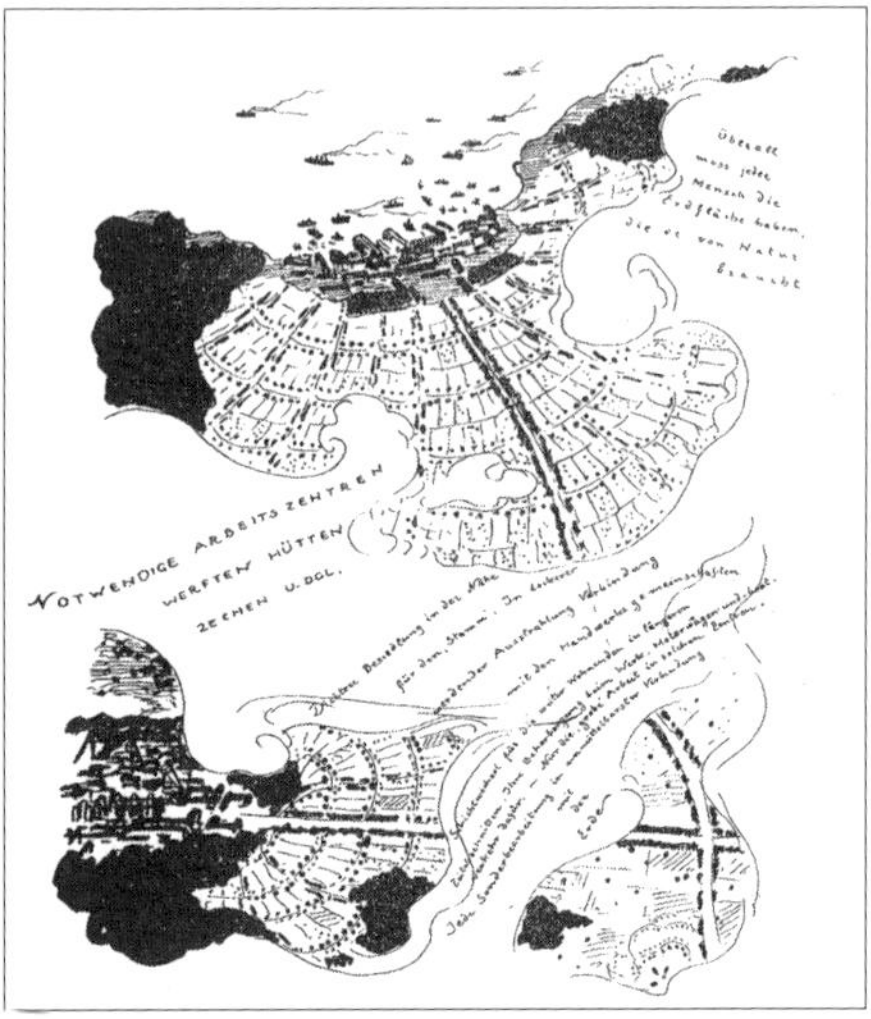

ブルーノ・タウト『都市の解体』（1920）より

年に出された『だれもが自給生活者』はそのためのパンフレットで、自宅の庭を利用した食糧自給の方法を詳細かつ具体的に紹介している。さらに翌年の「緑のマニフェスト」では、都市において利用されていない空き地をすべて耕作地に変え、都市を田園化するラディカルな構想を「緑のスパルタクス」名で発表する。ミッゲによれば、一人あたり八十平方メートル、五人家族なら四百平方メートルの畑があれば自給生活は充分可能である。都市のみならずドイツ全土を耕し生産緑地に変えることは、海外における植民地開発の対案としての「国内開拓」であり、それは食糧不足のみならず、貧困、貨幣経済の弊害、過酷な生存競争、分業による社会的不平等といったさまざまな焦眉の問題を解決する方策となりうる。戦争による国土の荒廃に直面するドイツは、いまこそ国民的事業として庭づくりに取り組むべきなのである。

　タウトも一九一九年に「大地は良き住まい」というマニフェスト的副題を持つ著書『都市の解体』で、ルソー、クロポトキン、そしてミッゲを引きながら、都市の解体と大地への帰還を「新たな革命」

として告知し、田園的ユートピアのヴィジョンを紡ぎ出している。

「われわれは大地の示す新しい相貌を決然として目におさめよう。今日ある大農園は共同管理され、いまより多くの人々がそこを耕し、その実りによって生活できるようになるだろう。放棄された土地はあまねく小農園や菜園で覆われ、その狭間には森、牧草地、湖がある。工業はおのずからこのイメージにしたがう。(……)住民はほぼ完全に自給自足し、自分の生産物の自然な交換で暮らすことになるため、市場は余計なもの同然となる。金銭の力は低下し、消え去る。だれが田園で多くのものを購う必要があろうか。人々はまさに自然の中で暮らし、その中で働き、手と精神、工房と農地の間の健康なバランスのうちに調和に満ちた生活を送るのだ。」

こうした理想的な自給自足生活がブリッツをはじめとする大規模なジードルングで本当に実現されたかどうかはわからない。時代による推移はあっただろうが、徐々に庭は自給的な食糧生産という目的を失い、区画も消えた芝生や花壇や植樹のある公共緑地と変わらないものになったのではないだろうか。造園家であるミッゲはその後三〇年代の初めまで自給式菜園の可能性を追求し、ゴミや糞尿を有機肥料として利用する循環的なエコロジー都市の設計を手がける。一方、建築家であるタウトにとって庭は直接的な用途から切り離された住環境のひとつとなる。それでもなお、この住環境を私的な住空間から緩やかに移行する住居外の共同体的な「屋外住空間」としてとらえようとするタウトの発想には、先のユートピア的ヴィジョンに広がる「住むための大地」への強いこだわりが感じられる。

4 庭に住む

エーリヒ・ケストナーの『飛ぶ教室』(一九三三)は、児童文学の中でもいまだに愛読される古典といっていい。舞台となるのは戦間期ドイツの片田舎にある男子のみの寄宿舎制のギムナジウム。十五、六歳の生徒たちがその年のクリスマスに上演する「飛ぶ教室」という創作劇の上演をハイライトとして、彼らの学園生活が描かれるのだが、その中に生徒たちに慕われる「禁煙さん」という相談役が登場する。教師とは一線を画すこの人物は、ギムナジウムの敷地から垣根ひとつを隔てた菜園の片隅にただ一人暮らしている。三十歳代半ばの職業不詳の一風変わった人物で、「禁煙さん」と呼ばれるのは、帝国鉄道から払い下げられた禁煙指定の客車を住まいとしているからで、実際は愛

廃車両を利用した仮住まい(1920年代)

煙家である。禁煙さんは一種の世捨て人として想定されていて、時折生活のために街の安酒場でピアノを弾くのを除けば、菜園で庭仕事をし、空いた時間には本を読むばかりの自由気ままな暮らしを楽しんでいて、貧しい一人暮らしをいっこう気に病むことがない。生徒たちが彼を慕うのは、何も気にかけない自由と孤独が、生徒たちの日々直面する学校での集団生活の拘束や、日々成果を求められる競争的環境の緊張の対極と感じられるからでもあろう。彼を慕う生徒が描く「隠者」と題された絵の中で、男はアシジの聖フランチェスコさながら、鳥を肩に留まらせて花盛りの庭にたたずんでいる。

もちろん、『飛ぶ教室』の禁煙さんは、文人を気取る趣味的な隠者でも、宗教的なメッセンジャーでもない。なにより彼が住処とする庭は、豪壮な屋敷の庭でも人里離れた農地でもなく、街なかのごくありふれた菜園である。菜園は、いくつかある翻訳では「市民農園」とも訳されるが、都市内部の賃貸式農園クラインガルテンであることは明らかだ。生徒たちの一風変わった相談役は、学校の敷地と隣り合わせる、垣根で簡単に仕切られた菜園の集合地の一角を借りて、年中そこに暮らしているのである。

ヴァルター・トリーアによる『飛ぶ教室』の挿絵。「彼は水をやりおえると、草地に寝そべって本を読んだ。」

住まいとして使われる払い下げ客車については思いあたることがある。そもそも鉄道線路際の空き地は未利用の土地を一時的に使用するクラインガルテンの設営にうってつけの場所だった。現在でも、鉄道線路際の空き地に設営されるクラインガルテンは、車窓から旅行者にも目につきやすい風物である。未利用の鉄道敷地を菜園や花壇として利用するのは、最初、鉄道従業員の生計補助ないしは趣味的な相互扶助活動であったが、第一次大戦を境に、食糧難や住宅難の解消策としてより積極的、組織的な利用が図られるようになり、運営のための組織もできる。禁煙さんが住まいとする庭は、必ずしも鉄道敷地や跡地を利用したものであるとはいえないが、少なくとも、使われなくなった鉄道車両を住みかにするのは彼だけの奇抜な思いつきではなく、経済的危機に直面するドイツにあふれた失業者や帰国兵士、寡婦家庭など、住居困窮者にはなじみ深い生活形式だった。一見牧歌的に見える禁煙さんの「庭暮らし」にも、時代の影は落ちているのだ。

貸菜園での急場しのぎの生活はケストナー自身の当時の境遇とも無縁ではない。一九二〇年代に時代批判や諷刺的な作品で旺盛な創作活動を始めたばかりの青年作家の周りで、ドイツの経済状況は年を追って悪化し、巷には失業者があふれる。それに輪をかけて、一九三三年一月にヒトラーが政権を握ると、ドイツの言論状況は急速に悪化する。その年の五月に行われた焚書では、ケストナーの著書も「反ドイツ的」として広場で公衆の前で炎の中に投げ込まれた。その後ケストナーはナチス独裁下でゲシュタポに二度逮捕され、やがて執筆も禁止されるが、ほかの知識人のように外国に亡命することなく、終戦までドイツにとどまり、偽名を使ってしたたかに執筆を続ける。いわゆる内的亡命である。ケストナーは、作品を自宅の庭に埋めて沈黙を守った女性ダダイスト、ハンナ・ヘーヒのように完全に隠遁したわけではないが、彼もまた発言の機会のみならず、生活のための住居さえ奪われる危険を常に感じていたはずだ。

折しも一九三三年に出版された『飛ぶ教室』では、描かれた状況にまだ希望の光が見える。ギムナジウムの騒乱はクリスマス劇の上演をもっておさまり（ちなみに、実科学校生とギムナジウム生徒の雪合戦と人質奪取劇は、一九二〇年代の街頭で頻発した極左と極右の実力行使を伴う小競り合いを思わせないでもない）、禁煙さんはこのギムナジウムの教師兼舎監であるかつての同級生と再会を果たして、この友人の仲介で学校医として再び職を得る。菜園に置かれた鉄道客車での仮住まいは、先行き不安ながらも、ともかく次の生活へのステップとして役立ったのである。

この時代には、もっと切実な理由から菜園や空き地に住み続ける人々もいた。未利用の鉄道敷地が菜園として活用される事例については先に触れたが、第一次大戦後には鉄道敷地に限らず、無用になった軍用地、兵舎跡をはじめ、河川敷、採石場跡、公園隣接地などを利用して、大規模なクラインガルテンの集落の設営が公的な資金を得て進められた。この事業は失業対策のための公共工事でもあったが、戦時中から顕著であった食糧難の解消とともに、戦線からの大量の帰還兵、傷痍軍人、さらに戦争寡婦に対する仮設住居の提供を目的としていた。ワイマール期ドイツの住宅政策といえば、前項で触れたマルティン・ヴァーグナーとブルーノ・タウトらによるベルリンの労働者向け公営住宅建設が思い浮かべられるが、その実現には膨大な資金と長い年月を要し、しかも供給できる住宅数は限られていた。当局は緊急の需要を満たすために、菜園に付属する雨宿りや用具置きのための仮小屋すら、一時的には庭付きの住居として認めざるをえなかったのである。

ベルリン、ヴェディングのレーベルゲ長期貸借コロニー（1929年の創設当初）。1つの菜園の敷地は250㎡でラウベの面積は30㎡と定められた。460区画を擁する大規模なもので、その後の長期契約菜園のモデルとなる。

第一次大戦後の状況は十九世紀中葉からのクラインガルテン運動に大きな転換をもたらすものでもあった。すなわち、ライプチヒを起点とする、同志による結社が敷設するシュレーバーガルテンや、篤志家による貧民救済措置としての菜園よりも、住宅困窮者が自発的に始めた空き地の占拠と居住に起源を持つ、自律的な生計手段としての庭と住居の確保が重視されたのである。これはクラインガルテンの需要を一気に高めることになり、ドイツにおけるその合計面積はワイマール期に最大になる。一部の菜園に十年以上の継続使用が認められた意義も大きい。クラインガルテンの敷地は公益に基づいて使用を許可する長期の賃借権を認められ、予告なしの契約打ち切りや投機的な目的による土地収用を逃れることになったのである。均等に割り振られた菜園と、規格に沿ったラウベが広大な敷地に整然と並ぶ集合地は、戦間期ドイツの新しい風景となった。その多くは現在もなお維持されている。

クラインガルテンでの居住について補足すると、長期貸借権がある場合にも住居への転用は法的には認められていなかった。土台を持たず、狭小で設備も不十分なラウベは、建築法上は居住に不適な庭小屋でしかない。しかし、たび重なる通達にもかかわらず、ラウベを住まいとする者は後を絶たず、当局はそのたびに現状を黙認せざるをえなかった。ベルリンを例にとれば、第一次大戦の敗戦直後および一九二九年の世界恐慌の影響下でラウベを住居とする者は一気に増え、特に一九三二年から翌年にかけての冬には、クラインガルテンを所有する十三万世帯のうち二十七パーセントもが庭の仮小屋を住居としていたという。

ラウベの群居地（1930年代初め）

経済的困窮と住宅難を背景に各地で生まれたクラインガルテン集合地は、社会問題の解決を訴える政治的左派の拠点となったことも忘れえない。特に、「赤い地区」と呼ばれる共産党と社民党の支持者が多い地区では利用者の大半が左翼シンパで、彼らは自治組織を作ってデモや陳情を行い、祭りやスポーツなど共同のイベントを催して連帯を強めた。ベルトルト・ブレヒトが脚本を書いた「ワイマール期唯一のプロレタリア的映画」といわれる『クーレ・ヴァンペ──あるいは、世界はだれのものか』（一九三二）では、失業のためベルリン市内の住居を追われた労働者一家が、同じ境遇にある人々と共に郊外のテント村で自給生活を送るコミューンへの移住をきっかけに、共同で企画するスポーツへの参加を通じて社会主義的連帯に目覚めていく過程が描かれる。

一方、右派の目には、行政による管理がしにくく、警察による捜査もおよびにくいクラインガルテン地区は、得体のしれない者たちが隠れ棲む無秩序で胡乱な巣窟、都市の中のジャングルと映ったに相違ない。実際そこは失業者だけではなく、アナーキスト、革命派の残党、兵役拒否者、反戦主義者、犯罪者を含む、さまざまなアウトサイダーやドロップアウトが住民登録を逃れて隠れることができる場所でもあった。その中には多くのユダヤ人も含まれていた。

もちろんこの避難地はいつまでも安泰であったわけではない。左派の巣窟と目されたクラインガルテンの集落は、極右、極左の激しい街頭闘争が行われていた時期には武装したナチス突撃隊の奇襲を、ナチスが完全に政権を掌握してからはゲシュタポの一斉捜索をたび重ねて受ける。ナチス傘下に入った運営・管理組織からプロレタリアは放逐され、クラインガルテン制度そのものも、総力戦の食糧増産体制に組み入れられる。かつての都市のジャングルは褐色の嵐のあとにすっかり整地され、隠れ場所ひとつ残さない管理された農地に変わってしまったのである。

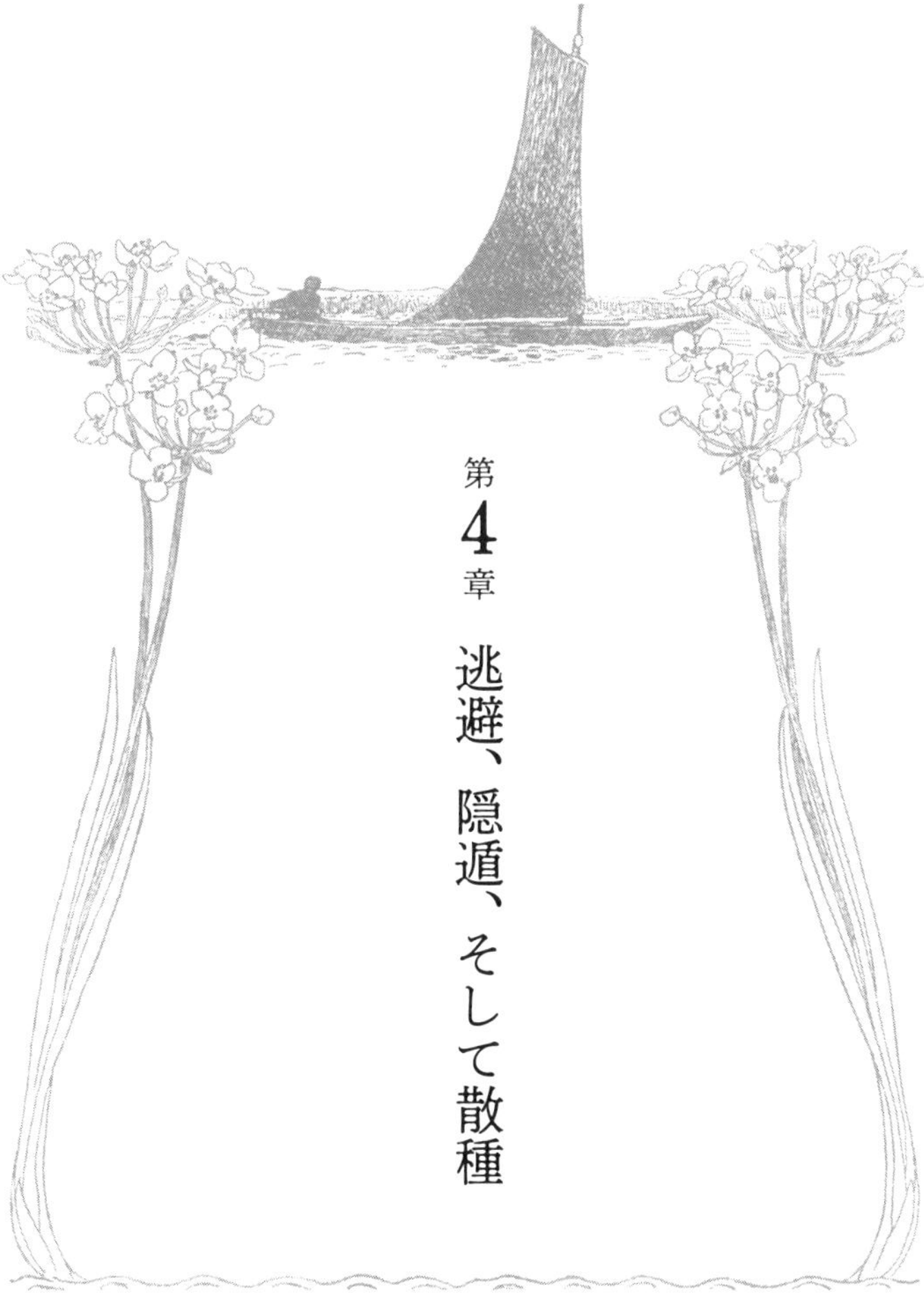

第4章 逃避、隠遁、そして散種

1 耕す人、踊る人

アルプス山中に点在する多くの氷河湖のひとつに、スイスとイタリアにまたがるマジョーレ湖がある。山々に囲まれ、南北に長く延びた細い枝のような形をした湖の周辺は、雪を頂く高山の雄大な風景と温暖な気候を兼ね備えた風光明媚なリゾート地として世界的にも知られている。しかし、マジョーレ湖の周辺、特にスイス側のロカルノ一帯は二十世紀の初頭に保養地としてばかりでなく、生活改革の実験場として脚光を浴びたことがあった。ロカルノに近い山麓の小村アスコーナに「真理の山《モンテ・ヴェリタ》」と名づけられた風変わりなコミューン（生活共同体）があったからである。

コミューンの主はベルギーの富裕な実業家の息子アンリ・エダンコヴァンとドイツ、ザクセンのフライベルク出身の音楽教師イーダ・ホフマン。二人は健康上の理由からいくつかの療法施設を転々としたのち、一九〇〇年に少数の同志とともにアスコーナに彼らの理想を実現するために自給自足の菜食主義

フィドゥス「コミューン」(1883ごろ)

裸で耕すザロモンゾン

コミューンを設立する。イタリア語圏スイスの手つかずの自然の中で開始された活動は、特にドイツ語圏の、急速な産業化と都市化のもたらす弊害に自覚的な知識人の間で評判を呼び、以後第一次世界大戦を挟んで二十年にわたって、モンテ・ヴェリタは菜食主義者ばかりか、アナーキスト、芸術家、政治的亡命者、宗教的預言者が多数訪れる生活改革運動の聖地となる。このコミューンが注目を浴びたのは、それが食料の自給生産や健康回復という直接的な目的以上に、この時期の生活改革が射程とした広い社会事象、たとえば結婚制度、教育、私有財産、貨幣制度、市民道徳、栄養学などを映し出す鑑となったからである。

彼らのうちには一糸まとわぬ姿で農耕作業をする者まで現れた。上に掲げたのは初期の入植者のひとり、ラファエル・ザロモンゾンの写真で、オランダ領事の経歴を持ち、コロニーでは会計係をつとめた彼は徹底した菜食主義を貫き、バター、ミルク、チーズのような動物性の食品はおろか、香辛料や塩も使わず、調理もしない生食を信条とした。獣毛《ウール》でできた衣服もご法度である。この信念の極まるところが真裸で土を耕すことで、ザロモンゾンによればひとは裸でいることを一切恥じるべきではなく、「恥多き心がわれらに衣をまとわせ、誇りがわれらをふたたび裸に帰らせる」のである。楽園にいたアダムとイヴの始源状態が文字どおり再現されることになる。もっとも、裸形で畑を耕すポーズは多分に宣伝効果をねらったものらしく、先に掲げた裸体主義のモットーを自筆で添えたこの写真は絵葉書としてモンテ・ヴェリタの訪問者たちに売られていたという。

揶揄はさておき、彼らの信念がなかば以上に真率なものであったことは認めなければならない。完全な裸はともかく、彼らが好んで着用した古代ローマのトーガを思わせるゆったりした改良服は、体を拘束しない点で、同時代の都市生活で要求された身体を締めあげるコルセットや糊付けされた窮屈な衣服に挑戦するものだった。

彼らにとっては地面も単なる土くれでも、作物を生むための耕作地でもない。第一章で取り上げたビンゲンのヒルデガルトの自然学では、土は神秘な「緑の力」を賦与するあらゆる生命の素であったが、近代の施薬治療に批判的な代替医療では土とのより積極的なかかわりが求められる。モンテ・ヴェリタのコミューンのモデルのひとつとなった、中部ドイツのハルツ山地でユングボルン（「若返りの泉」）と銘打った自然療法施設を営んでいた医師アドルフ・ユストは、「土治療」なるものを実践し、地面にじかに寝たり、泥を浴びたりするほか、少量の土を薬として食べる療法も行った。ユストによれば「治療土《ハイルエルデ》」と呼ばれるある種の土は「最良の自然薬」なのである。ちなみにユングボルン療養所には作家のフランツ・カフカが長期にわたって療養目的で滞在したことが知られている。

光風療法というものもあった。これもユストをはじめ、各地の自然療法サナトリウムがこぞって導入した外気浴で、皮膚にはできるだけ太陽光と自然の風を当てるのが良いとされ、裸もしくは裸に近い状態のまま戸外に出て運動や軽作業を行うことで、精神と身体の失調したバランスを回復する効果を見こんだものだった。モンテ・ヴェリタでも最初に建てられたのは「光と風の小屋」と名づけられた住居兼光風療法用の簡素な木造小屋である。裸で行う庭しごとも、外気と土による身体の活性化という目的にかなったものだったといえる。

　菜食主義にも触れておこう。菜食主義そのものはピタゴラス派をはじめ、古くから世界中にあった養生法だが、この時代の菜食主義の特色は、それが顕著な文明批判的傾向を帯びていることにある。ことわっておけば、「菜食」主義を意味するヴェゲタリスムスVegetarismusは「野菜《ヴェジタブル》」に由来する言葉ではない。それはラテン語で「活きた」「新鮮な」「健やかな」を意味するヴェゲトゥスに由来し、肉体ならびに精神を「活性化する」食餌法ならびに生活法を指す。人間は本来果実を食べる動物であったとするこの時代の菜食主義の立場からすれば、肉食は動物から派生する「死んだ食物」に依存する、自然に反した食習慣である。それは肉体の腐敗を助長することで健康に良くないばかりか、闘争心をかきたてることで社会に害悪をもたらす。近代の文明社会、特に都市の病的状態は、自然と隔絶した生活や食習慣に原因を持つとされ、戦争や不和も肉食が遠因だとされる。菜食は「自然にかなった」食餌法として、個人の健康増進をはかる以上に、生に本来備わった自然の治癒力を回復することで文明のもたらした腐敗や害悪を避け、社会全体を治癒する機能を帯びる。それは自然からの乖離という危機に瀕した都市住民が自覚的に選びとるべき食餌法であり、菜食主義者は近代医学や栄養学の批判者であるとともに、文明化されすぎた社会に警鐘を鳴らし、人類の救済の必要を説く伝道者なのである。

　一八五〇年代に始まった近代ドイツの菜食主義はこうして十九世紀終わりには世界観といいうるもの

に近づく。それが生活改革の各分派に共通する規範となったのは、こうした文明批判的なメッセージ性を帯びていたからにほかならない。モンテ・ヴェリタでも食物の選択にあたっては、それがどれほど未加工で「自然に近い」かが重視された。木の実や果実、調理されない生のままの野菜、脱穀しない穀物で作ったパンだけを食べることは、近代の文明生活がもたらした一切の生産物や加工品を拒絶して自然のみを相手に生きるラディカルな実験だったのである。

一連の自然療法的処方を含む庭しごとが「真理の山」の上で、文明という「鋼鉄の殻」(マックス・ヴェーバー)の捕囚状態から脱するための重要な契機であり、文明批判の意味を持つことがわかるだろう。それは、自然に帰れ、というルソー風のモットーを真正面に掲げた実践であり、人間の本来の欲求にかなっているばかりか、遵守すべき神聖な義務なのである。

もっとも、モンテ・ヴェリタの試みは、菜食主義を謳った生活共同体の中でも、協同組合的な運営組織を持ち、営農集団として事業化されていたベルリン郊外オラーニエンブルクにあった「エデン」の果樹園コロニーなどに比べれば、はるかに個人主義的かつ気まぐれで、短期的なものにとどまったことも言い添えておかねばならない。入植者たちの間には運営路線、というより生活方法をめぐって最初から軋轢があり、あくまで文明を拒否する「自然人」たちは設立間もなく袂を分かって独自の流儀で生活を始めた。一九〇五年、出資者のエデンコヴァンがモンテ・ヴェリタ野菜《ヴェジタブル》園組合を設立した時点で、コミューンが当初構想された原始共同体から、商業や経営と妥協した現実的な生活改良の路線へと転じたことは明らかである。

湖畔で踊るラバン（右端）とダンサーたち（1914）

むしろ自然との共生という構想を引き継いだのはダンスだったかもしれない。モンテ・ヴェリタは生活改革運動に共鳴する芸術家たちの集合地でもあったが、その中には多くの舞踏芸術家たちも含まれていた。ここでいうダンスとは、イサドラ・ダンカンに発するモダン・ダンスで、ダンカン自身も何度かアスコーナを訪れている。薄いギリシア風のチュニックを身にまとい、体の線もあらわに感情のおもむくままを素足で踊る彼女のダンスは、身体パフォーマンスとしてもアスコーナで行われている実験と親和性の高いものだった。ただし、ダンカン自身はここでダンスを踊ったわけではない。アスコーナをモダン・ダンスのメッカとしたのは、ルドルフ・フォン・ラバンとその弟子マリー・ヴィグマンで、彼らは実際に湖や山々を背景に、草木の茂る野外を舞台として、しばしば裸で踊った。

そもそもラバンによればダンスは人間活動の根底にある「原＝芸術」にほかならない。それはだれもが無意識のうちに抱える表現の衝動の発露であり、文明によって埋もれてしまった「舞踏的感覚」を目覚めさせることがダンスの目的である。人間はダンスを通じて、自然との失われた絆を取り戻して生まれ変わり、大地や宇宙との交感を行うのである。その意味でこのダンスは自然と一体化した宗教的儀式、たとえば異教的な太陽崇拝や農耕儀礼に近い。ラバンがアスコーナに開いたダンス学校では、身体表現に健全さと力強さを与える目的で、庭での作業が稽古の一環に取り入れられたことも言い添えておこう。

自然の懐に回帰しようとするこのダンスが、もっぱら女性たちによって踊られたことにも注目したい。ラバンの弟子ヴィグマンが自作のダンス《魔女の踊り》で強調するのも、身体と大地との強い結びつきである。その後ヴィグマンは師のもとを離れ、ソロダンスのほか、ゴングや太鼓、シンバルなど打楽器のみで伴奏されたシンボリックな集団舞踏によって新境地を開くが、《恍惚の踊り》《大いなる魔神《デーモン》》《揺れる風景》といったタイトルに見られるように、彼女が表現するのは、束縛を解かれた自然のデモーニッシュな力に身をゆだね、そのリズムと共振する人間の根源的な身振りである。アスコーナの丘を萃《すい》点とする母なる大地は、この巫女たちを迎えて、近代文明の束縛を脱しさった祝祭の場へと変容するのである。

2 果樹園コロニー　エデン

ルソーの『エミール』の中に、少年のエミールが畑づくりを試みるエピソードがある。教師であるジャン・ジャック（つまりルソー自身）とともに田園で生活しているエミールは畑仕事に興味を持ち始め、手近な土地の一角を耕しソラマメの苗を植えて丹精こめて育てる。ところがある朝行ってみると、せっかく育てた植物は無残にも全部引き抜かれ、畑は植えた場所さえわからないほどに掘り返されている。やがて犯人は畑の持ち主である庭師であることが判明する。ただし、よく聞いてみると庭師は理由もなしに乱暴狼藉を働いたのではない。むしろエミールが許しを得ずに、他人の所有物である畑の一部を勝手に耕して作物を植えたことで、当然の仕打ちを受けた事情が明らかになる。幼いエミールが自分の時間と労力を一心に注いだ畑づくりはいとも簡単に挫折させられ、少年はこの世に「所有」という観念があることを初めて、しかも手痛い形で思い知らされるのである。

この挿話は単に少年の我意の最初の挫折を扱っているのではない。そもそもキリスト教の教えでは、

「エデン」のロゴ（1995）

土地を耕して作物を植えることは神の意向にかなった神聖な行為であるはずである。土地をはじめとする地上のすべての自然物は創造主である神が人間の共有物として与えたもので、それを生存のために利用することは万人に与えられた権利、いわゆる「自然権」である。ソラマメを引き抜かれたエミールの嘆きは、耕作という神聖で尊敬すべきものであるはずの仕事が妨害され、「自然権」が損なわれたことに向けられている。庭師が言うとおり、この世にはもはや未開拓の土地などなく、地上の土地は所有者によって隅々まで分割されている。いかに熱心に土地を耕して作物を育てたくとも、自分の庭を持たないエミールの欲求は他人の所有権によって阻まれざるをえない。

これはエミールのかりそめの畑に限らず、庭一般についてあてはまることである。実際には庭はむしろ排他的な私的所有の典型であり、自己と他者の利害が衝突する場であることの方が多い。庭づくりが、他人に背を向けて自分の快楽や利益を優先する自己中心の姿勢を連想させるのは、庭が私有物だという前提に立っているからである。

ところが、十九世紀末から二十世紀初めのドイツでは、土地の私的所有を排除した社会改革的な入植地《コロニー》が各地に次々に登場する。それらの先駆けをなすのが、ベルリン近郊にある小村オラーニエンブルクに一八九三年に誕生した果樹園コロニー・エデンである。ベルリンといえば、ほぼ同じ時代にラウベと呼ばれる膨大な数の賃貸式菜園の集合体が市内に生まれたことを、「空き地のユートピア」で取り上げた。エデンのコロニーはしかし、急速な工業化によって周辺から大量に流入する労働者が、住生活の窮状から空き地を占拠してゲリラ的に建てた仮住まいの掘建て小屋に起源を持つ、自然発生的なラウべとは成り立ちが異なる。

まず、このコロニーの設立目的はきわめて明確である。当初集った十八人の同志はいずれも熱心な菜食主義者だった。彼らはいずれも中流階級出身の都市生活者で、主に健康上の理由から大都市を離れて田園に移り住んで、自らの手で痩せた荒地を開墾して営農のために自給的な生活共同体を結成する。もちろんエデンの名は聖書を意識してつけられた。熱心なキリスト教信者でもあった彼らによれば、自分たちの健康が損なわれているのは、創造主によって万人に等しく与えられたものであるはずの大地から切り離されていることによる。都市に限らず大地は私的所有と投機的な取引の横行によっていまや荒廃の極みにある。この危機におよんでひとは自分の手で新たな土地を切り拓き、原初の楽園を取り戻さなければならない。ただし開墾された土地は私的所有の対象であってはならない。われわれは「地上の客」（詩篇：一一九―一九）としてこの土地を一時的に借用し、文字どおり「神の小作人」として耕し、作物を収穫するのである。

では、いかにして所有権を主張することなく土地を利用することができるのだろうか。

転機となったのは、十九世紀末に注目を浴びる土地制度改革の思想である。アメリカの社会改革家ヘンリー・ジョージに発するこの思想は、資本主義経済の急速な拡大とともに累積する貧困、搾取、失業といった社会的矛盾の原因を、少数の人間による土地の私的な占有に見て、土地は社会的に共有されるべきものだとする。土地制度改革論はヨーロッパに渡ってイギリスのフェビアン協会をはじめ、改良主義的な社会思想に大きな影響を与えたが、ドイツでは「自由地《フライラント》」という独特の提案を生む。自由地とは、万人が土地に関しては平等な権利を持つという原則に基づいて、協同組合などが所有権を買い取って集合的に管理することで各人の利用を保証した土地を指す。土地の共同所有と共同利用という発想はいまから見ればそれほど目新しいものとはいえないが、急速な工業化によって住む土地を奪われ、生存を脅かされる都市住民にとって福音となるはずのものだった。自由地が約束するのは、貧困、搾取、失業、劣悪な住環境といった社会問題の解消だけではない。それはエゴイズム、拝金主義、消費至上主義や熾烈な競争といった精神的荒廃に代わる相互扶助と平和共存の精神を復活させ、自然の恵みを受けられずに病み衰えた身体が健康を取り戻すきっかけにもなるとされた。要するに、工業化が進展した文明社会の行き詰まりを打開するための包括的な処方箋だったのである。上に掲げた土地制度改革の機関誌の表紙を飾るイラストでは、資本主義の道が手前の断崖で途切れ、共産主義の道が険しい山道であるのに対し、土地制度改革が指し示す道はまっすぐ太陽に向かっている。

フィドゥス「ドイツ民衆の声」より

　エデンはまさにこの「自由地」という考えに基づいて設立された。そこでは開墾された土地が協同組合の管理にまかされ、入植者にはそれぞれ住戸と耕地が貸与されて生活の基盤が与えられる。自分が必要とするものを自分の力で作り出し、自分のものとする、というエミールの抱いた自然な欲求を全員が、他人に阻害されずに満たすことができるのである。基本と

エデンの収穫祭（1933）

なるのは自給自足であるが、農作業や加工品生産も共同で行われる。独自の綱領に基づき運営される生活共同体の敷地内にはやがて、自然分娩の産院、幼稚園、学校、自然食品の加工所、外からの訪問者のための菜食主義レストランや保養所が建てられた。こうしてエデンのコロニーは、より自然で健康な生活と、共同で営まれる全人的な活動の回復をめざす生活改革運動の包括的な実験地となるのである。

一九一一年には、各地で土地改革の理念に基づいてコロニーやジードルング（住宅共同体）の建設を促進する「ドイツ自由地同盟」がエデンに本部を移す。土地制度改革を提唱する人々が、彼らのプロジェクトの拠点としてここをいかに重視していたかがわかるだろう。その代表的な論客で、エデンの定款作りにもかかわった社会経済学者フランツ・オッペンハイマーも「この小さなコロニーは、醜悪で堕落し、肉体を頽落させる資本主義の荒野のただなかにオアシスのように花開いた」として、エデンの試みを高く評価している。それはシオニズムに引き継がれ、パレスチナのユダヤ人入植地に設けられた農業共同体キブツのモデルにもなった。

エデンの名をさらに高めたのは理想化された菜食主義である。前項でも述べたとおり、そもそもベジタリアンはもっぱら野菜や果物を食べるからそう呼ばれるのではない。もとになるラテン語のvegetoは「蘇らせる、活性化する」という意味で、本来の菜食主義は、食に限らずあらゆる生活法の改善を通じて、近代文明の悪弊や病害を遁れ、大地と自然に結びついた原初の生命力と平和を回復するために積極的に選び取られた一種の世界観である。「住民はベジタリアンに限る」というエデンの規則は、より多くの入植者を受け入れるために途中で幾分か緩和されたものの、菜食主義そのものはこのコロニーの重要な綱領であり続けた。生活改革の志向を持っていた同時期のさまざまな運動（青年運動、郷土保護運動、裸体運動、自然保護、田園都市、サナトリウム運動、衣装改革、禁酒・禁煙、動物保護、自然医療など）の中にも多数のベジタリアンがいたが、エデンはその聖地となるのである。一九三二年には第八回国際ベジタリアン会議がここで開催された。

エデンに倣った生活共同体はその後ドイツ各地に数多く生まれた。その中には本家以上に厳格な綱領を定めたものもあったが、いずれも短命に終わる。エデンが例外的に長続きし、いまなお存続しているのは、ドイツで初めて経営的に成功した自然食品の生産所があったためでもある。果樹園が軌道に乗ったのち、自給用以外に加工所で手工業的に生産されるジャムやジュース、果物や野菜の瓶詰をはじめとするエデン・ブランドの食品は、化学肥料も農薬も用いないことはもちろん、動物保護の観点から耕作にあたって牛や馬を使役しないことまで謳い、自然食・健康食の分野ではまさにパイオニア的な役割を果たして、自然食に目覚めた一般消費者にも歓迎された。ちなみにエデンのブランドは百年以上を経てなお健在で、初期の発明品の植物性マーガリンや全粒粉のパン、「植物性ソーセージ」などは、ドイツの自然食専門店でいまもよく目にする。ただし現在のエデン製品は発祥地で生産されているわけでも、コロニーを生産基盤においているわけでもない。

工業化とは相容れない「より自然に近い」生活形式と前近代的な農業共同体の賛美といえば、すぐに連想されるのはのちのナチズムを支えた「血と大地」の農本主義的・民族主義的なロマン主義である。エデンの「自由地」はしかし、このイデオロギーに回収されない、最初期の社会改良的な理想郷の光彩をなおとどめている。

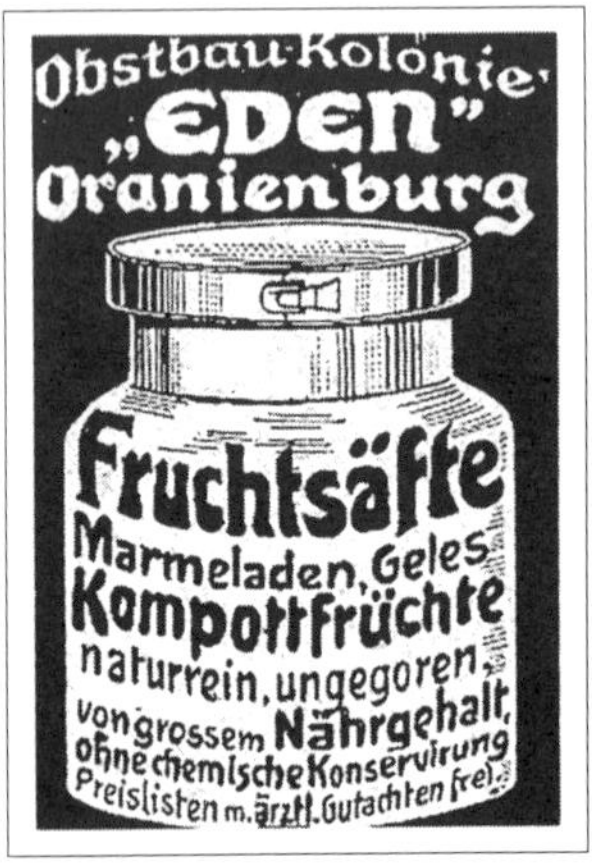

エデン・ブランドのフルーツジュースと代替肉の広告

3 ダイエット、南洋式

ドイツ帝国がかつて太平洋地域に多数の植民地を持っていたことは忘れられがちである。中国膠州湾の青島については、そこが日本の大陸進出の足がかりのひとつになったこともあって、よく知られている。ただ、第一次世界大戦以前にドイツ帝国はそれ以外にも太平洋上に多くの海外領土を有していた。ニューギニア北部から、ビスマルク諸島、ソロモン諸島北部、ミクロネシア、マーシャル諸島、パラオ、マリアナ諸島、ナウル、そしてサモアの西半分まで。陸地の総面積は同時期にドイツが領有していたアフリカの植民地に比べれば六分の一にすぎないが、赤道直下の広大な海域に点在するドイツ領とされた島の数は二千以上にのぼった。第一次大戦の敗戦に伴い、ドイツは海外の全植民地を失って太平洋の海上植民地は日本をはじめとする他国の領有するところとなった。ドイツ人にとっても南洋は、領有が短い期間にとどまったこともあって、いまは遠い記憶であろう。

ドイツ領ニューギニアの地図の一部。カバコン島が左下に見える。

ところが、旧ドイツ領南洋植民地は二〇一一年と二〇一二年に立て続けに出た二つの小説で突然注目を浴びた。マルク・ブールの『アウグスト・エンゲルハルトのパラダイス』とクリスチャン・クラハトの『帝国《インペリウム》』である。どちらの小説でも、ドイツが太平洋の植民地を領有していた百年前に、ドイツ領パプアニューギニアの小さな島に入植して奇妙な生活を送った実在の人物、アウグスト・エンゲルハルト（一八七五―一九一九）の南洋での行状が取り上げられる。

エンゲルハルトはニュルンベルク生まれの薬剤師見習いで、ドイツでの生活に見切りをつけて一九〇二年、数年前にドイツの直轄地になったばかりのニューギニアに二十七歳で単身渡航し、ビスマルク諸島に属する小さな島を購入して、ココヤシの木のプランテーションを営みながら独自の自給生活を始める。その行状は独自というより、奇矯といったほうがいい。千冊以上の本をのぞけば、熱帯で暮らすための必要物資を持参するでもなく、身には腰巻程度の布をまとうだけの裸同然の姿で、浜辺の掘建て小屋を住居とした。さらに風変わりなのは彼の食餌法で、ココヤシの実、すなわちココナツ以外一切の食物を口にせず通した。

彼がこんな生活を始めたのにはいきさつがある。もともとエンゲルハルトは健康上の問題を抱えていたことから、ドイツ中部のハルツ山地にあった療養施設、ユングボルンに滞在して自然療法に基づく生活を送った経験がある。この療養所は裸になって身体を直に陽光や空気にさらす外気浴療や、徹底した菜食主義を奨励する自然療法のメッカで、フランツ・カフカが滞在したことでも知られている。年中裸体で過ごす習慣も、過激な食餌療法もエンゲルハルトはここで身につけたものと思われる。ちょうど同じころ、スイス・マジョーレ湖畔のアスコーナで営まれていた菜食主義者の共同体、モンテ・ヴェリタについては「耕す人、踊る人」で取り上げた。そこにも多くの裸体生活者がいたし、ヌーディズムと菜食主義を信条とする生活改革派の療養所や入植地はドイツ各地にあった。その意味でエンゲルハルトはモンテ・ヴェリタをはじめとする自然回帰派の生活改革運動から生まれた「裸の信徒」の一人といえよう。ただし、エンゲルハルトは公の場で、時には街なかで裸で徘徊したために警察に何度か捕縛される憂き目にあう。結局彼は自分の信念を受けいれない「敵対的で、愚かしく、また残酷な」北の世界と折り合うことができず、ドイツからドロップアウトして、虚飾に満ちた文明に由来するあらゆる汚濁や腐敗とは無縁な、ありのままの自然を体現する遠い南洋に渡ってきたのである。折しも一八九九年にドイツ帝国はニューギニア北部を直轄地とし、そこをカイザー・ヴィルヘルムスラントと名づけたばかりだった。

上: マルク・ブール『アウグスト・エンゲルハルトのパラダイス』
下: クリスチャン・クラハト『帝国』

ココヤシの根本のエンゲルハルト（左）と同志のリュツォウ

ジェイムズ・クックの世界周航によって初めて西洋に知られるようになった南洋が、温暖な気候のもと、労働も、苦悩も、生存のための争いもないパラダイスであり、そこには文明に毒されず、自然の摂理にしたがって健やかに生きる純粋で素朴な人々（「高貴なる野蛮人」）が住んでいるという楽園幻想は、この領域のほとんどが欧米によって領有される十九世紀末になっても有効だった。むしろこの時期、西欧において急速な産業化と都市化によって人間の生活が自然からますます離反し、退廃や腐敗が深まるにおよんで、文明に汚されない「手つかずの」南の楽園は、文明生活に倦み、自らも病んだ人々の憧れと救済の願望をかきたてた。ゴーギャンのタヒチ、スティーヴンソンのサモアが有名な例である。

ただし、植民地獲得競争において英仏に大きく後れをとったドイツにとって、十九世紀も終わり間近に手に入れたこの領域は、単にエキゾチズムと逃避の願望をかきたてる場所にとどまらなかった。世界政策に欠かせない「陽の当たる場所」の一角に位置づけられた南国の楽園は、ドイツ帝国の世界的拡大の版図の中に収められざるをえない。その本拠地では文明化と都市化によって人間生活の荒廃と頽落が急速に進行しつつある。文明に飽食したドイツを巻きこんで進行する「世界の終わり」と、その対極にある「野生の楽園」。エンゲルハルトの南洋行は、こうした終末論的な下絵に沿って敢行されるのである。遠い南洋の飛び地は、冷たい墓場と化した北の世界に絶望した菜食主義者が世界と人類の救済を企てる実験地となる。

入手した島のプランテーションが軌道に乗り始めるや、エンゲルハルトはそこを拠点に「太陽教団《ゾンネンオルデン》」という結社を立ち上げ、本国にパンフレットを送って入植者を募る。この結社が掲げるのは太陽崇拝と裸体生活、そしてココヴォリズムと呼ばれる、ココヤシの実だけに頼った食餌法の徹底である。太陽崇拝と裸体主義はこれまで見てきたとおり、世紀転換期の生活改革運動では珍しくないが、独特なのはココナツに託された神秘的な意味である。エンゲルハルトによれば、樹高三十メートルにおよぶヤシの木の実はすべての生命の源である太陽に一番近い場所に実るがゆえに、そのエネルギーを存分に蓄えており、人間にとって最も完璧かつ純正な食物である。さらにこの実は、すべての果実のうちで人間の頭部に最も似ている「神の似姿」そのものであり、「万物の霊長」、「賢者の石」であり、この実だけを食べ続けることで人間は神にも近い不老不死の状態に到達できる、とされる。ココヤシの木は北欧神話で天上の神の国と人間界および死者の国を覆う宇宙的な大樹、イグドラシルにもたとえられる。

ココヴォリズムは極端な神秘思想のように見えるが、実は食餌法《ダイエット》をめぐるドイツでの長い議論、特に菜食主義から帰結したものである。ちなみに、ダイエットとは本来「正しい生き方《ディアティア》」と、それにかなった食餌法を指すもので、健康維持以外に生活全般に対する倫理的な姿勢を含む。菜食主義という「自然にもっともかなった食餌法」が個人の生活改革に資するだけでなく、一個の世界観であり、人類のすべ

AUGUST ENGELHARDT
Herzliche Grüsse von der Insel Kabakon b. Herbertshöhe im Bismarck-Archipel.

エンゲルハルト自身の肖像を掲げたカバコン島への入植を勧める挨拶状

ての社会的問題を解決する方策であるという信念は、十九世紀ドイツでこの運動を創始したエドゥアルト・バルツァーやテオドア・ハーンらによってすでに公にされていた。人間を本源から果実食の動物と規定し、加工も味付けもしない果実のみを食べ続けることで健康と長寿を保つことができるという考えや、人間のエネルギーの源泉が太陽である、という主張はシュリックアイゼンの通俗的な指南書『果実とパン』（一八七五）にもある。エンゲルハルトのココナツ・ダイエットはこうした先人の文明批判的な試みをラディカルな形で南洋に移植したものである。

「太陽教団」を告知するためにドイツで出版された冊子『憂いなき未来　人類の淘汰に向けた新しい福音』では、熱帯での裸体生活とココヴォリズムによって、近代西欧に山積みにされた社会問題をいかに容易に解決できるかが延々と披歴される。それは人間が高貴な太陽の種族《ゾンネンメンシュ》へと生まれ変わるための処方でもある。さらに、地球を取り巻く赤道地域全体にこの福音を広め、純粋な裸体主義に基づく、果物だけを食べる者によって営まれる植民地帝国をそこに築くことが提唱される。クラハトの小説のタイトルはこれに由来する。いかにも荒唐無稽な空想に見えるが、当時のドイツ帝国の植民地政策を考えあわせると、それは奇妙な現実味を帯びる。なによりも、選民思想と生活圏といえば、三十年後のもう一人の菜食主義者ヒトラーの「アーリア人による世界帝国」の妄想を想起させずにはおかない。

しかし、エンゲルハルトの試みは島を一歩も出ることなく早々と挫折する。当初は熱烈な支持者も現れ、文明に倦み疲れた同志が島に渡って共同生活を始めるが、その数は最大時でも三十人を超えず、熱帯病にかかって脱落する者が続出し、原因不明の死者もでる。こうした現状に接してドイツの菜食主義同盟の雑誌は、この島への入植に対して強い警告を発する。離反者が相次ぎ、教団内での路線対立もあって数年を経ずして入植地は解体し、エンゲルハルトただ一人が島に取り残される。

「新しい人間」に生まれ変わる計画はこうして頓挫した。それに関していささかグロテスクな落ちがある。ココナツだけを食べ続けることで不死の人間になるのがこのダイエットの要諦であったが、人間の頭の形に近い実を食べるのは、神そのもの、またはそれを代替する動物やシンボル、神の一部である聖体を食べることで神と交わり、その力を得る呪術、すなわち神人共食《テオファギー》にあたる。それは原初の暗い層では人間が人間を食べるカンニバリズムと接している。実際、クラハトの小説には、コロニーの崩壊後にあばら骨が浮くほど痩せこけ、歩行も困難になった主人公が自分の親指を切り取ってかじる場面がある。太平洋の孤島に住む人食い人種は、楽園のイメージとは対極の、西洋人が南洋に対して根強く抱いてきた恐ろしいイメージであったが、エンゲルハルトは「太陽の種族」への変身に失敗するばかりか、野蛮人へと、それも「高貴なる野蛮人」ならぬ「人食いの野蛮人」へと頽落するのである。

4 ハンナ・ヘーヒの庭

リーバーマン邸の庭園（著者撮影）

ベルリンの西のはずれでハーヴェル河が蛇行して作るいくつもの大きな湖のひとつ、ヴァンゼーのほとりに画家マックス・リーバーマン（一八四七―一九三五）の旧居と庭園がある。リーバーマンはドイツ印象主義を代表する画家で、その長い創作期間に膨大な数の作品を残し、ワイマール共和国の時代にはプロイセン芸術協会の総裁としてドイツ画壇の頂点に立った。裕福なユダヤ人実業家の息子であった画家は名声を獲得したのち、ベルリンの喧噪を嫌って一九〇九年にこの場所に地所を得て別荘と庭園を設け、夏季にはそこをアトリエにする。湖に向けて水際まで幾層もの壇を成して築かれた広大な整形式庭園の設計は美術史家アルフレート・リヒトヴァルクによるもので、並木や遊歩道が設けられ、私邸の庭というより公園というにふさわしい。陽光に満ちた別荘の庭をモチーフにして画家は二百枚にのぼる絵画を制作している。もっとも、一九三三年にナチスが政権を独占するとユダヤ人のリーバーマンは画壇から排斥され、完全な隠遁と沈黙を余儀なくされる。その死後には別荘と庭も売却を迫られた。現在公開されているものは、戦中に荒廃し、戦後も長く病院やボートハウスに使われていた敷地と建物を近年になってリーバーマン協会が買い取って修復し、画家の生前の状態に復元したものである。

この立地には不穏な影も差している。リーバーマンのヴィラからわずか四百メートルほどを隔てた同じ湖畔の邸宅で一九四二年一月に通称ヴァンゼー・コンフェレンツとよばれる会議が開かれた。親衛隊幹部が所有する邸宅でヒトラー政権の高官が集まって開催されたこの会議では、ドイツ国内のみならずヨーロッパ全土のユダヤ人の組織的な移送と「最終処分」の方針が確認され、そのための分担と連携について協議された。この方針のもとで、住居と財産を奪われたリーバーマンの未亡人マルタは一九四三年に収容所への移送を前に自死を決行するのである。

ハンナ・ヘーヒ

同じころ、ハーヴェル河のさらに上流で庭での隠棲を選んだ女性画家がいた。ハンナ・ヘーヒ（一八八九―一九七八）である。ベルリンの中心から北西に十五キロ離れたハイリゲンゼー地区は、高級別荘の居並ぶリゾート地であるヴァンゼー湖畔に比べれば原野に等しい。ヘーヒは一九三九年の暮にベルリン市内の住居を引き払って、閉鎖された飛行場の際にあった一千百平方メートルあまりの土地を入手して移り住む。敷地は広いが、住居は簡素なつくりのもので、家の壁にはキヅタやフジの蔓が絡んでいた。ヘーヒはその後、わずかな親族を除いてほとんどの人間と交わりを絶って、終戦までの六年間を「人から忘れ去られるのに絶好の場所」に引

ハンナ・ヘーヒの家と庭（2009）

きこもって一人で過ごし、さらに戦後も三十年あまりここでの隠棲を続ける。生活を支えたのは自ら手入れし、花や作物を育てた庭だった。外からの視線を遮る背丈を越える生け垣の内部の敷地にはくねった細い通路を除けば丈の高い植物が所狭しと植えられ、木造の住居とヴェランダを何重にも取り巻いている。夏にはブドウやフジの葉が鬱蒼と覆う家屋のすぐ横には、二階部分まで高く伸びたリンゴの樹が覆いかぶさるように茂っている。湖と外光に向けて開放されたリーバーマンの庭に比べれば、ここはひっそりと目立たないことを望む者のための、隠された庭である。

実際、この庭には重大な秘密が隠されていた。ヘーヒは一九一七年から二〇年代にかけて一世を風靡した前衛的な芸術運動、ベルリン・ダダイズムにかかわった数少ない女性の一人である。第一次大戦中にチューリヒから始まるダダは間もなくベルリンに中心を移してセンセーショナルな運動となるが、地方都市の良家出身のヘーヒは発足間もないこの運動に加わり、先導者たちと歩みを共にする。市民的道徳や伝統的な価値に背を向けて「芸術の死」を過激に宣言したラオゥル・ハウスマンは彼女の恋人であり（ただし、ハウスマンは妻帯者だった）、作品の共同制作者でもあった。芸術運動としてのダダは二〇年代初めには分裂やメンバーの離散によって終息するが、その後もヘーヒはハンス・アルプやクルト・シュヴィッタースらと交友を保ち続ける。庭への隠棲は、ダダを「退廃的芸術」として目の敵にしたナチスの目から自らの過去を隠すものであった。

のみならず、ヘーヒは自分のものを含めて、丹念に蒐集・保存していた友人や仲間たちの作品や資料を一切捨てることなく隠棲先に持ち込み、家宅捜索をされても発見されることがないように、それらをブリキで内貼りしたいくつもの木箱に詰めて庭のあちこちに埋めて隠していた。壁の中や屋根板の裏に隠されていたものもあった。ダダ運動の「作品」のほとんどが、制作者自身がもともと保存や収蔵を意図したものでなかったとして、彼女の努力がなければその多くは写真や第三者の記録でしか残らなかっただろう。大戦中も、何度もの出頭命令と家宅捜索にもかかわらず、彼女の過去を示す証拠は見出されなかった。もちろん、ダダへの関与の証拠を保存ないし陰匿すること自体がナチス治下では危険きわまりない。彼女自身が戦後になって、「これらの箱にはわたしとドイツ在住のかつてのダダイストたち全員を絞首台に送るのに十分なほどの証拠書類がぎっしりと詰まっていた」と述懐している。ヘーヒの庭と住居は、仲間たちのほとんどが国外へと亡命するなかで、隠滅され、忘却されかかったダダ芸術作品の避難所としての役割を果たしたのである。

ハンナ・ヘーヒ「愛」(1931)

ただし、この行動は使命感だけからなされたものとは思えない。というのも蒐集や保存はダダイストたる美術家としてのヘーヒ自身の表現技法《メチエ》であるコラージュと深くかかわっているからである。コラージュはもともと「糊で貼り付ける」という意味のフランス語collerから派生した美術技法で、出所も素材も異なる既成のオブジェやテキストを同一平面に貼り合わせることで、本来の意味から逸脱した異化効果をねらう手法である。ヘーヒはダダ最盛期を代表する「最近のワイマール文化、ビール腹文化時代のドイツをダダの料理包丁で切り刻む」(一九一九年)と題された、人物や工業製品、群衆、動物、建築物の写った何十種類もの写真や地図、新聞活字を貼り合わせた作品以来、一貫してこの技法にこだわった。初期にはフォト・モンタージュと呼ばれたこの技法は、いくつもの既成の写真を切り抜いて平面に配置し、「組み立てる」ものだが、その創始者を自任するハウスマンが工業的な構成主義や、制作の匿名性、さらには切り刻まれた素材そのものが持つ政治的アクチュアリティを強調したのに対し、ヘーヒは身体、特に女性のそれをデフォルメし、目や胴や脚といった縮尺の異なる部位を切り貼りすることで独自の内面化された表現を生み出している。素材にされるのは身辺の事象であり、彼女自身の私的な生活である。やがてヘーヒは自分の人生そのもののコラージュを手がけるようになる。ハイリゲンゼーの庭に隠遁する際に携えていった一切合財は、どんな切れ端であれ、将来のコラージュ

ハンナ・ヘーヒ「駝鳥」(1965)

の素材として役立つはずのものだったのである。

庭そのものもヘーヒにとってはコラージュの場だった。一日に六時間は広い庭で作業することを日課とした彼女にとって、そこは果物や野菜の栽培によって戦時中の窮乏を支える自給自足の拠点であるとともに、レヴィ＝ストロースのいう意味での日常の手仕事《ブリコラージュ》によって生活と作品制作をつなげる場でもあった。ブリコラージュ bricolage とコラージュ collage は語源的には異なるが、少なくとも、身近な道具を使ったありあわせの素材の混合と寄せ集め、異なるものの組み合わせ、アマチュア性という意味で両者は共通する。鋏を園芸用から紙切り用に持ち替えれば「手仕事」は続行される。

庭の効用はそれにとどまらない。ダダは温順な市民道徳を否定したにもかかわらず、その内実は男性中心の閉鎖的な結社で、最盛期にもヘーヒは副次的な「飾り花」としてしか扱われていなかった。哲学者《フィロゾーフ》ならぬダダゾーフを名乗るハウスマンとの七年におよんだ関係においても、ヘーヒは常に忍従する介助者として脇役の地位に置かれる。むしろ「運動」とのすべての関係を絶ってただ一人庭に引きこもることで、彼女は初めて自主独立の場を手にしたのだといえる。ヘーヒが「番兵」と呼んで庭のあちこちに配置した、背丈ほどに成長したサボテンは、誇りある独立と防禦のしるしである。季節によって姿と彩りを変え、年ごとに成長し変化する庭は、さまざまな植生を切り取り、組み合わせ、混ぜ合わせることができるばかりでなく、色彩と形態という視覚的要素を嗅覚や触覚と共感覚的に統合する有機的なコラージュの場である。それは紙による平面的なコラージュを超える「作品」でもあった。

かつてのダダイストたちにも平面を超える試みはあった。もっとも独創的なのはクルト・シュヴィッタースによるメルツ建築《バウ》であろう。一九二〇年代にハノーファーにあった彼のアトリエには、おびただしい数の廃品やガラクタ、残り屑が集められ、木材と石膏を組み合わせた塔のような巨大な幾何学的構築物がそれを覆っていた。塔の基礎となる収蔵部には、自らの過去につながる品物やメモ、友人たちの名残の品や作品の断片が、聖遺物のように箱や穴蔵《グロッタ》に収納されていた。シュヴィッタースが「エロティックな悲惨の大聖堂」と呼ぶこの空想的な建築物でめざしたのは、コラージュの原理によって身の回りのオブジェのすべてを拾い集め、統合した総合芸術作品である。それはたえず手を加えられて成長する未完の作品《ワーク・イン・プログレス》で、まさしくゴシックの聖堂のようにひたすら垂直方向に延び続けてアトリエを突き抜け、ついには三階部分にまで達したという。蒐集と統合に向かう強迫的衝動と、作品を宇宙的な規模にまで拡大しようとする強烈な意志に貫かれたこの試みは確かに驚嘆に値する。しかしその観念性は空中楼閣の危うさと徒労を宿命づけられている。実際、間もなく亡命を選んでイギリスに逃れたシュヴィッタースの空想建築は、大戦中にアトリエごと爆撃で破壊されて跡形も残らなかった。それに対し、ヘーヒの庭は有機的な原理によって地に根付き、主《ぬし》なきあともいまなお成長し続けているのである。

5 都市のコモンズ

ベルリンのクロイツベルク地区といえば、居住者に占める外国人率の高いベルリンの中でももっとも多くの外国人が住んでいる区域として有名である。なんらかの移民的背景を持つ居住者について見れば、その率は五十パーセントを超える。さまざまな民族的・文化的背景を持つ人々が共存するのがこの地区の特色で、「壁の崩壊」以前から、主に若い世代が多様な実験を繰り広げる多文化《ムルティ・クルティ》の活発な発信地として世界的に知られていた。

二〇〇九年にその一角にプリンツェッシネンガルテンという風変わりな庭が生まれて一躍注目を浴びた。「皇女たちの庭」というと雅びな響きだが、実際には用地に面した通りのひとつの名前をつけたに過ぎない。車がひっきりなしに行き来するロータリーと二本の通りに挟まれ、高層の建物に取り囲まれた用地には、道路と敷地を隔てる金網以外には通常の庭にあるような生け垣も柵も仕切りもない。サッ

プリンツェッシネンガルテン（2018）

カー場一面ほどの面積の敷地に足を踏み入れると、至る所に木やプラスチックの箱や土嚢が並べられ、その中に植物が植えられている。箱や容器を使ったいわゆるコンテナ・ガーデニングだが、育てられているのは花よりは圧倒的に野菜や果物である。ホウレンソウ、キャベツ、レタスといった葉菜から、ニンジン、ダイコン、ラディッシュなどの根菜、トマト、マメ、イモ類、各種ハーブ、ベリー類に至るまで、驚くほど多くの種類の野菜や果物が栽培されている。主催者によればこれまで五百種類以上の作物がここで育てられてきたという。

コンテナ・ガーデニングをするには理由がある。この敷地は市の所有するもので、用途が定められないまま十年以上空き地としてゴミや廃品の散乱する状態で放置されていた。この敷地を共同の菜園として賃貸利用することを思いついたのは二人の三十代の若者である。ただし、所有権は市にあるために一年ごとに契約を更新する必要があり、しかも掘削や耕作はできない。あくまで一時的な利用に限られているため、場合によっては即座に撤去して別の場所に移ることができるように移動可能なコンテナが選ばれているのである。だがむしろ、仮設性と一時利用は定住や私的所有とは異なり、提供できる労力や時間に応じて多くの人々が運営にかかわることができる融通性と、実験的な多品種栽培の可能性を保証しているように見える。

一風変わった菜園のアイデアはアメリカ合衆国での政治的・前衛的な造園運動であるコミュニティー・ガーデニングの影響を受けている。この運動はニューヨークの貧困層の集まる地域（ロワー・イーストサイドやブロンクス）で、市当局による再開発のための空き地囲いこみや浮浪者追い出しに抵抗して、ゲリラ的戦術で空き地を占拠してそこを花壇や菜園、果樹園に変える試みとして一九七〇年代から散発的に始まったもので、一九八〇年代末には組織的な政治運動にまで高まり、全米規模に広がる。コミュニティー・ガーデニングが都市における庭づくりの運動に、共同作業による近隣地域の美化と相互扶助の回復、安全な食物の自給生産と分配、住民の生活の質向上という一連の社会的な意味を与えた功績は大きい。ガーデニングは、失業や貧困、消費のみに偏った生活、商品経済への依存、地域環境の荒廃といった、都市住民が抱えるさまざまな問題を解決するための自立的で積極的な行動、もしくは社会療法として位置づけられるのである。

プリンツェッシネンガルテンにおいても作物の共同栽培が行われるだけではない。収穫した作物やその加工品の販売から、料理や飲み物としての提供、栽培方法の経験交流や講習会、養蜂（これも巣箱を使った「移動可能な」食糧生産の方法である）、さらに困窮者への食糧支援に至るまで、実に多様な取り組みがされている。その中でもとりわけ重視されるのは、食品の安全性とエコロジカルな背景への配慮である。化学肥料や薬品を使わないのは当然のこととされ、生ゴミや残滓はコンポストで堆肥に変えて土として再利用される。もともとドイツには自然食品や環境保護への志向が強いが、空き地を利用したこの菜園の取り組みは、プロの農業従事者でも園芸家でもないアマチュアが、作物を自前で育てることを通じて、市場で提供される食品の安全性や画一性、環境への負荷が強い農作物生産やその流通経路の問題を問い直そうとする試みなのである。自家栽培は完全な自給には不十分なものの、工業化された農作物生産と経路の見えない食品流通に対する代案を出すとともに、消費だけに偏った都市生活とは別様の、市場経済に依存しない、オールタナティヴなライフスタイルとしての意味を持つのだ。

ただし、この菜園プロジェクトが注目を浴びたのは、ライフスタイルのためというより、もっとラジカルな構想を含むからである。それは都市という環境全体をコモンズとしてとらえ、それを自分たちの手に取り戻そう、という呼びかけである。

コモンズは狭い意味では「地域の住民が共同で管理・利用する共有地、入会《いりあい》」を指し、もともと村落の成員が共同利用する餌場、森、水域、浜辺などを指すものだった。本書の第一章で取り上げた村落の牧草地《ヴィーゼ》がその典型である。近年コモンズはより広い意味で、共同で利用される自然資源一般を指したり、さらにはオープンアクセスの知的資源（たとえばウィキペディアがそれである）を指すまでになった。都市もまたコモンズであり、共有しうる資源《リソース》を含むと考える発想は、コミュニティー・ガーデニングの出発点でもあった。一九七三年にニューヨークで始まった空き地占拠運動グリーン・ゲリラの合言葉は「コモンズを取り戻せ《リクレイム・ザ・コモンズ》！」であり、庭づくりは都市における生活権や居住権を賭けた闘争であったことを思い出す必要がある。クロイツベルクの空き地を利用した共同菜園は一見牧歌的で合法的な外見にもかかわらず、一九八〇年代に西ベルリンでこの地区を舞台として、再開発のために取り壊しの対象となった古い住居に不法に住みついて撤去に抵抗した若者たちの「家屋占拠運動」の流れを受けるものと見える。家屋が維持補修すれば住み続けることができる資源であるのと同様に、捨て置かれた空き地も作物を育てて生産緑地とすることで共同利用しうる貴重なコモンズとなるのである。

ところで、コモンズにあたるドイツ語はアルメンデ Allmende。その名を冠して、クロイツベルクに

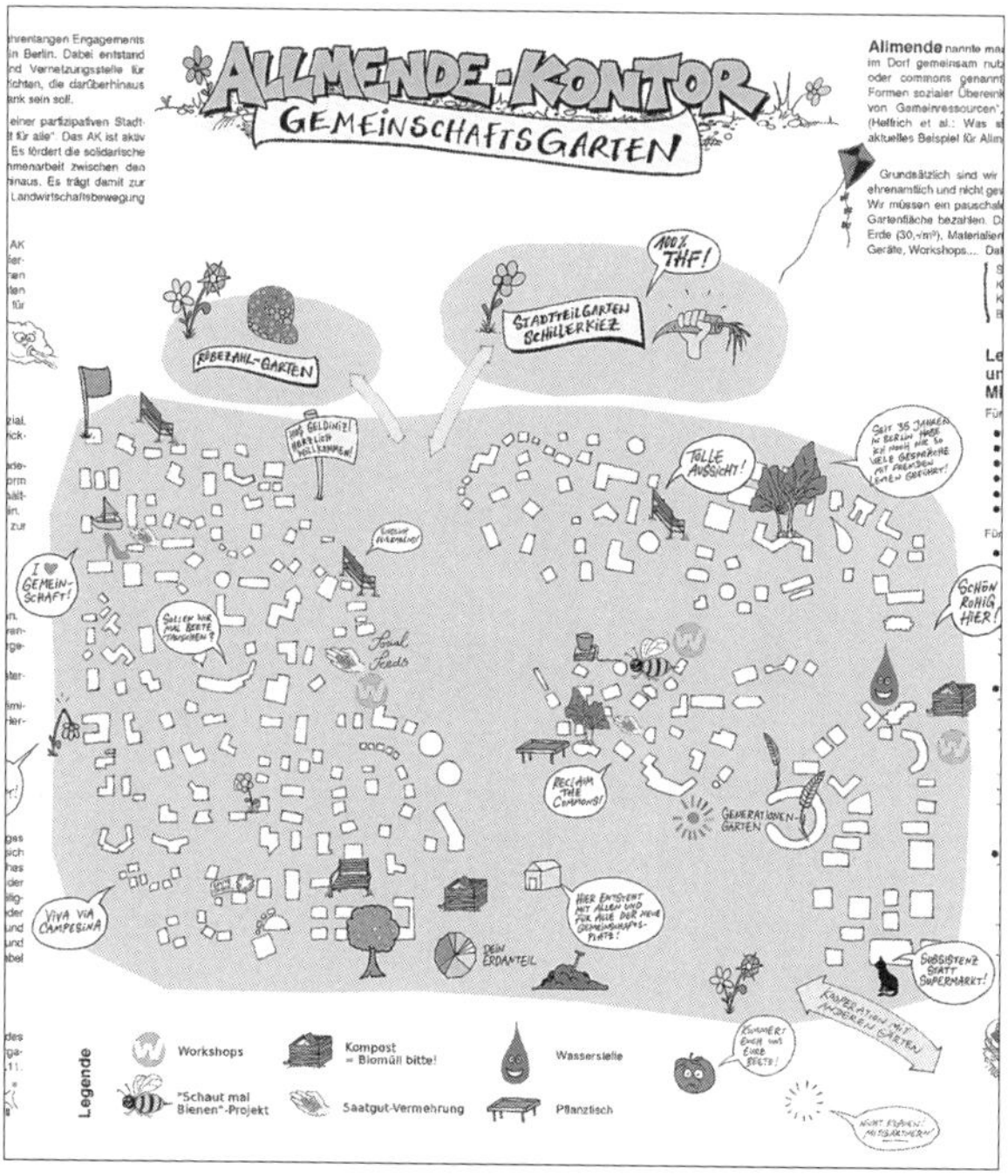

アルメンデ・コントーアの共有菜園のパンフレットより

ほど近いテンペルホフ空港の跡地で二〇一一年から庭づくり活動を繰り広げているグループ、アルメンデ・コントーアがある。このグループは広大な空港跡地の利用プロジェクトに市民運動として最初からかかわり、現在その一角に五千平方メートルの土地を借り受けて庭づくりを展開している。ここでも土地の耕作が許されていないため苗床は高床式で、一面の広さは二平方メートルまで、高さは一・五メートルまでと定められている。三百ある苗床の設営や維持管理は個々の庭主（というより箱主か）に任され、クロイツベルクの例より自由で粗放的な庭づくりが行われている。年間の利用料は会費を含めても四十二から七十二ユーロにすぎない。実用目的の栽培より、むしろ庭という媒体を利用したオープンスペースでの気ままでい

アルメンデ・コントーア　（テンペルホフ空港跡地）

ささか雑然とした自己表現とパフォーマンスがめざされているように見える。それでも、化学肥料や薬品の不使用、リサイクルの重視、持ち主に限らず誰でも敷地内に立ち入ることができるオープンアクセスはこのプロジェクトでも一貫している。

もういちどコモンズの問題に戻れば、共有地はいかに豊かな資源を蔵していたとしても、人々が継続的に立ち入り、管理・利用することがなければいつかは荒廃し、共有地そのものも消滅する。都市においては、営利を目的とした大企業による独占的使用や、行政の行う再開発による囲いこみと住民の排除が共有地の存立する余地をますます狭めていく。都市内部での庭づくりはそうした独占と排除に対する異議申し立てであり、消滅に瀕した共有地を共同管理と分有を通じてよみがえらせるとともに、新たなコモンズを創出する行動なのである。そこに生まれるのは公園緑地のような、万人が立ち入ることはできるものの行政によって設置・管理された空間ではない。植物の生育や食糧の生産に直接かかわる庭しごとと共同作業の経験を通じて住民が都市の中に生み出すのは、身近な生存の場としてのコモンズである。

クラインガルテンのような既存の制度に頼らず、都市の中で住民が自発的に菜園を営む試みはベルリンにとどまらず、全ドイツで近年高まりを見せている。自治体の中にはこれを住民主導の環境美化や用地利用の新たな手法として評価し、積極的に空き地を提供する例もあるようだ。先に挙げた二つの活動グループがほかのコミュニティー・ガーデンのグループとともにネットワーク作りのために二〇一四年に起草した「アーバン・ガーデニング・マニフェスト」には、ケルン、ミュンヘン、ハンブルクといった大都市だけでなく中小の都市からも、二〇一五年時点で合計百三十を超える市民運動グループの署名が集まっている。マニフェストには共同の庭づくりが都市という環境をいかに生き生きとしたものに変え、持続可能な未来を拓くかが熱烈に謳われている。宣言は次のように結ばれる。

「都会の庭はわれわれの生存圏である。そこでは多様なものが出会い、さまざまな展望が示される。それはこの庭に持続可能性の上に築かれた社会が生まれるからだ。われわれはこの庭がしっかりと根を張り続けることを望む。都市はわれわれの庭なのだから。」

未来ハ庭ニアリ。これは脱工業化社会に向けた力強いメッセージとなりうるかもしれない。

6 移民たちの庭

国連の難民高等弁務官事務所の報告書によると、世界の難民や難民申請者、国内で住居を追われた人の数の合計は二〇一五年度末で推計六千五百三十万人にのぼるという。最低限の荷物を携えた人々が故国を離れ、何十人、何百人という団塊をなして陸づたいに、あるいは海を越えて移動していく映像は、「脱出」というより、ひとつの集団が住む場所から根こそぎ引き剥がされる拡散、ディアスポラを強く連想させる。ディアスポラとは植物の種などが「撒き散らされた」状態を指す言葉で、故国を失って世界各地に離散するユダヤ人を主に指すが、それに限らず住む家と財産を失った人々が、いまも中東やアフリカの複数の国から世界各地への避難の途上にある。

二〇一八年時点でドイツは難民のうち、主に中東からヨーロッパへと移動する人々の最大の受け入れ先であることを公言している。シリアからドイツに到来した難民は二〇一五年だけでも百十万人にのぼり、ドイツ政府は今後二〇二〇年までに合計三百六十万人の難民の到来を予想しているという。ドイツへの受け入れを希望する難民申請は実に全体の三十二パーセントを占め、スウェーデンの十三パーセント、イタリア、フランスの十パーセントをはるかにしのいでいる。イギリスのEU離脱が確定することで、ドイツへの申請率がさらに上昇することは十分に予想される。

とはいえ、難民の受け入れ国であるドイツには戸惑いや不安、拒絶ばかりがあるのではない。なによりも、第二次世界大戦後のドイツには、難民を含む国外からの移民を大量に受け入れてきた実績がある。敗戦直後の非ドイツ地域からの帰還者、六〇年代から七〇年代の外国人労働者、九〇年代のユーゴスラヴィア危機の難民、そして近年の中東やアフリカからの難民。多くの難民や移民を受け入れてきた結果、二〇一五年には八千七百万人のドイツの住民の五分の一、六歳以下の子供について見ればその三分の一が移民もしくは移民的背景を持つことが統計で明らかにされている。遅くとも二〇〇〇年代以降、ドイツは移民国であることを公式に明らかにし、移民の積極的な統合を政治的なプログラムに組み入れている。

そうした社会的統合プログラムの一環として、共同運営される庭が活用されている例がある。「間文化的《インタークルトゥレル》」と銘打った一連の庭は、前項「都市のコモンズ」で取り上げた前衛的・政治的な庭＝運動、コミュニティー・ガーデニングから派生したものである。きっかけは一九九六年にドイツ中部の小規模な大学町ゲッティンゲンで難民として受け入れられていたボスニアの女性たちの発言だったという。コソヴォ紛争を逃れてきた彼女たちは保護の対象で、難民施設では手芸をするくらいしかやることがなかった。祖国を遠く離れたこの避難地で隔離され、孤独と無為と「待ち続ける」ことへの不安を抱

「間文化の庭」の一例

える彼女たちは、「いちばん欲しいものは何か」と問われると異口同音に「菜園」と答えた。故郷では身近にあった菜園がここにはない、というのである。この発言から難民や移民と市民運動団体が中心になって運営する共同菜園が設けられ、それを原型とする同趣旨の企画が短期間にドイツ各地に飛び火した。コミュニティー・ガーデンの全国的なネットワークanstiftung&ertomis.deのサイト上には二〇一八年時点で、ドイツだけでも移民や難民の統合を主な目的に謳った共同菜園が合計三百近く見つかる。

移民たちのための庭の特徴はその多国籍性と開放性にある。敷地の中には柵も垣根もなく、区割りされた畑も簡単に仕切られているだけである。世界のさまざまな場所からドイツに避難地を求め、生活の手段を奪われ、定住のあてもなく宙吊りの待機状態に置かれている人々は、ここで畑を借りて自分の手で作物を育てることができる。敷地内には畑とは別に共用の広場や施設があって、料理、食事、祝祭、子供の遊び、職業訓練を含む各種の講習会、園芸や工芸のワークショップ、さらに語学の講習などが行われ、こうした行事は近隣の住民や一般の参加者にも開かれている。これらの活動を通じて、移住者と定住者の交流を促進することもこの庭の大きな目的である。

住む土地を失った多くの移民にとって、「開かれた」庭が懐かしい記憶に結びついた、親密で居心地のいい場所であることも重要である。彼らの故郷では、庭で共同作業を行うとともに、訪れる者たちとそこで飲食を分かち合い、会話を楽しみ、打ち解けてくつろぐのはありふれた経験だった。庭は生活世界のごく身近の、普段着で気軽に立ち寄ることができる、だれに対しても開かれた日常的な場所であり、共同体の中での人間関係・社会関係を無理なく築くことができる場所である。だからこそ、施設に閉じこもるボスニアの女性たちにとって、共に過ごすことのできる庭がないことは切実な欠損と感じられたのである。少なくともこの庭は、個人や集団が垣根をめぐらして周囲の世界から隔絶して引きこもる逃避の場ではない。開かれた空間である庭の経験を回復することは、根を失った人々とって新たな社会に適応するための貴重な契機なのである。同時にそれは、共同性を欠いたドイツの「冷たい」社会に、移住者の側から共同の場を移植するきっかけともなる。

庭が自給的な食糧生産の場であることも重要である。多くのコミュニティー・ガーデン同様、ここで育てられるものの多くは装飾的な花卉《かき》よりは、野菜や果物、ハーブなど「食べられる」作物である。財産ばかりか物質的生産基盤の一切を失った「庇護の対象」である難民の場合、彼らの生活は移住先では消費経済の末端にあり、食糧をはじめ、ほとんどすべてを受け入れ側社会からの援助や供給に依存している。生活手段を持たない保護対象として位置づけられることは、劣等感や疎外感を著しく助長する。逆に、たとえ部分的であれ生存にかかわる食糧を自分自身の手で育てて調達することは、自らの生を自ら決定するという主権の回復を意味し、少なからぬ自尊心や誇り、満足を生むだろう。それとともに、自給活動は交換や贈与といった共同体的な互酬・互助の復活を可能にする。市場経済に依存しない自給活動は、保護や救済という枠組みを越えて、共に味わい、共に楽しむ共同体的な社会関係を、庭での交流を通じて受け入れ側の社会にも広げていくのである。

そこで育てられ、収穫された作物には、かならず故郷由来のものが含まれている。市場に出回っているものよりはるかに強い香りと味を持つハーブや、色も形も大きさも不ぞろいな多品種の野菜や果物。それらは単一品種、大量生産の消費財とは素性から異なる。故郷の流儀で育てた個性豊かな作物は、それだけで強い愛着と郷愁を呼び覚ますもので、移民たちのアイデンティティの一部をなすシンボルといえる。

もうひとつ見落とせないのは、とりわけ深刻な過去を持つ難民たちにとって庭が癒しと再生の場となりえていることである。多くの人々は、故郷の喪失以外にも、戦争、災害、暴行、遺棄、病気、家族との死別等によって深刻なトラウマを負っている。庭は彼らにとって懐かしい庇護と共生の場所であるとともに、植物の成長を通して、傷ついた心身が快癒して「生き返る」可能性と手ごたえを実感できる場所である。いったんは枯死したかのように見える植物の種が掘り起こされた大地に撒かれ、芽吹き、根を張り、成長する一連の過程に、住む家を奪われ、種のように撒き散らされたディアスポラとしての移民たちは、新たな土地に根付き、順応する自らの生の回復過程を重ね合わせる。気候や自然に左右される庭仕事は、植物を育て、その成長を日々見守ることを通じて、ひとが自分自身の心身の変化に注意深く、また辛抱強く耳を傾ける行為である。その意味でこの庭は、移民たちが大地を再び棲家とするため

州の労働・土木開発局の助成による「間文化」の菜園

の原点といえるのだ。

では、この開かれた庭は、移民を受け入れる側のドイツの社会にとってどのような意味を持つのだろうか。鍵になるのは「間文化的」《インタークルトゥレル》という呼称である。ちなみに、ゲッティンゲンの最初の共同菜園はドイツを含めて二十の国籍の人々が集って始められたため、当初は「多国籍」《インターナショナル》を名乗っていたが、運動が広がり、コンセプトが明瞭になっていく過程で、同趣旨の菜園活動は先の呼称で束ねられるようになった。英語のinterculturalは「異文化間」と訳される場合が多いが、近年この語は移民や多文化社会に関する研究において、単に「異なる文化間の仲介」という以上に、移民と定住者が対等の立場に立って、相互の交流と交渉によって協働できる場を生み出す「間文化」的なアプローチを意味するようになった。それは、複数の異なる文化が並立することを寛容の精神で認め合うのに甘んずる多文化主義を乗り越え、文化をある特定の集団や地域に帰属するものとして実体化することなく、成員同士の相互作用、交流、交渉から生まれるひとつの流動的な集合体としてとらえようとする考え方である。移民と定住者に対して共に開かれた庭は、双方の主体的なはたらきかけから「間《あいだ》の文化」を創出し、両者の統合を促進する現場なのである。

その場合、統合とは一方の文化が他方の文化を包摂したり、差異を消し去って同化・吸収するプロセスを意味するのではない。それは民族的・文化的な多様性を尊重しながら、相互が差異を超えた共存と共生に向けて歩み寄る行程である。移民たちの庭は、統合という目的を見据えた草の根的な「参加型」社会のモデルともなりうるかもしれない。

もちろん、移民や難民の受け入れに積極的なドイツの姿勢が今後もそのまま続くかどうかは不明である。難民申請者数だけをとっても二〇〇八年の二万人台から二〇一〇年以降の戦争や内乱の頻発を経て二〇一五年の四七万人台まで爆発的な増え方をしている現状では、共同菜園のような悠長なプロジェクトにそもそも現実味があるのかと疑う向きもあろう。草の根のように広がったこの運動の種子が、困難な時代に生き延びるのを願うばかりである。

第5章 庭園論 二篇

1　フォルクスパルクという思想

　東西ドイツの統合によって一九九一年にふたたび首都となったベルリンは、現在の人口三百五十万人の大都市である。第二次大戦までのドイツ帝国の首都は爆撃によって瓦礫の山と化し、その後東西に分断されて、約四十年間「二つのベルリン」として異なる政治体制のもとで存続してきた。「壁」の崩壊と東西ドイツの統合から三十年を経た現在、ベルリンは新たな首都としての機能と体裁を急速に整えつつあるが、戦前の帝都ベルリンの威容は想像するべくもない。

　ただし、著しい変転を経てなお、以前と似た形で保存、もしくは維持されている区域もある。それが市内にいくつもある広大な公園と緑地で、これらはベルリンに「緑の首都」というべき外観を与えている。たとえばベルリンの中核に位置するブランデンブルク門のすぐ西には、二百十ヘクタールを擁する広大なティアガルテンの叢林が、シャルロッテンブルク宮に至る東西の軸線を成す道路に沿って延々と二・五キロメートル続く。森鷗外の『舞姫』にも「獣苑」として登場するこの緑地は、もと王宮に付属

ティアガルテン。戦勝記念塔からブランデンブルク門側への眺望

する狩猟場、飼育場であったものが十九世紀初めに民衆に開放され、その後は公園として整備されてきたものである。第二次世界大戦末期には園内の樹木は燃料にするために刈り払われ、さらに街全体が瓦礫の原と化した戦後は、皆伐された緑地が掘り返されて一時的に食糧自給のための畑地として利用されるなどしたものの、ティアガルテンはベルリン西地区において半世紀にわたって公園敷地として維持され、いまは再び深い緑に覆われて一九九一年の首都移転後も中心地区の重要な景観を作り出している。

ベルリンにおいて緑地が広大なネットワークを作り上げていることも見るべきであろう。都市計画における「緑地」はもともとドイツ語のGrünflächeが翻訳されたもので[1]、公園だけでなく、街路樹の植えられた歩道、池や水路などの水面、運動場、さらに墓地や市民の運営に任されたクライガルテンまでを含むオープンスペースを指す。そうした緑地がベルリンでは単独の空地として存在するのではなく、都市に張りめぐらされて互いに連結し、関連し合う緑のネットワークとして構想されている。ティアガルテンのあるミッテ地区のほか、すべての区には街区の中に、公園をはじめ大規模な公共緑地が設置され、それが小規模の緑地とつながりあっているだけでなく、さらに緑道や水路によって郊外の森林や水辺とも接続している。過去百年だけを振り返っても、たび重なる破壊と分断を経験し、そのたびに大規模な改造を繰り返してきたベルリンが、この「緑のネットワーク」というべきシステムをなお維持し、さらに現在も補完しつつあるのは、特筆すべきことである。

本論では、都市計画や造園論とはやや違った観点から、ベルリンにおける公園施設の成立と変遷に注目し、そこで培われた「緑地の思想」の系譜というべきものを明らかにしたい。

I　前史

まず、公園をはじめとする都市の公的緑地がドイツでどのように発生し、いかなる変遷をたどったかを簡単に見ておこう。[2] 広く一般に公開され、人々が自由に立ち入ることができるような公園が生まれたのはドイツにおいてはようやく十九世紀になってからである。それ以前は啓蒙君主や貴族の慈善や権威誇示の一環として、庭園など彼らの所領の一部への出入りが一般にも開放されたにすぎない。たとえば、ティアガルテンは十八世紀半ばのフリードリヒ大王の治世に一般人の立ち入りが許されていたことがあったが、それは王の意向もしくは気まぐれに左右される一時的かつ限定的な措置だった。ちなみに、一般的に庭を示すガルテン（Garten）とは異なり、パルク（Park）とは王侯や貴族が所有する、狩猟用に囲い込んだ猟区（Gehege 仏語ではparc 中世ラテン語ではparricus）を示す言葉で、もともと「公的」に開放されたものでも、自由に利用できるものでもなかった。

そうした「閉ざされた」庭園のあり方に対して、広く一般市民に開かれた「公園」のあり方をドイツで最初に提示したのがクリスティアン・ヒルシフェルト（Christian Cay Lorenz Hirschfeld 一七四二―一七九二）である。キール大学の哲学・美学の教授であったヒルシフェルトは五巻にわたるその『造園理論』（一七七九―一七八五）の最終巻でフォルクスガルテン（Volksgarten）という概念を提唱し、一般人が自由に立ち入ることができる遊歩道や広場、公園を、都市に不可欠な野外空間として設けることを提唱する。[3] そこは民衆（Volk）に対して開かれた場所であり、王侯や領主の私的な目的ではなく、民衆の慰安と享楽と社交の用に供されるべき公的空間である。

ヒルシフェルトのフォルクスガルテン構想の顕著な特色は公開性と並んで、民衆教化という目的にある。彼によればフォルクスガルテンは、都市生活で荒廃した民衆の心身に自然によって慰安を与える厚生施設であるとともに、自然との穏やかな触れあいを通じて彼らに「良き」趣味や美意識、「正しい」娯楽、公序良俗や社交のあり方を教える教育の場でもあるべきである。これは神に替えて自然を教師とした人間形成を謳う、十八世紀の啓蒙思想に合致する考えといえよう。

民衆の福祉と教化に関連して、ヒルシフェルトはこの公園が「愛国的」であるべきことも強調した。『造園理論』が出版された十八世紀後半においては、王室の庭園をはじめとして、大規模庭園のほとんどはイギリス式の風景庭園やフランス式の幾何学庭園の影響下にあったが、ヒルシフェルトは外国趣味をのがれて、自国の風土や歴史に根差し、郷土愛を涵養する「国民のための庭園」を提唱するのである。領邦や自治都市が分立割拠していた当時のドイツに統一的な国民意識が存在したわけではないが、

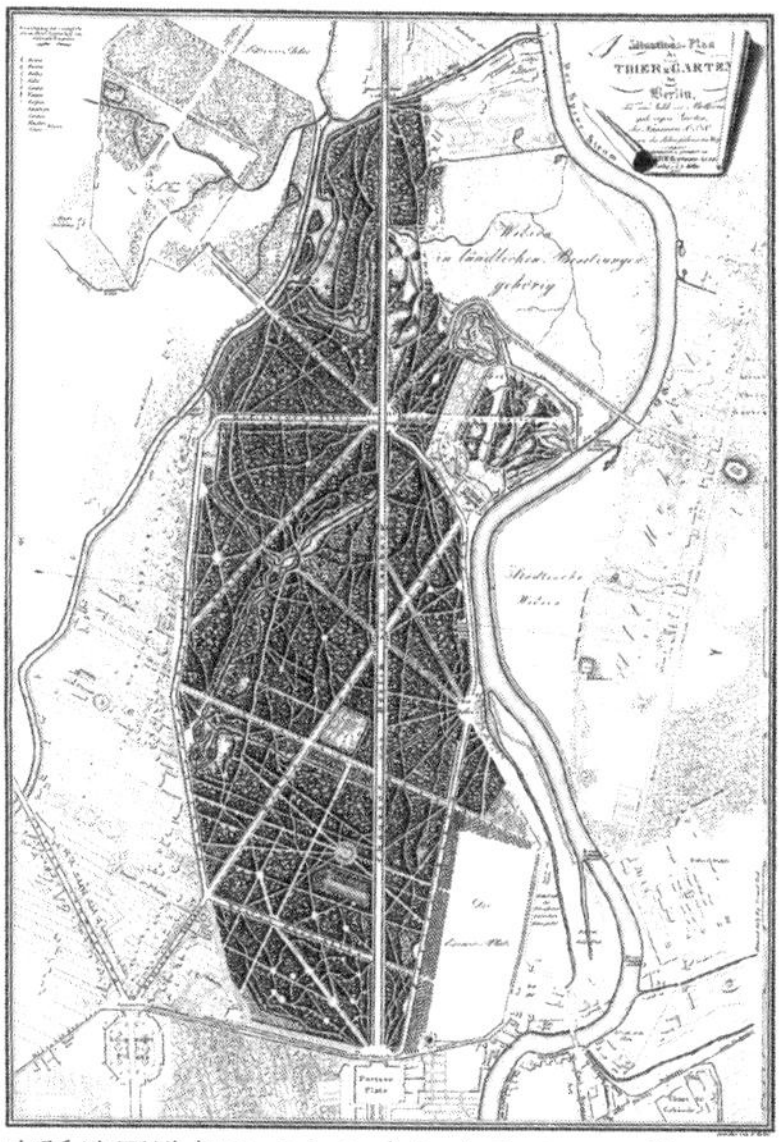

宮廷造園監督P. J.レンネによるティアガルテンの修景計画図（1833）。南北に伸びた軸線はいまも残されている。

P. J.レンネ

少なくともイギリス式やフランス式に対抗する庭園の「ドイツ的」なあり方の端緒が示されたのは重要である。この場合、「ドイツ的」とは、庭園の様式そのものを指していたわけではなく、この庭園が漠然と想定していた、王侯や富裕層だけではなく、都市に生活する民衆全般を包括する、共通の趣味や志向をそなえる未来の国民的共同体のあり方を示すものだった。

フォルクスガルテンの構想に近い、一般民衆が自由に立ち入ることができる最初の大規模な都市緑地が設置されたのは一七九一年、ミュンヘンのエングリッシャー・ガルテンだとされる。ただし、これは選帝侯の布告によって、敷地も費用も王室財産を拠出して設置された風景式庭園である。名実ともに民衆の意思で公園のための用地が調達され、公的費用を投じて緑地が開設されたのは一八三〇年、マクデブルクのフリードリヒ・ヴィ

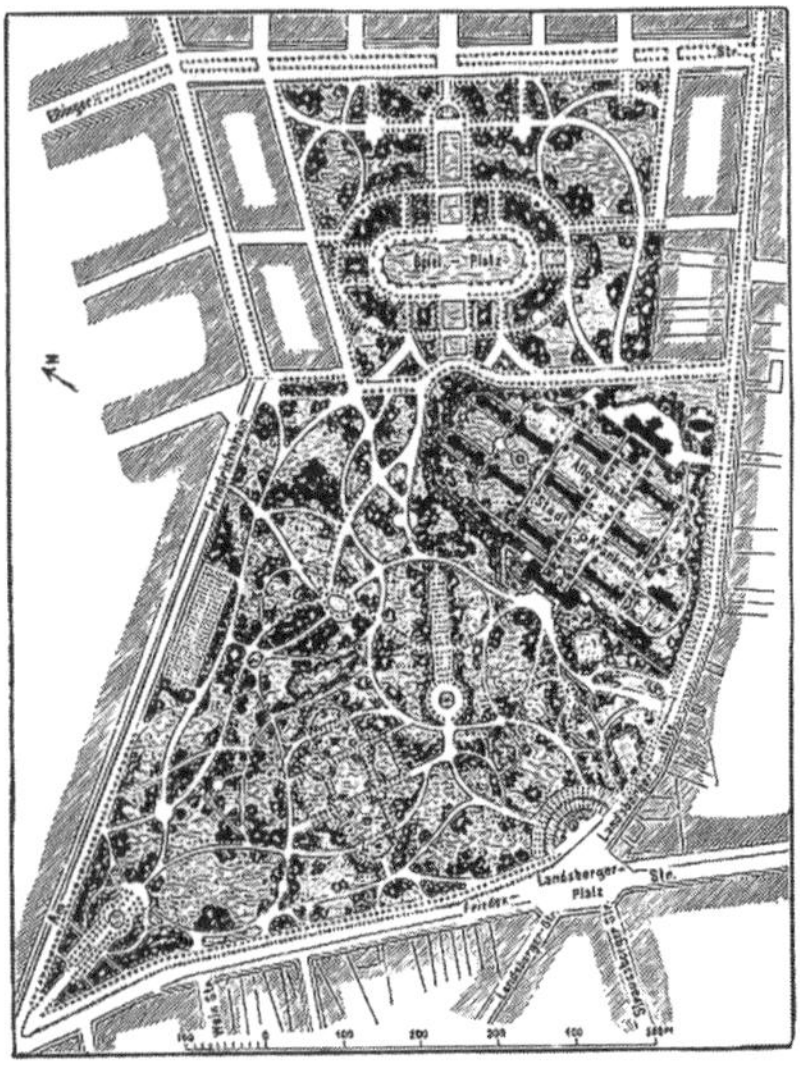

フリードリヒスハイン（1840）

グスタフ・マイヤー

ルヘルムス・パルクが最初である。一八二四年に市議会での決議と拠金に基づいて計画されたこの公園の設計・監督を行ったのがレンネ（Peter Joseph Lenné 一七八九―一八六六）で、長くポツダムのサンスーシー宮殿の庭園監督をつとめたレンネは、当時プロイセン王室造園総監としてドイツの造園設計家の頂点に立ち、その後もドレスデン、ブレスラウ、リューベックなどでこのタイプの公園緑地の設計を手がける。プロイセン王室の狩猟場であったティアガルテンの公園化に手を付け、広大な敷地の中に放射状の軸線をいくつも配して統一的な美観に基づく修景を行ったのもレンネであった。レンネを引き継ぐのが弟子のマイヤー（Gustav Meyer 一八一六―一八七七）で、のちにベルリン市の初代造園局長の職に就いた彼のもとで、ティアガルテンの民衆公園への改修は本格的になる。ベルリンではマイヤーのもとで一八八〇年代までにフリードリヒスハイン（三十四ヘクタール、のちに四十九ヘクタールに拡張。

一八四〇年）、フンボルトハイン（二十九ヘクタール、一八六九―七六年）、トレプトワー・パルク（八十八ヘクタール、一八六四―八八年）などの、現在も残る大規模な公園施設が旧市街の中心部を取り巻く形で設営された。

　ただしこの時期までの公園は、設営の主体が王侯から市民の側に移ったとしても、その基本的な用途は都市景観の美化と、市民への一時的な慰安や休息の提供であり、利用の方法もそぞろ歩きや眺望、適度の休息に限られていた。様式的には、馬車が行き違うことができるほど広く見通しのきく強い軸線、あるいは周回路に沿って花壇、芝生、植栽、噴水や池を整然と配置して広々とした眺望を提供するフランス式整形庭園と、曲がりくねった遊歩道と深い樹林に特色があるイギリス式風景庭園を折衷したものが大半で、随所に記念碑や立像が据えられていた。また、ヒルシフェルトのフォルクスガルテン構想にあった啓蒙的、民衆教化的な意図も受け継がれている。自治体が設置の主体となり、その委託を受けた造園家によって設計・施工される市民公園は、秩序観念と美意識によって貫かれた緑の理想郷であり、教養市民階級が自らの威厳と権勢を示すとともに、自らの理想に基づいて民衆を教え導く場である。さらに、そこは王や偉人や英雄に仮託して、市民階級の成し遂げてきた営為を公的に記念する場である。その意味で白幡氏がヒルシフェルトからマイヤーまでの造園の思想的背景を総括して、この時期の公園を「緑の啓蒙施設」と名づけているのは示唆に富む。[4] 先に挙げたフリードリヒスハインの開設が一八四〇年のフリードリヒ大王戴冠百年祭のために計画されたことも、公園の国民教育的・記念碑的な性格を物語っている。フンボルトハインも博物学者アレクサンダー・フンボルト生誕百年を記念して、自然科学的な展示・教育施設を併設したものだった。ちなみにハインとは「聖域としての杜」を意味する雅語である。

Ⅱ　装飾的緑地と衛生的緑地

こうした公園のあり方が大きな転機を迎えるのは、都市環境の急激な変化のためである。プロイセンの首都であったベルリンの十九世紀初頭の人口は十七万人ほどであった（それでも、ドイツ領邦の中では随一の「大都市」であった）。それが世紀の半ばには周辺から膨大な数の住民が移り住むことで人口は四十万人を超え、さらに一八六六年に北ドイツ連邦の、ついで一八七一年にドイツ帝国の首都となって以降、人口は百万人を超える。レンネとマイヤーによるベルリンでの新たな公園の敷設も人口増を考慮したものであったが、その後もとどまることがない人口増にはとうてい対応し得なかった。

特に深刻だったのは住宅難および住環境の極端な悪化である。一八六一年に市域が大幅に拡大したのに伴って公表されたベルリンの大改造計画、ホープレヒト・プランでは、激増する人口に対応する住宅政策は示されず、かえって土地投機の過熱を招いて住宅事情の悪化に拍車をかけた。人口の集中する中心部にはミーツカゼルネ（賃貸兵舎）と呼ばれる四、五階建ての高層集合住宅が密集して乱立したが、主に貧困層が居住するその内部は、部屋ばかりでなく、屋根裏や地下室、階段を含めてあらゆる空間が居住のために利用され、狭いスペースに何世帯もが生活する劣悪な状況だった。外光が入らず、換気もめったにされず、汚水が垂れ流されるままの室内は不衛生で、結核やコレラをはじめとする流行病の温床ともなった。

　この状況を改善することが十九世紀末の都市計画や公共政策の喫緊の課題となるのだが、その際公園緑地も新たな役割を担うことを期待されるようになる。すなわち、オープンスペースを提供することで狭隘な住環境を補完し、改善するとともに、貧困層を含めた都市住民全体の生活改善や福祉、健康向上と保健衛生に資することである。緑地が都市環境の改善、具体的にいえば、空気の清浄化や塵埃の除去に一定の効果があることはすでに十九世紀の初めから公言されていた。都市周辺の森林や田園地帯を指して「都市の肺臓」と呼ぶことは以前からあった。ただしそれは生理学的な知識に基づくというより、多分にロマン主義的な自然賛美を背景にした観念的な思い入れに由来するものであった。レンネやマイヤーも野外における身体活動や娯楽が都市住民にある程度の保健衛生的な効果をもたらすことは認めてはいたものの、それらの活動は風紀良俗の範囲に限定されるべきだとしており、社会改革的な生活改善を意図したとはいえない。

　緑地に明確な保健衛生的・生活改善的な機能を認める際に大きく貢献したのは、「衛生緑地（sanitäres Grün）」という概念である。これはウィーンの建築家カミロ・ジッテ（Camillo Sitte 一八四三―一九〇三）が著書『芸術的基盤に基づく都市建設』（一八九九初版）の補遺で、[5]「装飾緑地（dekoratives Grün）」と対比して提唱したものである。もともとジッテはこの補遺で、都市の街路や広場を植栽によって飾った装飾的緑地に対して、騒音や塵埃から保護された、街路に面していない中庭のような私的空間において慰安を

マルティン・ヴァーグナー

もたらす緑地を「衛生緑地」と名づけたのだが、この概念は都市計画家や公園設計者の間で、ジッテの用法を離れて大幅に拡張して使われる。たとえば戦間期のベルリンでブルーノ・タウト（Bruno Taut 一八八〇―一九三八）らとともに大規模な公営住宅を立案するマルティン・ヴァーグナー（Martin Wagner 一八八五―一九五七）は、この概念をタイトルに掲げた論文「都市の衛生緑地」でそれを「人間の健康の促進に影響を与えるすべての緑地と緑地帯」だとする。[6] sanitär はラテン語の sano（治療する、健康にする、正す）に由来する語であるが、この時代には狭い意味での「清潔」ばかりではなく、身体の保全と管理、保養、健康増進といった私的な領域から、疾病の予防と治療、公衆衛生、住環境をはじめとする都市環境の整備・改善といった公的な領域までをカバーする概念だった。緑地がこのような機能や効用を持つという考えが広く受け入れられた背景には、先に述べたような大都市の住環境の著しい悪化への対応が緊急性を帯びていたこととともに、医学の応用分野としての衛生学の普及、伝染病の流行、貧困層を含む国民全体の健康の維持・増進に向けた公衆衛生への要請の高まり、労働時間の減少による余暇の増大と、[7] それに伴う身体文化に対する国民の関心の高まりがあったことは間違いない。こうした気運を受けて、ドイツでは一八七二年に社会政策協会が、その翌年には公衆衛生協会が設立される。

Ⅲ　フォルクスパルクの登場

十九世紀的な公園緑地が、大都市の突きつける新しい現実に対応できないものになっていたことはすでに触れたとおりである。ついでにいえば、世紀をまたいでベルリンの人口は二百万人を突破していた。中心部に点在する用途の限られた公園は、膨大な人口に見合うオープンスペースとしてはとうに役に立たなくなっていた。美観だけを重視した既存の民衆公園は「王侯の荘苑（Fürstenpark）」と呼ばれて揶揄される。一方で、ホープレヒト・プランに伴う土地価格の高騰による乱開発と用地難から、新たな公園を設営することは困難になっていた。実際、ベルリンではレンネとマイヤーの路線を引き継ぐフォルクスガルテンとしては最後のものにあたるヴィクトリア公園（七・五ヘクタール、一八九四年に完成）が計画された一八七五年以降、市内で設営された公園はこれひとつのみで、その後およそ三十年以上の間、ベルリンの公園緑地設営の動きは停滞する。[8]

世紀が変わってしばらくのちに登場するのが新しいタイプの公園緑地、フォルクスパルク Volkspark[9] である。このタイプの公園は、装飾的な緑地観から離れ、用途を重視した「利用できる」緑地を大規模に取り入れた公園で、これまで緑地のなかったベルリンの外縁の住宅密集地の近くに大規模な用地を公共の費用で買収して設けられたものである。それは、労働者や貧困層を含むあらゆる年齢、あらゆる階層の住民の要求にこたえることをめざしたもので、昼夜、季節、天候にかかわりなく立ち入ることができた。しかも、入場料も施設使用料も要さない。簡単にいえば、公園の徹底した大衆化と民主化、社会化がはかられるのである。[10]

フォルクスパルクを旧来のフォルクスガルテンとはまったく異なる「社会的公園」としてとらえ、一九一三年に「ドイツ・フォルクスパルク同盟」を結成してドイツ全土での普及を訴えた造園設計家ルートヴィヒ・レッサー（Ludwig Lesser 一八六九―一九五七）の『今日と明日のフォルクスパルク』[11]の記述に沿って、このタイプの公園の特徴を三点に絞って見ておこう。

フォルクスパルクの第一の特色は、装飾や美観ではなく、実用的な用途に応じる場であることである。公園の提供する保養とは、観念的・精神的なものではなく、具体的・肉体的なもので、すべての人々に開かれていなければならない。すなわち、この公園施設はさまざまな階層の住民の多様な用途、特に野外で行われる多種多様な保養、気晴らしと娯楽、余暇を利用した身体活動に対応している必要がある。そのためにこの公園は、従来の緑地の概念には含まれていなかったさまざまな空間や施設を包摂する。例を挙げれば、子供の遊び場、砂場、スポーツ施設、水遊び用の浅いプール、水浴場（冬にはスケート場に使うこともできる）、日光浴・空気浴場、立ち入り自由な広い芝生面と水辺、水飲み場、十分な数のベンチ、野外読書室、野外劇場、博物館、音楽堂、舞踏広場、珍しいものとしてはミルク配給所。要するに、余暇利用とリクレーションに役立つものがここには何でもそろっているのである。伝統的な公園と同じく、花壇が設けられないわけではないが、統一的な美観を作り上げるためにデザインされているのではない。そこにはさまざまな種類の花や植物が植えられ、住居に庭を持たない人々にとって、

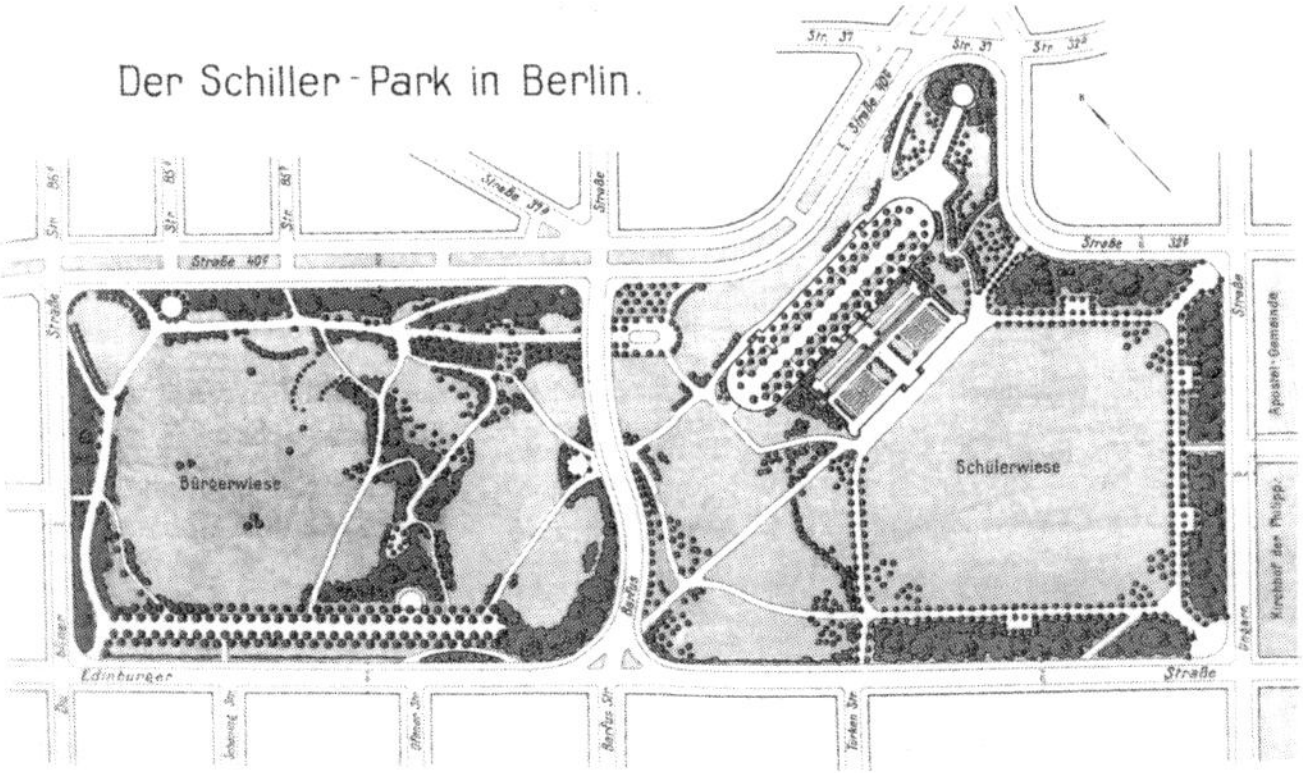

シラーパルクの設計図（1912）。左右に市民広場と学童広場が振り分けられている。

花や緑に親しむための身近な機会となることのほうが重視される。同様に公園設計の主眼も美的な見地より、一連の多様な施設をどう結び合わせ、どう利用を促すかに置かれるのである。また、住民の気軽な利用を見越して、公園緑地は居住地となるべく近いところ、できうれば利用者が「歩いて行ける」距離に設けられることが求められた。

二番目の特色は、公園自体が十分な広さを備え、かつその面積のできる限り多くの部分が訪問者たちによって使われることが想定されていることである。王室の狩猟用地をそのまま公園にしたティアガルテンは、従来型の緑地の中では別格に広大な二百十ヘクタールの敷地面を擁するが、その内部には遊歩以外に利用できる平面は多くは存在しなかった。たとえ広場があっても、立ち入ることができないのが通例だった。ところが、フォルクスパルクでは立ち入り可能な広場が前提され、むしろそれを中心に周縁の樹林や施設が配置される。たとえば、一九〇七年にベルリン最初のフォルクスパルクとして設営されたシラーパルクで最初に目を引くのは、

「市民広場」と「学童広場」と銘打った二つの平面である。それぞれが六ヘクタールと三・五ヘクタールの広場は全面が芝生で覆われ、周囲のどこからでも立ち入ることができる。

フォルクスパルクの登場によって、その用途や使用法が大きく変わったものの筆頭が芝生地《ヴィーゼ》の用途である。芝生は従来の風景式庭園やフランス式整形庭園にもふんだんに使われていたが、樹林と樹林の空隙を埋め、幾何学的な装飾花壇を緑の絨毯のように縁取る芝生は、眺望や美観を増すために敷かれるもので、ほとんどの場合立ち入りが禁止され、見張り番が常駐することもあった。それがフォルクスパルクにおいては、芝生の平面には仕切りや垣根が設けられず、自由に立ち入り、横切り、そこでさまざまな活動をすることができる空間になる。休息用芝生（Ruhewiese）、横臥芝生（Liegewiese）、遊戯用芝生（Spielwiese）、体操用芝生（Gymnastikwiese）、祝祭芝生（Festwiese）など、広範な用途に供される立ち入り可能な芝生の平面はフォルクスパルクの必須要件として、どの公園にも設けられるようになる。[12] そのためにトレプトワー・パルクなど、従来の公園の中には、一部の芝生地への立ち入りやそこでの遊戯を容認するものも現れた。

もうひとつの特色は子供たちによる利用のための配慮が最大限になされていることである。そもそも、子供の健康の問題は都市問題の中でも最も緊急に解決を迫られていたものだった。狭小で劣悪な居住環境にも、周囲の街路にも子供のための遊び場の余地はなく、土に触れることはおろか、朝日を見たこともない子供たちもいた。特に憂慮されたのは、日光や外気に恵まれない市街地のただ中で生まれ育った貧困層の子供たちの栄養不足と運動不足による発育の遅れと罹病、さらに風紀や性の乱れの問題だった。子供の発育や教育にとっての身体活動の有効性と必要性が認識されたのは十九世紀の後半以降であるが、学校など公的な敷地にそのための場所や施設が設けられることはなかった。一八七一年のドイツ帝国の成立によって、次代の国民をどう育て、彼らの身体をどう作るかが改めて緊急性を帯び、国民的な議論にのぼり始めていたにもかかわらず、学校教育の中で子供の遊戯や体育の意義が認められるのは、ようやく一九〇〇年になってからである。[13]

シラーパルクの水辺で遊ぶ子供たち。Ludwig Lesser. *Volksparke heute und morgen*（1928）より

新しいタイプの公園においては、子供たちはもはや大人に付き従う「小さな臣民」ではなく、まさに主役である。そこでは子供のための遊び場に中心的な役割があてがわれ、個人もしくは集団で行うあらゆる種類の遊びが想定されている。砂遊び、ボール遊び、縄跳び、綱引き、ブランコ、かけっこ、シーソー、はしご登り、ジャングルジム、馬跳び、水浴、水遊び、ボート漕ぎ、冬季のスケート、そり遊び、などなど。フォルクスパルクにおいてそれぞれの遊び場は十分な間隔を置いて配置され、どれだけ子供たちが押し寄せても不足のない広さをそなえるべきだとされた。遊びだけではなく、子供たちの身体の露出について寛容なのも大きな特色である。子供たちが窮屈な晴れ着を脱ぎ捨てて公園の広場で外光と空気に肌をさらし、時には真裸で水遊びや砂遊びに興ずる姿は、十九世紀的な子供

観からすればまったく新しいものだった。公園は、主役となった民衆が子供たちを前面に押し出し、彼らの価値観と身体文化を華々しく告知し、表出する舞台となるのである。

フォルクスパルク設置を求める動きは二十世紀初頭から高まるが、この時期にベルリンで実際に設営された公園は前述のシラーパルクだけである。ほかの多くの同タイプの公園は第一次大戦後、主に一九二〇年代のワイマール共和国の時代に着工された（本書二〇六頁の表を参照）。フォルクスパルク型の公園の数は一九一八年以降、急速な伸びを示し、「緑地熱」というべき活況を呈す。[14] 王制が廃され共和制が導入されたこの時期は、新たな主役である「民衆」の意思として公園を開設するのにむしろ好都合だった。同じ理由から用地の取得も比較的容易で、ベルリンの大規模な公園はその多くが、不要になった兵舎や射撃場、練兵所など、もとは軍用地だった敷地を利用して設けられた。まさに「民主主義的」な解放の気運が公園ブームを支えていたのである。大規模な土木工事である公園の設営にあたって、帰還兵を含む大量の失業者が活用されたのも、この事業の「民衆性」と「公益性」を物語るものであろう。政権を握るＳＰＤ（社会民主党）にとって公園の設置は、万人受けし、しかも即座に効果をあげられる公共事業だったとするインゲ・マースの説がある。[15] 彼女によれば、それは当時のＳＰＤが革命的群衆の暴発的行動を防ぎ、階級闘争に替わって、生活改善や保健福祉的な活動を通じて国民的融和を民衆に訴えかける手段だった。公園敷設は都市大衆を公的な権力のくびきから解放するとともに、身近な生活条件の改善を通じて彼らの融和と統制をはかるという意味も持っていたのである。実際に、ＳＰＤの勢力が強いベルリン、ハンブルク、フランクフルト（マイン）では、大規模公園と大規模集合住宅（ジードルング）の設営計画がこの時期に同時進行で次々に手がけられた。

Ⅳ　緑地帯構想に向けて

ベルリンではワイマール共和国の期間に十面近くのフォルクスパルクが設置される。この間、ベルリンは市域を十四倍近くに拡大し、人口もほぼ倍の三百八十万人になるために単純な比較はできないが、第一次大戦前に比べて格段に多くの公園緑地が住民に提供されたことになる。特に、レーベルゲ、ユングフェルンハイデ、ヴールハイデなど、百ヘクタールを超える巨大な公園緑地が次々に誕生し、フォルクスパルク開設の動きはレッサーが言う「運動」というべきものにまで高まる。ただし、数や面積はさておき、フォルクスパルクのさらに重要な意義は、それが都市計画における「緑地」の意味を大幅に拡張したことにあると思われる。そもそもフォルクスパルクは「すべての余暇活動に対応」していて、十分な広さを持つことが必要なだけで、形状やデザインに格別の条件があるわけではない[16]。それは保健や衛生、休養に役立つものなら何でも取り入れ、公園内の敷地や施設を包摂するだけでなく、公園外の既存の小公園、遊び場、スポーツ施設、遊歩道、広場、墓地、クライガルテン、都市外郭の森林、原野、農地、湖水や川の水面、といったスペースとも緩やかに接続している。そこから、「河畔であれ緑地であれ、どんな種類のものもフォルクスパルクに値する[17]」、という考えも生まれる。たとえば、自給自足的な食糧生産に使われるクラインガルテンも、「使用価値」という意味では立派な緑地であろう。実

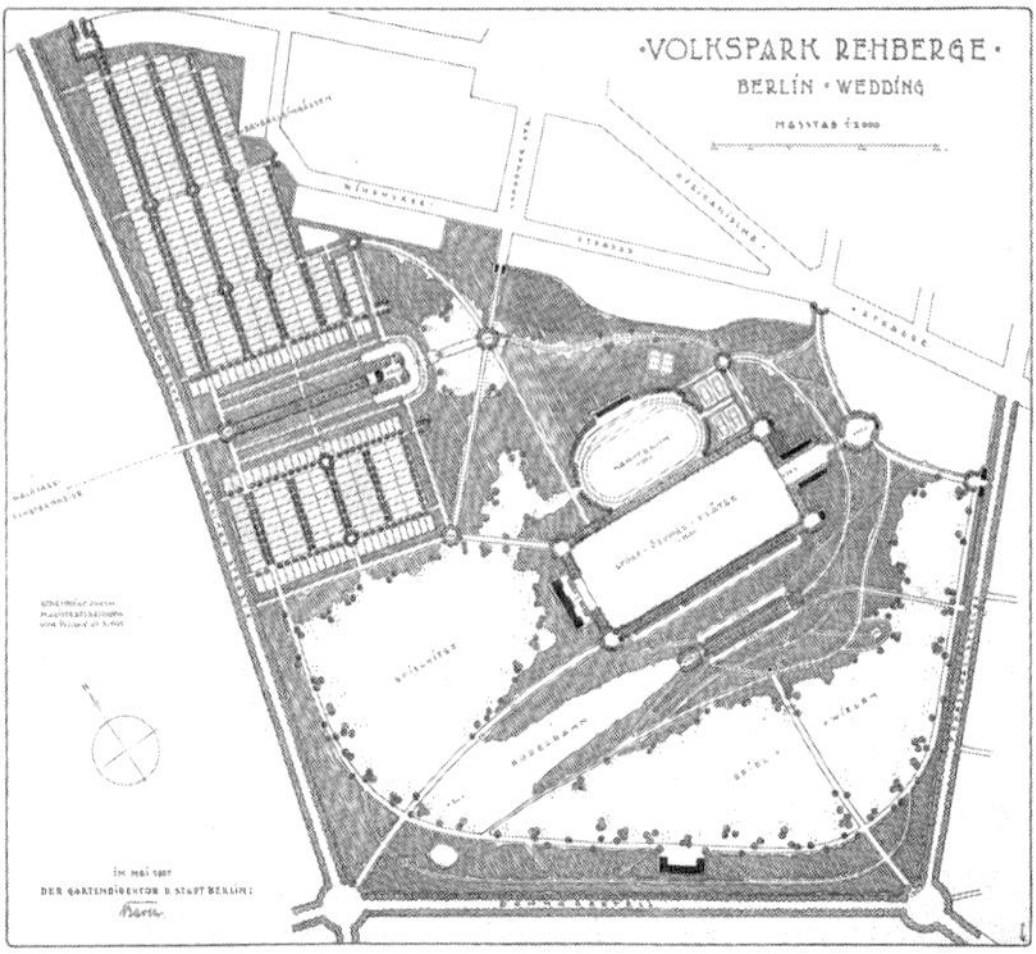

フォルクスパルク・レーベルゲの設計図。左上の部分にクラインガルテンの集落がある。

際、レーベルゲやユングフェルンハイデの公園敷地には、何年にもわたって継続使用できるクラインガルテンの集合地が計画時から併設されていた。だれもが通り抜けられ、だれもが利用でき、万人の休養や健康増進に資する緑地――それが都市における新たな緑地の概念だった。[18]

　このような拡張された緑地概念を都市計画の中で積極的に導入したのが先に名を挙げた建築家・都市計画家のマルティン・ヴァーグナーである。一九一五年の論文でヴァーグナーが「衛生緑地」に、心身の健康を増進する機能があるとしていることはすでに述べた。彼はそこで、大都市住民にとっての緑地の意義は存在価値より利用価値にあるとし、その存在と広さについては衛生的価値が前提とされなければならないとする。また、緑地は単なる「空き地」ではなく、用途に応じて遊び場、スポーツ場、フォルクスパルク関連施設、都市林、クラインガルテンまたは家庭園に造成する必要があり、なおかつ住宅地の近く、それも利用者が徒歩で二十分以内に行ける距離に設置しなければならない。

ヴァーグナーはさらに、各住民層の多様な利用に応えるために、住民一人あたりの緑地の最小必要量を算定し、平均値として児童の遊び場二・四平方メートル、スポーツ場一・六平方メートル、遊歩道〇・五平方メートル、公園二平方メートル、都市林十三平方メートルの合計十九・五平方メートルを充当しなければならない、としている。[19] ここでは緑地が、公園や広場といった名目的な存在価値からではなく、その利用目的と利用価値によって測られる、人間生活に不可欠な基本要素としてとらえられていることが重要である。それは単に開かれた空地（open space）であるばかりでなく、自由な（frei）利用を促す「自由空地（Freifläche）」であるべきなのである。しかもこの空地は単体の緑地ではなく、公園をはじめとする大小の緑地が結びあってひとつの系統を形づくる緑の集合体、すなわち緑地帯を成す必要がある。

都市を取り巻く緑地帯の構想はヴァーグナー以前にもあった。十九世紀の後半に、アーデルハイト・ドナ＝ポニンスキー伯爵夫人がアルミニウスという筆名で、都市貧困層を住宅難と生活苦から救済するために提唱した、都市郊外に緑地帯で結ばれた居住区を設置する案は、その後のドイツ各地の緑地帯構想に大きな影響を与えたものとされる。[20] 海外からの影響としては、アメリカの造園・景観設計家フレデリック・ロー・オルムステッド[21]によって考案された、緑地同士をパークウェイという呼ばれる並木道でつなぎ、都市を緑地帯で環状に取り巻くパークシステム（公園系統）がある。このシステムは、十九世紀終わりから二十世紀の初めにかけてボストン、ミネアポリス、カンザス・シティなど、アメリカの各都市で実際に導入され、ドイツでも注目された。また、イギリスのエベネザー・ハワードが出した田園都市（Gardencity）構想でも、田園と都市を有機的に接合する緑地帯が重要な役割を帯びていた。ヴァー

ヴァーグナーによるオープンスペース計画（1929）

グナー自身が、フォルクスパルクを唱導するレッサー、ハリー・マースらとともに、ドイツにおける田園都市の実現に中心的な役割を果たしたドイツ工作同盟のヘルマン・ムテジウスのもとで建築家としてのキャリアを始めた。同じく、のちにヴァーグナーとともにブリッツの公営集合住宅地を立案・施工するブルーノ・タウトとレーベレヒト・ミッゲも工作同盟のメンバーである。また、ドイツ各地でフォルクスパルクを設計する造園家の多くも、そのメンバーだった。

先行するこれらの構想を視野に入れながら、ヴァーグナーは緑地帯のアイデアを、一九二〇年に市域が十四倍、人口三百八十万人に拡大した大ベルリン全体の総合的な土地利用計画の中に取り入れる。第一次大戦後、ＤＥＷＯＧ、ＧＥＨＡＧなどの公益住宅供給公社で都市計画と住宅建設行政に集中的に取り組んだ彼は、一九二六年から三三年までベルリンの住宅・建設行政の最高責任者にあたる都市計画局建築参事官の地位に就いた。その間にヴァーグナーとヴァルター・ケッペンによって提出された「ベルリンとその周縁地域の空地計画」の図面には、周辺の森林や農用地も含めた大規模な緑地でベルリンを取り囲み、さらに市街地内の公園や広場、クラインガルテン施設、運動場、墓地などを連結させて街区に緑地を楔のように嵌入させ、都市の内部にまで緑地を行き渡らせる計画が示されている。緑地は人口密度と使途に応じて配置されており、その面積はヴァーグナーによる住民一人あたりの緑地必要量の計算に基づくものであった[22]。

この計画は実現には至らなかったものの、戦前のベルリンにおいて可能とされた緑地帯計画の極点にあたるものだといえよう。ヴァーグナーがタウトや造園家のミッゲと協働してベルリンで手がけた、ブリッツ（一九二六―二七年）、ライニッケンドルフ（一九二九―三〇年）、ジーメンスシュタット（一九三〇―三一年）など一連の大規模な集合住宅団地（ジードルング）の建設は、この計画を引き継いで都市住民の生活環境の間近に「利用しうる」緑を配置するという田園都市的な構想を部分的に実現したものだった。これらの事業に取り組んでいる最中に、ヴァーグナーは一九三三年、ヒトラー政権の成立に伴って辞職を余儀なくされ、その二年後にはユダヤ人であったため市民権を剥奪されて亡命する。

おわりに

現在のベルリンには全市域八万九一二九ヘクタールの中に一万一六二二ヘクタールの公共緑地がある。これは水面、森林、農地を含まない面積で、それらを含めると広義の「緑地」の面積は、三万七八一八ヘクタールにおよび、市域の総面積の四二・四パーセントを占める[23]。試みに、先に挙げたヴァーグナーによる緑地の住民一人あたりの必要量の算定基準を適用すれば、現在の人口三百五十万人に対し、公共緑地は一人あたり三三・二平方メートル、広義の緑地は一〇八・五平方メートルで、きわめて潤沢である（ただしこれはヴァーグナーが提唱するように用途を分けて算出された数字ではない）。緑地を維持することに対するこの都市の住民や行政の根強い志向には驚きを禁じえない。しかもベルリンは、過去七十年の間に、戦時体制下の軍事目的の首都改造、爆撃による跡をとどめぬほどの瓦礫化、戦後復興のための大工事、さらに四十年にわたる東西ベルリンの分断を経ている。戦前の公園敷地はその間に荒廃し、一時的には食糧自給のための畑地や瓦礫置場に変じた。にもかかわらずそのほとんどが、いまは緑地としての機能を取り戻している。そればかりか、公園を含めた緑地の面積は戦前よりむしろ増加し、いまも増え続けている。

もちろん緑地を維持しようとする志向は、戦前の都市緑化構想をそのまま引き継ぐものではない。都市緑化の動機づけは各々の時代の必要に応じて変化してきた。たとえば、第二次世界大戦後、瓦礫の山からベルリンを復興するに際して、不要な瓦礫を積み上げた小山や、建築用の砂利を採取した跡に植樹・植栽を行って一帯を緑地化することはこの時期の典型的な公共事業で、そのために大量の失業者が投入された。また、一九六〇年代から深刻化した世界的な環境汚染や環境破壊に対処するために、一九七〇年代以降は緑地が都市環境にもたらすポジティヴな効果に注目が集まるようになり、住民運動が緑地の保存と拡大に積極的に取り組んだ成果も大きい。さらに脱工業化社会においては、緑地は生活環境の良好性や「心地よさ」といった、生活の質（Quality of Life）を保証し、とりわけ都市環境においては生活環境に正の価値をもたらすファクターとして重視され、現在に至るのである。

こうした変遷の過程でも、緑地を都市環境に不可欠でかつ「有用な」基本要素ととらえる考え方はベルリンにおいて基本的に一貫性を持っている、と見るのが本論の立場である。もちろん緑地は樹木や植生の成長や変化に伴ってその相貌を変えるものである。用途の変化に伴って、当初のデザインの原型をとどめないものもある。しかし変化しながらもベルリンの公園緑地はそのたびに新たな意味を帯びて「発見」され、荒廃している場合には修復され、緑を取り戻してきた。この実用的な緑地観は十九世紀末から二十世紀初めにかけて、装飾的な緑地観から身を離すことで醸成され、第一次大戦をはさんでワイマール期に各地に設営されたフォルクスパルクにおいて緑地を実際に「使用」することで、都市住民にとっての具体的な経験として定着されたといえよう。

表　ベルリンに現在あるVolksgarten型とVolkspark型の公園緑地

種類	名称	面積（ヘクタール）	着工年、完成年	設計者	所在地（現在の区名）
Volksgarten	Großer Tiergarten	210 ha	1833-86	Peter Joseph Lenné, Gustav Meyer	Mitte
Volksgarten	Glienicker Park	90.1 ha	1816, 1824	Peter Joseph Lenné	Steglitz-Zehlendorf
Volksgarten	Volkspark Friedrichshain	49 ha	1840-48, 1874	Gustav Meyer	Friedrichshain- Kreuzberg
Volksgarten	Volkspark Humboldthain	29 ha	1869-1876	Gustav Meyer	Mitte
Volksgarten	Treptower Park	88.2 ha	1876-1888	Gustav Meyer, Hermann Mächtig	Treptow-Köpenick
Volksgarten	Viktoriapark	12.8 ha	1888-94	Hermann Mächtig	Friedrichshain- Kreuzberg
Volkspark	Schillerpark	29.4 ha	1909-13	Friedrich Bauer	Mitte
Volkspark	Lietzenseepark	10.1 ha	1912-14, 1919-20	Erwin Barth	Charlottenburg-Wilmersdorf
Volkspark	Volkspark Jungfernheide	146 ha	1920-1927	Erwin Barth	Charlottenburg-Wilmersdorf
Volkspark	Stadtpark Steglitz	17 ha	1906-14, 1929	Erwin Barth, Rudolf Korte	Steglitz-Zehlendorf
Volkspark	Volkspark Rehberge	78 ha/115 ha	1926-1929	Erwin Barth	Friedrichshain- Kreuzberg
Volkspark	Volkspark Hasenheide	47 ha	1936-39	Joseph Pertl	Neukölln
Volkspark	Volkspark Wilmersdorf	18 ha	1912, 1930-33	Richard Thieme, Wilhelm Riemann, Eberhard Fink	Charlottenburg-Wilmersdorf
Volkspark	Volkspark Wuhlheide	79 ha/196 ha	1919-32	Ernst Harrich	Treptow-Köpenick

＊面積は設置時のものではなく、現況である。また、RehbergeとWuhlheideについては隣接した公園の面積との合計を併記する。
＊注23で示したとおりベルリン市庁舎の環境、交通、大気汚染防止局の「緑地および空地専門部局」の公表した2016年末の資料をもとに作成した。

注

1　緑地（りょくち）とは、都市計画・造園の用語としては、「交通や建物など特定の用途によって占有されない空地を空地のまま存続させることを目的に確保した土地」を意味する。一般にはそれは樹木、草花などの緑で覆われた土地を指すが、実際は農地などの裸の土の地面や水面も含むことが多く、そのため空地（くうち、オープンスペース）とほぼ同義である。この意味の緑地には、公園・広場・墓園などが含まれ、必ずしも植物が生えている必要はない。一九三三年（同年に都市計画法（旧法）が全国に適用）の東京緑地計画協議会によって、「緑地とはその本来の目的が空地にして、宅地商工業用地および頻繁なる交通用地の如く建蔽せられざる永続的のものをいう」と定義された。この論文では、公園をはじめとする公共緑地のほか、自然緑地、生産緑地、共用緑地を広く「緑地」として扱っている。

2　ドイツの公園発達史については白幡洋三郎『近代都市公園史の研究―欧化の系譜』（思文閣出版、一九九五年）で詳しく論じられている。また、ベルリンの公園史については、Dieter Hennebo: Berlin. Hundert Jahre Gartenbauverwaltung. Vom Beginn des 19. Jahrhunderts bis zum Zweiten Weltkrieg. in: *Das Gartenamt* (Sonderdruck), Heft 6. 1970 から多くの知識を得た。ヘネボーの論文は、佐藤昌編の『ベルリンの公園』（日本公園緑地協会、一九七三年）に「ベルリン　公園の１００年史」（佐藤昌訳）として収録されている。小論ではこの訳に依拠した。

3　ヒルシフェルトのフォルクスガルテン思想については、白幡、前掲書二二―二九頁に詳しい。

4　白幡、前掲書一七頁。この表現は第一章、第一節のキャプションにある。

5　Camillo Sitte: *Der Städtebau nach seinen künstlerischen Grundsätzen*. Fünfte Aufl. mit Anhang: Grossstadtgrün. この補遺はジッテの死後、第四版以降に付け加えられたものである。

6　Martin Wagner: *Das sanitäre Grün der Städte. Ein Beitrag zur Freiflächentheorie*, Diss., Berlin 1915. S.1.

7　一八九〇年には、十二時間以上であった平均的労働者の一日の労働時間が十時間に短縮される。また、日曜が一斉休日となるのは一八九一年である。

8　ヘネボー「ベルリン　公園の１００年史」三三、四一頁。

9　この論文ではフォルクスパルクという名称を特定のタイプの公園を指すものとして使っているが、実際には名称だけでは判断できない。ドイツ各地には同時期に敷設された同タイプの公園でBürgerpark（市民公園）、Stadtpark（市立公園）と呼ばれるものもあるし、現在は旧来のフォルクスガルテン型として生まれた公園にVolksparkの名を冠している例（フリードリヒスハインとフンボルトハイン）もある。Volksparkを「民衆公園」「国民公園」「市民公園」と訳す例もあるが、ここではフォルクスガルテンとの混同を避けるために原語をカタカナで表記した。

10 Inge Maass: Vom Volksgarten zum Volkspark. Aus der Geschichte des demokratischen Stadtgrüns. In: hrsg. von Michael Andiritzky/ Klaus Spitzer: *Grün in der Stadt*. Rowohlt, Reinbek bei Hamburg 1981, S. 18-39, S. 28.

11 Ludwig Lesser: *Volksparke heute und morgen*. 1928. このパンフレット的著作は、実際には一九一〇年代に行われた講演をもとにして、第一次大戦を挟んでフォルクスパルクが本格的に着手される一九二七年に刊行された。パンフレットの末尾には「ドイツ民衆の肉体的、道徳的ならびに精神的健康に捧げる」と書かれている。

12 当時で最大の広さをもった芝生面は、ハンブルクの市立公園 Hamburger Stadtpark の十二ヘクタールにおよぶものである。ちなみに、同じく芝生を指すにしても、Rasen は美観を重視した造園用語であるのに対し、Wiese は実用的であるとともに、牧草地など牧歌的な田園風景を連想させる言葉である。本書のエッセイ「牧草地《ヴィーゼ》の記憶」を参照。

13 Inge Maass: a.a.O., S. 29-31 特定のスポーツに特化されない遊戯（Spiel）の機会を子供に与え、そのための場所を確保しようという考え（Spielplatz 運動）は十九世紀半ばから世紀転換期にかけて、英国や米国のプレイグラウンド運動の影響も受けてドイツでも高まっていた。ヘネボー前掲論文三六頁。

14 Inge Maass: Volksparke. In: hrsg. von Lucius Burckhardt: *Der Werkbund in Deutschland, Österreich und der Schweiz. Form ohne Ornament*. Deutsche Verlags-Anstalt 1978, S. 57-65, S. 58f.

15 Inge Maass: *Vom Volksgarten zum Volkspark*, S. 33-34; フォルクスパルク運動のイデオロギー的な側面については次を参照。Stefanie Hennecke: Der Volkspark für die Gesundung von Geist und Körper. Das ideologische Spannungsfeld einer bürgerlichen Reformbewegung zwischen Emanzipation und Disziplinierung der Volksmassen. in: Stefan Schweizer(Hrsg.): *Gärten und Parks als Lebens- und Erlebnisraum: Sozialgeschichtliche Aspekte der Gartenkunst in früher Neuzeit und Moderne*. Worms: Wernersche Verlagsanstalt, 2008, S. 151-164.

16 Der Artikel „Volkspark" im *Illustrierten Gartenbau-Lexikon*. Zweiter Band, Berlin: Verlagsbuchhandlung Paul Parey, 1927, S. 666. レッサーも「緑地（das Grün）」という言葉を広範囲に使って、公園外の芝生の広場、花壇、野外スポーツ施設、水辺や水面、クラインガルテン、並木道などもそれに含まれる、としている。

17 Fritz Encke: Volkspark. in: *Die Gartenkunst*, Jg. 13-9 (1911) フリッツ・エンケは大都会における「社会的な緑」の普及に努め、主にケルンで市域をさまざまな緑地で取り囲む環状緑地の設計にかかわった。

18 日本語の「緑地」がドイツ語の Grünfläche の訳語であることはすでに冒頭で触れたが、この概念が日本の造園学や都市計画学に積極的に取り入れられた時期は一九二五年から一九三〇年前後であり、ちょうどドイツでフォルクスパルクが盛んに築造されるとともに、それを都市計画の中にどう取りこむかが熱心に議論されていた時期にあたる。

19 Wagner, a.a.O. S. 3, S. 21-22. 一人あたりの緑地の必要量についてはS.92. およびヘネボー上掲論文四八―五一頁。

20 Gräfin Adelheid Dohna-Poninski (Arminius): *Die Großstädte in ihrer Wohnungsnot und die Grundlagen einer durchgreifenden Abhilfe*. Leipzig. 1874. また、ヘネボー上掲論文二六頁。

21 Frederick Law Olmsted (1822-1903).

22 Walter Koeppen und Martin Wagner : Freiflächenschema Stadtgemeinde Berlin und umgebender Zone. in: Die Freiflächen der Stadtgemeinde Berlin. Denkschrift II des Amtes für Stadtplanung Berlin (1929)（「ベルリン市のオープンスペースに関する覚書」）。図版はヘネボー「ベルリン　公園の一〇〇年史」五三頁掲載のものを使った。

23 数字はベルリン市庁の Senatsverwaltung für Umwelt, Verkehr und Klimaschutz Berlin, Referat Freiraumplaung und Stadtgrün のホームページ（Stand: 31. 12. 2016）による。
http://www.berlin.de/senuvk/umwelt/stadtgruen/gruenanlagen/de/daten_fakten/index.shtml
このホームページには、ベルリン市内十二区に所在する五十あまりの主な公園緑地のデータがまとめられている。二〇六頁に掲げた表はこれをもとにしたものである。

2 レーベレヒト・ミッゲと「緑」のアヴァンギャルド

I 造園改革

レーベレヒト・ミッゲは当時ドイツ領であったダンチヒ（現ポーランド、グダニスク）で一八八一年に生まれた。ハンブルクでの研鑽ののち、同地の著名な庭園設計事務所オルクス社に勤務して多くの造園設計にかかわったミッゲの初期の仕事は主に個人の邸宅や別荘の庭園の設計であったが、やがて公園や墓地など、大規模な公共緑地の設計を手がけるようになる。

ミッゲの活動は十九世紀末から二十世紀初頭にかけて提唱される「造園改革」（Gartenreform）の動きを受けたものだった。造園改革とは、十九世紀半ばから進行する建築や工芸部門の改革に連動した庭園の改革運動であるが、そこで庭は従来のように住居や建物の付属設備や装飾物とみなされるのではな

レーベレヒト・ミッゲ

く、それらと一体化した生活空間としてとらえられる。さらに、公園のような大規模な公共緑地も、従来の装飾的美観を重視するものから、生活空間の延長として、機能性と実用性を重視したものへと設計し直される。この改革が当時、学芸や美術などの領域だけでなく、衣・食・住・健康衛生など人間の生活全般を、近代化と大衆化が進行する時代環境の中で新たにとらえ直そうとする「生活改革」Lebensreformの一環を成していたことも見ておかなければならない。造園の領域でこの改革運動を先導したのがアルフレート・リヒトヴァルク（一八五二―一九一四）で、美術史家でハンブルク美術館の館長でもあった彼は、造園を建築・都市計画・美術工芸と密接に関連した、人間にとって好ましい生活空間をデザインする総合的な芸術としてとらえようとする。庭は自然の不完全な模倣ではなく、人間の手の加わったひとつの「作品」として評価されるようになる。一八九六年にドレスデンで開催されたのを手始めに各地で頻繁に開催される造園展示会は、建築家や造園家が新たな造園の実例を実地に提示する場となった。[1]また、伝統的な美意識に基づく従来の公園緑地に替わって、機能性と有用性を重視した新しいタイプの公園であるフォルクスパルクが次々と計画されていくのもこの時期からである。[2]

　専門領域としての造園についていえば、ドイツでは十九世紀末まで造園術（Gartenkunst）は建築術の下位概念として位置づけられ、独立した芸術分野とはみなされなかった。庭師（Gärtner）は、園丁もしくは園芸家で、少数の王宮付属庭園の監督官を除けば、設計にまではかかわらないのが通例であった。

それに対し、造園改革運動はなによりも庭園設計を「芸術・工芸」部門に関連づけ、さらに造園家を庭園の設計から施工までを担当する専門的技術者として独立させようとするものであった。ドイツ工作連盟Deutscher Werkbundの設立者の一人、ヘルマン・ムテジウス（一八六一―一九二七）がイギリスのアーツ・アンド・クラフツ運動に影響を受け、カントリーハウスをドイツに紹介するに際して、住宅と庭を一体のもの、いわば総合芸術としてとらえていたことも、この改革運動の発端となった。

その際注目したいのがガルテンアルヒテクト（Gartenarchitekt）という呼称である。「庭」と「建築家」を合成したこの語は、ドイツ語圏に特有の概念で、現在は個人の庭の造園だけでなく、土木工事や植栽を通じてランドスケープデザインにかかわる事業の、計画から施工までを手がける専門職の造園設計家を指す概念として一般化しているが、実際には二十世紀初めの造園改革運動と関連して普及した概念である。[3]この呼称は職業としての造園設計家[4]が建築家と対等であることを示すとともに、彼らの行う造園設計が建築と同じように、庭およびそれに連なる緑地一般の「空間構成」を行う作業であることを示す。この場合、形容詞のarchitektonischは「建築的」というより、設計に際しての「構成的」な原理にかかわるものと考えたほうがよい。具体的にはそれは、住居や建築物が用途に応じてさまざまな空間に仕切られるように、庭や緑地の空間を仕切り、さまざまな要素を組み合わせることで構成する方法や技術を指す。造園設計家はこの方法に基づいて、個人の庭から公園、さらには景観までを緑地空間としてとらえ、それを切り分け、要素を組み合わせることで全体へと統合する空間デザイナーとしての役割を担うのである。

ミッゲ自身がこの造園設計家を自任した。一九一三年に刊行された『二十世紀の庭園文化』[5]は、庭空間のデザイナーという立場から、同時代に進行する庭園改革を、個人の邸宅の庭園、公園などの緑地、公共施設の空地利用、墓地、さらに田園都市まで、また庭に置かれる調度や施設や植栽の利用法も含めて豊富な事例を挙げて紹介するとともに、旧来の庭園観とは異なる発想に立つ、現代の市民生活に適合した庭や緑地の新しいあり方を提唱する。庭の空間が現代の人間にとって不可欠であると説くミッゲによれば、人間には普遍的にして平等な「庭への欲求」が原初から備わっている。[6]この欲求は人々が都市に集まり、生活が近代化・機械化するにつれて余計に高まるが、装飾性や美観を重視した従来の庭園はこの欲求の高まりにとうてい応えることができない。必要とされるのは、万人のために開かれた十分な広さを持つ庭である。

レーベレヒト・ミッゲ『20世紀の庭園文化』（1913）の表紙

そうした「開かれた庭」の筆頭に挙げられるのがフォルクスパルクである。ミッゲ自身がライプチヒのマリアンネンパルクをはじめ、二十世紀初頭に始まった大規模な公園の設計に携わっているが、[7]そこに示されるのは、飾りや目の保養の目的にではなく、日光浴、大気浴、ダンスやスポーツ、水遊び、子供の遊戯など、さまざまな身体活動に対して開かれた「実用品」としての庭の空間である。先に挙げた「建築的・構成的」な原理は、多様な用途に添って

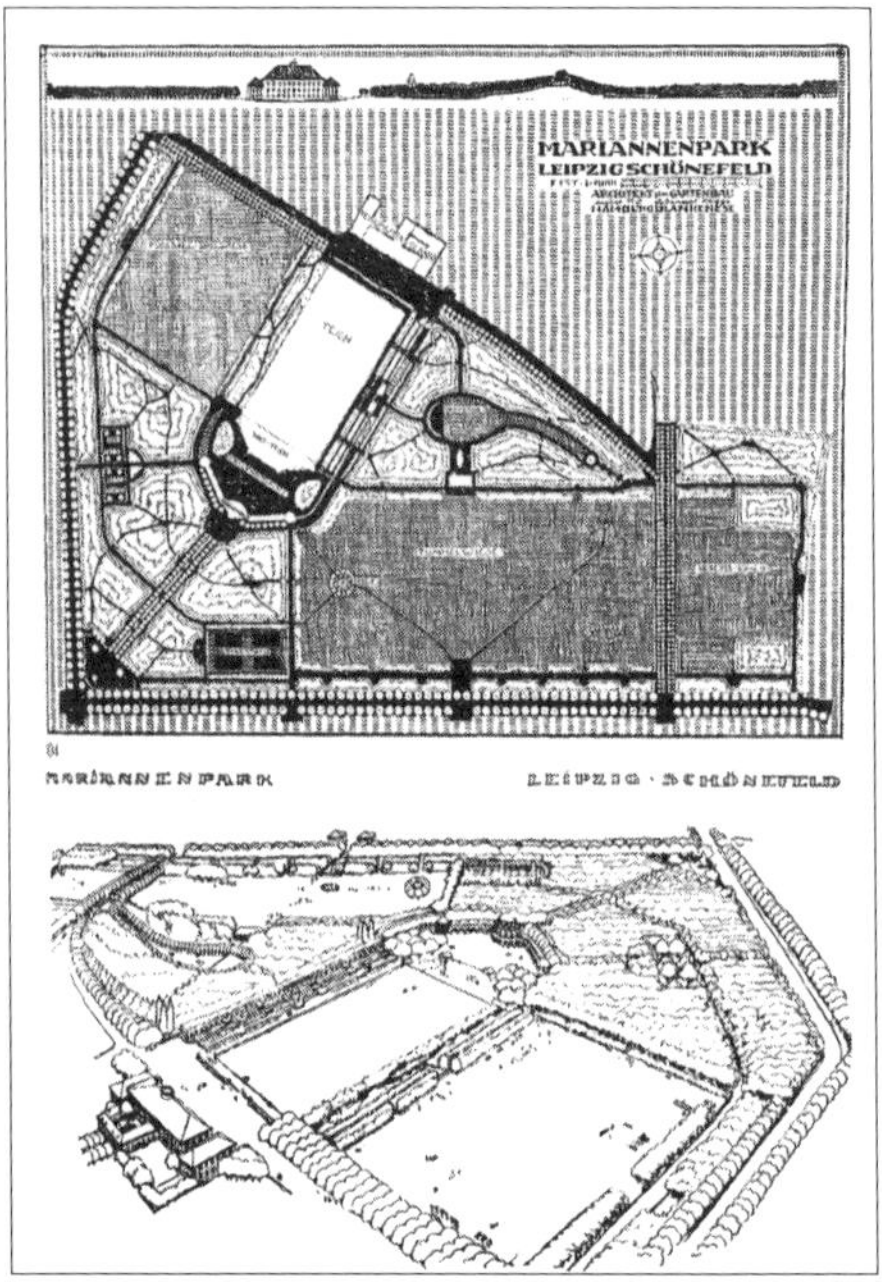

ライプチヒのマリアンネンパルクの計画図（1913）

広大な緑地の空間を切り分け、構成するために使われる。その際重視されるのは、単純さ、実用可能性、採算性という三つの原理である。

公設公園であるフォルクスパルクをオープンスペースとして民衆の多くの需要のために開放する考えは、この時代の公園設計者が共有するものであったが、ミッゲは『二十世紀の庭園文化』で公園施設に限らず、都市の緑地および空地をすべて利用可能な「庭」として評価し、立地や機能、改良の余地、緑地相互の組織だった連結の可能性について詳細かつ包括的な分析と提案を行っている。それだけではない。ミッゲによれば「万人のための庭」を開設することは人類の進歩と幸福のために不可欠であり、その開発は当時六千五百万人の人口を擁するに至ったドイツ帝国が経済的、社会的ならびに精神的活動の全精力を傾注して取り組むべき国民的課題とされる。『二十世紀の庭園文化』は、ドイツを造園改革において世界をリードする「庭の国」として位置づけ、全国土を最も貧しい者たちもかかわることができる花咲く庭で覆うという壮大な構想で締めくくられている。「われわれは多くの、そして人を幸せにする庭の民族であろうではないか。これこそ、二十世紀の庭文化のあらたな、そして重要な意味なのだ。[8]」

Ⅱ　ジードルングの思想

全ドイツを庭で覆うという造園改革の構想はしかしまもなく頓挫する。いうまでもなく一九一四年からの第一次世界大戦の開始と、ドイツの敗戦のためである。四年におよぶ消耗戦の末、敗戦国となったドイツが蒙った人的資源と社会的インフラの損失は甚大であった。ドイツの国土面積そのものが、ヴェルサイユ条約に基づく割譲で十三パーセント減少し、人口の十分の一が失われた。巨額の賠償金を支出するための財政負担により、開戦前に緒についた各地のフォルクスパルクの設営も中断する。こうした事情が国土の庭園化というミッゲの構想を大きく躓かせたのはもちろんである。

むしろ敗戦による国土の荒廃と国民生活の激変は、より差し迫った社会的課題の解決に向けて造園改革の方向転換をミッゲに迫ることになる。すなわち、食糧供給の逼迫、住宅問題の悪化、そして失業である。まず食糧供給についていえば、第一次大戦において対戦国イギリスの海上封鎖によって海外からの食糧の供給を絶たれたドイツは、開戦直後から食糧難に見舞われ、特に一九一六年から一七年にかけての「カブラの冬」と呼ばれる欠乏期には一般市民の餓死者が八十万人にのぼった。[9]敗戦後もこの窮乏状態は深刻であった。住宅問題と失業についても同様で、十九世紀後半からの都市への人口集中による地価高騰の結果生まれた「賃貸兵舎《ミーツカゼルネ》」と呼ばれる四、五階建ての高層集合住宅の密集状態は、敗戦後、新たに都市に流入する帰還兵や失業者、無宿者の増大のため、むしろ悪化の一途をたどる。

ミッゲはこうした喫緊の問題を解決するために、庭に戦略的な役割を与える。庭による都市の脱中心化、ないしは解体である。敗戦による失業、食糧不足、そして住宅難は、なによりも都市が本来かかえる矛盾の激化として受けとめられた。それは戦前からあった、都市の環境とその文化に対する批判を嵩じさせる。敗戦間もなく、一九一八年にミッゲが「緑のスパルタクス」という筆名で発表した「緑のマニフェスト[10]」は都市に対する決別と、新たな生存原理としての「田園」Landの礼賛から始まる。いわく、「都市は前世紀の生存理念」であり、「工業と技術、商業と国際取引、富と享楽を謳歌しながら、悲惨と退廃にまみれた都市は滅びた」。そこは過酷な生存競争の舞台であり、貧困、失業、住宅の不足、飢え、そして戦争はその帰結である。都市が前世紀の廃れた原理であるのに対し、二十世紀の原理は田園であり、それは都市の解体を促進する原理でもある。いまや都市文化ではなく、田園と都市を仲介する都市-田園文化Stadt-Land-Kulturが築かれなければならない[11]。都市批判とその反動としての田園礼賛は、都市化が急速に進行した十九世紀後半から存在していたが、敗戦による国土の荒廃がこの傾向を後戻りのきかないものにしたことは間違いない。「社会的緑地」とは都市を田園とつなげるための具体的手段なのである。

田園による都市の解体をこの時代に主張したのはミッゲだけではない。たとえば建築家のブルーノ・

タウト（一八八〇―一九三八）は一九二〇年の風変わりなスケッチ集『都市の解体』で、都市を古い廃れた原理として批判し、新時代の原理は「大地」への帰還であると宣言する。[12]「大地は良き住まい」という副題を持つこの本をタウトは、人間の住まいが廃墟と化した都市を離れて小農園の広がる郊外の田園へと放散する様を上空から俯瞰した自らのスケッチで埋め、この沃野が地球的な規模にまで広がる田園都市のユートピア的なヴィジョンを描き出している。[13]

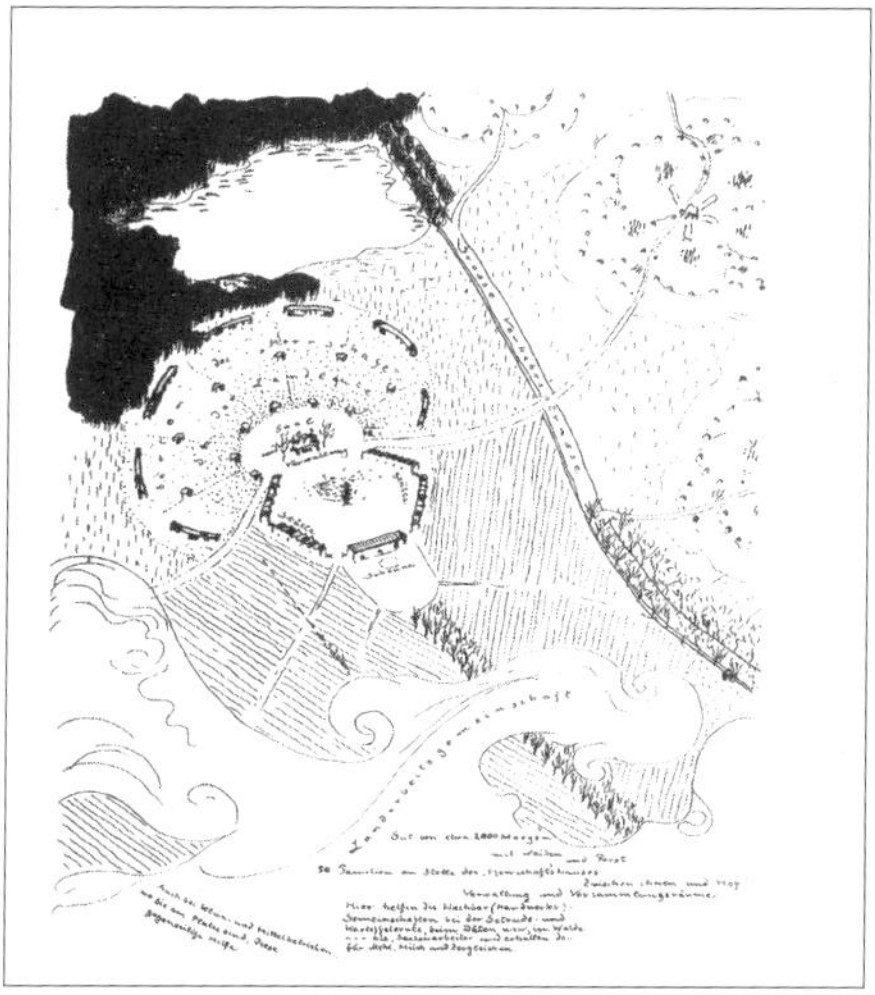

ブルーノ・タウト『都市の解体』（1920）に収められたスケッチ

ミッゲにおいて特徴的なのは、都市を解体する「社会的緑化」の具体的な方法として入植活動を挙げていることである。その根拠のひとつは土地改革運動にある。十九世紀末から始まるこの運動は、大土地所有制において土地所有者が自ら耕さない農地や土地から利子や賃料を得ることを宗教的・倫理的罪悪としてとらえると同時に、それが資本主義経済の急速な拡大に伴って累積する貧困、搾取、失業といった社会的矛盾の原因となっていることを批判する。都市への人口集中も、大土地所有制により農地の放棄を強いられた農民の流入によるものである。土地改革運動は土地の占有をさまざまな社会問題を生む温床ととらえ、最終的には国や共同体による土地収用や法的制限という手段を通じて土地の公共的使用を促進しようとする。この運動は、多くの改革家の支持を受けながら現実的な成果を得ないままに終わる。[14] しかし、土地改革の思想に鼓舞されて、十九世紀末から二十世紀初頭にかけてのドイツでは、都市を離れて郊外に農地を拓き、共同生活を送る入植者グループが多数生まれた。[15] キリスト教主義的、菜食主義的、トルストイ主義的、さらに民族主義的なものも含めて、これらの生活改革の志向を持つ入植活動も、「都市批判」という文脈ではミッゲの提案と同じ軌道に乗っている。

土地問題に対してより急進的な主張を掲げたのは、ロシアの無政府主義的な思想家ピョートル・クロポトキン（一八四二―一九二一）の影響を強く受けたアナルコ・サンディカリズムである。クロポトキンによれば、生産手段である農地を地主や資本家から奪取して共有化することは、生産手段を奪われた労働者にとって生存をかけた戦いである。「パンの簒奪」というスローガンは、あらゆる生産手段の私的所有権の没収と、生産手段としての土地の共同所有と相互扶助に基づく農耕と手工業によって営まれる田園コミューンの樹立をめざすものだった。実際、クロポトキンをドイツに紹介した急進的な社会主義者グスタフ・ランダウアー（一八七〇―一九一九）は、その著書『社会主義同盟』（一九〇八）で社会主義ないしは無政府主義にもとづく協同組合的な入植活動を提唱している。ちなみに、先に挙げたタウトの『都市の解体』の後半部は、都市を批判し、田園生活を礼賛する多くの著作家からのおびただしい数の引用から成り立っているが、クロポトキンの『パンの簒奪』（一八九二）や『農地・工場・工房』

（一八九八）からの引用はその三分の一を占める。

これに関連して重要なのは、大戦後にミッゲが提案する入植活動が、ヴォルプスヴェーデを拠点として開始されることである。北ドイツ、ブレーメン郊外のヴォルプスヴェーデのコロニー、バルケンホフはユーゲント様式の画家ハインリヒ・フォーゲラー（一八七二―一九四二）が十九世紀末に移住し、彼を中心に数多くの画家や詩人たちが移り住んだ芸術家村として名高いが、第一次大戦中から政治的な志向を強め、私有財産制を廃して手工業者による協同組合的なコミューンによる社会革命をめざす急進的な左翼の集合地となる。ここで主導的となったのは、資本家の巣窟である都市における革命活動は破壊と解体しかもたらさないとして、田園への移住と、そこにおける農業と手工業に活路を見出そうとするクロポトキンとランダウアーの思想である。ミッゲも一九一八年にここに移り住み、フォーゲラーらと活動を共にする。ドイツの環境保護思想の起源を探ったウルリヒ・リンゼの『生態平和とアナーキー』には、一九二一年一月にバルケンホフで行われた社会主義的傾向の「ドイツ入植者会議」においてミッゲと急進的な自然保護論者パウル・ロビーン（一八八二―一九四五）とが、民衆蜂

雑誌『サンディカリスト』の表紙

起による土地の全面的「占拠」か農地の「効率的利用」かをめぐって激しい論争を繰り広げるエピソードがある。[16] ミッゲが入植地での集約的栽培農業に基礎を置く自給経済を提唱するのに対し、ロビーンはミッゲの方法を体制内的で手ぬるいものとしてその「ブルジョア性」を批判する。ブルジョア性はともかく、ミッゲの関心が敗戦後のドイツにおいて解決を要する食糧問題、住宅問題、失業などの喫緊の課題を、クロポトキンとランダウアーの思想的影響下で、入植活動によって平和的に解決することに向けられていたことは確かである。

そのためにミッゲが独自の意味で使用するのが、ジーデルン（siedeln）という概念である。この語は通常は、「新しい土地に居を定める」「定住する」「入植する」という意味で使われる。ジードラーは入植者であり、ジードルングは開拓地、入植地を指すが、後者は一九二〇年代以降は都市周辺に新たに開発された集合的な住宅地や団地の建物を指すようになった。これについては、タウトやヴァーグナーら建築家との協働について扱う際に取り上げる。ミッゲは、本来、新しい領土の開拓である「入植」を、都市の領域と田園とをつなげる園芸的な耕作活動としてとらえ直す。それは荒れ地の開墾ではなく、都市住民が近郊の土地の耕作と集約的な園芸によって食糧生産を行うことで、都市の脱中心化を促進する活動である。食糧の生産拠点であるばかりでなく、住居をそなえた生存拠点でもある個々の庭＝入植地をつなぎあわせ、組織化していくことで、都市と近郊の間には交流と循環が生まれ、都市は大地とのつながりを取り戻すというのである。

この計画の実現と普及のためにミッゲはヴォルプスヴェーデへの移住後間もなく、近隣に十八モルゲン（約五・四ヘクタール）の土地を借り、そこに入植者のための実験・研修農場ゾンネンホーフ（「太陽農場」）と「ヴォルプスヴェーデ入植者学校」を開設する。フォーゲラーがこの地に開設した手工業者のための無政府主義的な労働学校に併設されたことからも、当初この学校が都市を牛耳る資本主義の解体という政治的な意図を持っていたことは明らかである。[17] 小住居付きの研修農場は個人の営農に任される小区画に仕切られ、全体は緩い関係の協同組合的互助組織として運営される。入植者学校の目的は、自給自足的な小規模営農者の育成による自律的植民活動の促進と、それを支える集約的園芸技術の開発ならびにその伝習である。ミッゲはここを拠点に戦間期を通じてドイツの国土全体の「内的植民地化」というプロジェクトに取り組む。

ヴォルプスヴェーデのモデル菜園　*Der soziale Garten*. S. 42より

「内的植民」（Binnenkolonisation）とは、文字どおりドイツ国内における植民活動を指すが、[18] この時代の文脈では政治的に見てそれが、国外に領土を求める植民地主義的な外的拡張主義への反対表明であったことも重要である。ミッゲによれば、戦争によって荒廃した国土と国内経済、さらに国民生活の立て直しこそが最優先されるべきで、「内的植民」は瓦解した国民経済を下から、また内部から更新することで、食糧不足のみならず、貧困、貨幣経済、過酷な生存競争、分業による社会的不平等といった、さまざまな焦眉の問題を解決する方策となりうる。ゾンネンホーフにおける八年の経験を踏まえて一九二六年にミッゲが出版した『ドイツの内的植民』は内的植民活動の実際を、集約的園芸技術、国民経済的効用、住居、公共事業の緑地政策との連結などについて、多くの実例を挙げて広報する啓蒙的な書物である。[19] ミッゲの提唱する植民活動の核となるのが、都市近郊において集約的農法によって個人の耕作する自給自足的な小規模農園である。小規模な土地に技術を投入して高度利用することで最大限の収穫をあげる集約農業に関する知識をミッゲは中国や日本の農法に学んでいる。さらにミッゲは、灌漑方法や糞尿の肥料としての利用についても、東洋の農法からヒントを得ている。[20]

興味深いのは、こうした自給自足的な小規模園芸のモデルをミッゲがクラインガルテンに見出していることである。クラインガルテンは十九世紀半ばにライプチヒで誕生した市民向けの小規模な賃貸式の菜園であるが、二十世紀初頭には都市内部の人口膨張をうけて、借地ばかりではなく、空き地や未利用の公共用地を利用した膨大な数のクラインガルテンがベルリンなどで発生する。『二十世紀の庭園文化』でも、都市内部の私的な庭の活用例としてクラインガルテンが真っ先に紹介されている。[21] 一区画が二百平方メートルから五百平方メートルのクラインガルテンは、菜園として利用されるだけでなく、多くの場合仮小屋をそなえ、貧困層の一時的、もしくは長期にわたる住居にもなった。特に戦間期にこれらの菜園は窮乏する食糧を補うための生産緑地として、また無宿者や住宅に困窮する失業者とその家族のための仮住まいの住居として利用された。

ミッゲはクラインガルテンを生産と居住を兼ねた庭園の原型とみなし、それをモデルに自給自足的な小規模菜園のさまざまな「タイプ」を提示する。大戦直後の一九一八年に「新しい庭作りによるジードルング問題の解決」と銘打って出版された『だれもが自給生活者』[22]はその普及のためのパンフレットで、集約的農法によって自らの手で耕す庭を余すところなく利用して最大の収穫を得ることが可能な食糧自給の方法を詳細かつ具体的に紹介している。この小冊子は戦争直後の極端な食糧難を解消する福音として版を重ねた。

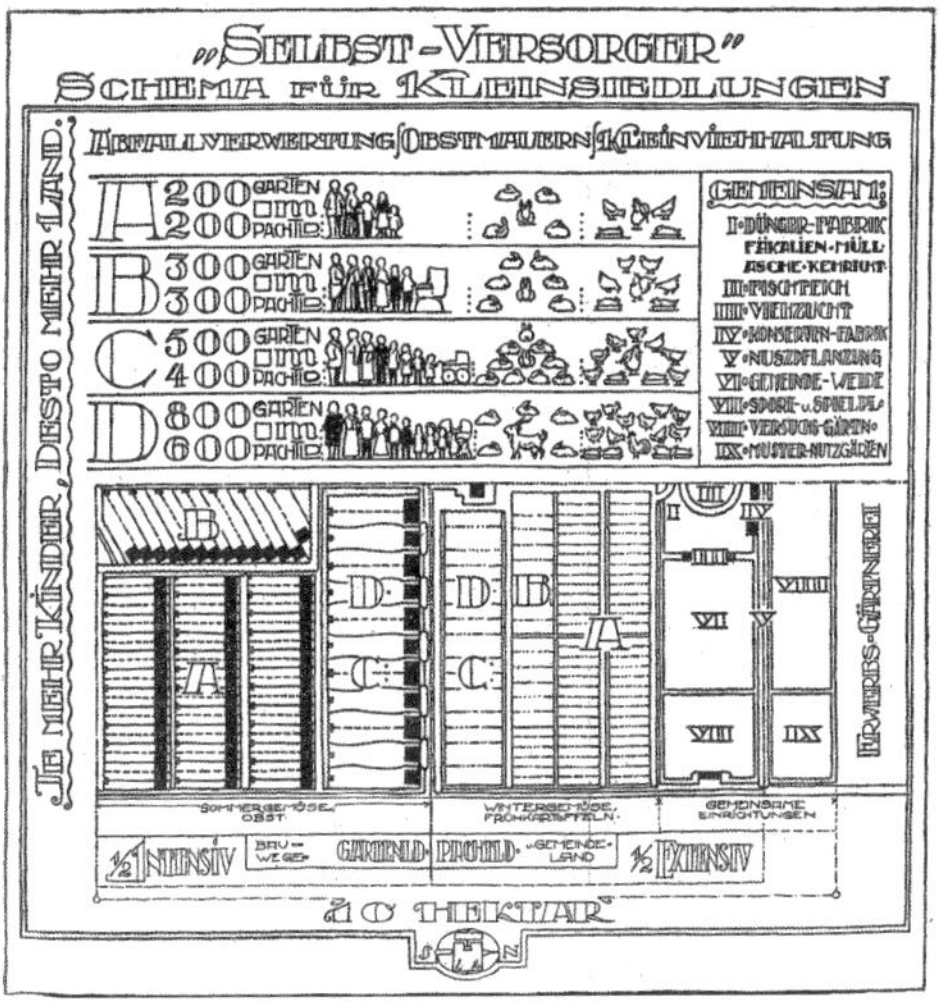

ミッゲ、自給式菜園の提案
10ヘクタール規模のクラインガルテン集落を例示して家族の人数に応じて面積の異なる、4つのプランが示されている。ここではウサギ、ヤギ、鶏などの飼育も自給経済の中に取り入れられている。*Jedermann Selbstversorger!* S. 10

　クラインガルテンをモデルとするとはいえ、ミッゲの提案する自給式菜園は余暇を利用して間に合わせに需要をおぎなう素人園芸を目的とはしていない。それは集約的農法によって最大限の収穫をあげるために、配置から構造までを計算しつくされた高機能の菜園である。二百平方メートルから五百平方メートルの面積を持つ菜園[23]は、幾何学的な長方形で、防風と集熱のために南に面して設置されたプロテクティヴ・

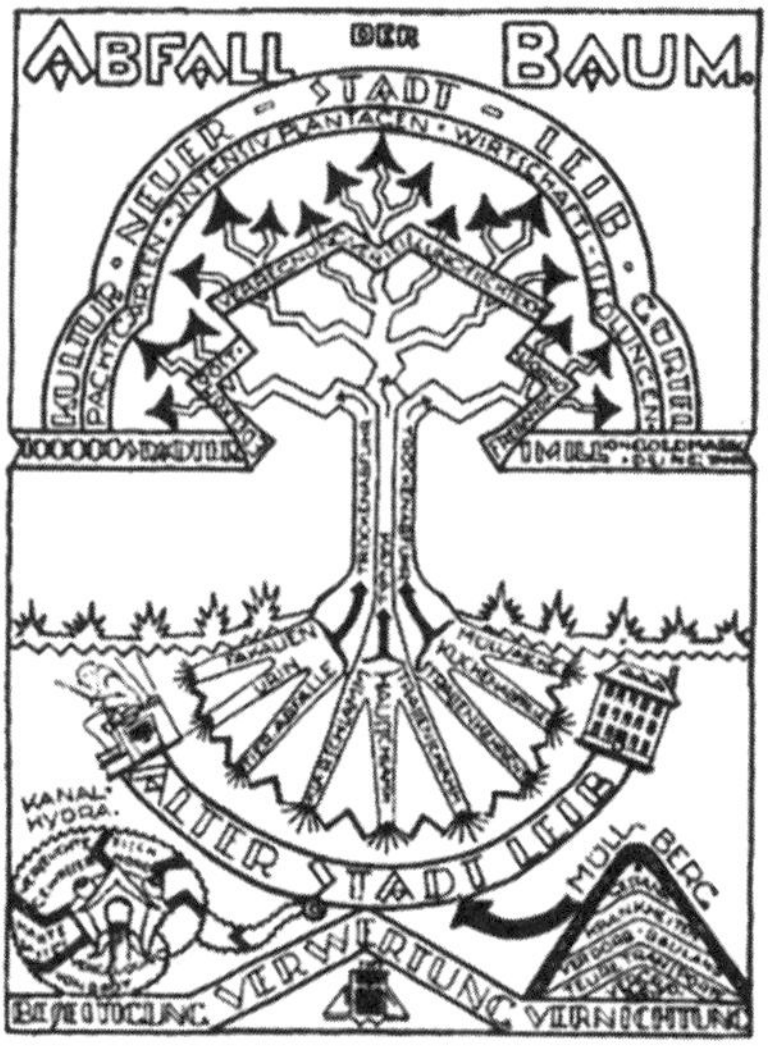

Apfelbaum（リンゴの樹）をもじった、Abfall-baum（ゴミの樹）。*Siedlungs-Wirtschaft. 5.* 1923, S. 125より
一本の樹木を中心に、地面の下には廃棄物をゴミとして捨てる旧来の都市の経済生活が、上には廃棄物や下水を循環的に再利用して周辺部に肥料として供給する新たな循環型都市の構想が示されている。

ウォールと呼ばれる胸ほどの高さのある境壁沿いに設置され、この壁と生け垣によって四方を囲われている。空間はどこも無駄に使われることがなく、集熱用の境壁沿いには果樹が、生け垣には食用の実のなる低木が植えられる。温室や苗床を使用した高度な農業技術が導入されているのも特徴だが、最大の特徴はこの庭に住居が設けられ、そこで暮らす人間の生活からうまれる廃棄物や糞尿を再利用する自己完結した有機的循環システムが作られていることである。人間の排泄物を含む有機物の循環を実現するためにミッゲは、下水を土壌に戻す地下パイプ、糞尿を肥料化する乾式トイレ（Metroklo）や、塵芥を効率的にバイオマスに変えるコンポスト（Dungsilo）を独自に開発している。

ミッゲが個人の耕す小菜園を入植地の最小単位とみなすのは、それが公共政策による上からの土地改革や緑地敷設ではなく、自助努力によって営まれる「万人のための庭」だからである。菜園はだれもが自ら耕すことができ、だれもがその生態的循環に関与し、だれにとっても福祉と利益を生み出す「社会的緑地」の最小単位である。都市住民でもある耕作者たちは、食糧自給を通して都市の固い殻を「ほぐし」、大地とのつながりを取り戻す先兵である。『二十世紀の庭園文化』ではいささか抽象的・観念的であった「ドイツ全土を庭で覆う」というヴィジョンは、クラインガルテンをモデルにした循環式自給菜園を核にすることで実現可能なものとなる。

『ドイツの内的植民』ではこの高機能の庭が量産可能な標準的「タイプ」として提示され、これらの庭を組織化することで「社会的緑地」のネットワークを拡大してより規模の大きな住宅地や集落、さらに都市計画の中にそれを組みこむ構想が示される。自給式菜園において試された有機物の循環は、集合住宅地や都市においても考慮されなければならない。ミッゲの提案の中には田園都市の構想も含まれるが、それは緑あふれる住環境を保障する郊外の衛星都市ではなく、農業による生産機能を備えるとともにゴミや下水、糞尿を有機物として再利用する循環的な都市である。

Ⅲ 「成長する家」

ミッゲの提案のうち、いくつかは部分的に実現され、いくつかは実現されないままに終わった。地方自治体において部分的に実現された例としては、グリュンベルクとキール市郊外のホーフハマー地域の都市計画（一九二二―二六）がある。ほかには、公園の周縁に大規模なクラインガルテンの集落を配置して公共緑地と長期契約される貸借式菜園の相互利用をはかるプランが、実現可能なものとして都市計画に取り入れられた[24]。大規模なプロジェクトの実現を阻んだのは、第一次大戦後のドイツ国内の経済的、社会的状況の変化である。農業の生産力の向上によって、自給的な食糧生産はそれほど喫緊の課題ではなくなった。一方で、一九二九年の大恐慌によるすさまじいインフレは、大規模な公共事業そのものを不可能にする。

ただし、こうした時代の変転の中でも、庭と住居に関するミッゲの基本的な考えは変わらなかった。それは一言でいえば、庭を主とし、住まいを従とする考えである。庭は単なる装飾物ではなく、「社会的緑地」として実用的な生産拠点であるべきだと考えるミッゲの当初からの立場からすれば、それは当然であろう。しかし一九二〇年代から始まる建築家たちとのジードルングをめぐる共同作業において両者の考えの差はむしろ鮮明になる。

造園設計家としてのミッゲの名をもっとも高めたのは、戦間期に大規模な公営集合住宅を手がけたマルティン・ヴァーグナー（一八八五―一九五七）、ブルーノ・タウトら建築家たちとの協働である。ことわっておけば、この場合のジードルングは先に扱った「入植活動」を指すのではなく、狭い意味での、一九二〇年代から都市における住宅問題を解決するために公益事業として着手された低所得者もしくは労働者向けの一連の大規模な集合住宅地を指す。ミッゲは当初からこれらのプロジェクトにかかわり、ヴァーグナー、タウトのほかにも、多くの建築家と協働して公共住宅地の緑地や植栽、および緑地計画について提案を行っている[25]。なかでも最も著名なのは、タウトが設計し、一九二五年から三一年にかけてヴァーグナーが役員であるベルリンの公益住宅・貯蓄・建設会社（GEHAG）が施工したブリッツのプロジェクトで、馬蹄形集合住宅を中心とした三十三ヘクタール以上におよぶ敷地に三期にわたって合計二千戸の住居を擁する集合住宅を建設する計画にミッゲは造園プランナーとして参画した。

もちろん、建築家たちと造園家ミッゲの連携は、両者の間に庭をはじめとする外部空間の扱い方に親和性があったからこそ可能だったといえよう。たとえば、マルティン・ヴァーグナーはすでに一九一五年の博士論文で「衛生緑地」という概念を導入して都市における空地利用の可能性を論じている。[26]当時の「新建築」の理論家でもあった建築史家ジークフリート・ギーディオン（一八八八―一九六八）の『解放された住まい』（一九二九）によれば、戦間期に生まれた新時代の住宅の要諦は、従来は閉ざされていた壁やファサードを外部に向けて「開く」ことであり、「光、空気、開口部」がその原理である。[27]タウトにも「屋外住空間」Außenwohnräumeという考えがある。これは単に庭とかバルコニーではなく、ジードルングの個別の住宅や家並みが空間構成において本質的に含んでいる外部の空間を指し、住居そのものが屋外の共同体的な空間に対して開かれていることを示す。ただしそこは「衛生的緑地」同様、視覚的・心理的に住む者に慰安をもたらすことで健康に資するものではあっても、生産を行う空間ではない。[28]

またバウハウスを代表する建築家のひとり、ル・コルビュジエ（一八八七―一九六五）にも建物を庭や外部空間へ開くことへの強い志向がある。屋上に設けられた庭園やテラス、広い開口部、建物を地面から柱で浮かせたピロティもその技法である。コルビュジエによれば、「風景や緑地、花や樹木は建物を

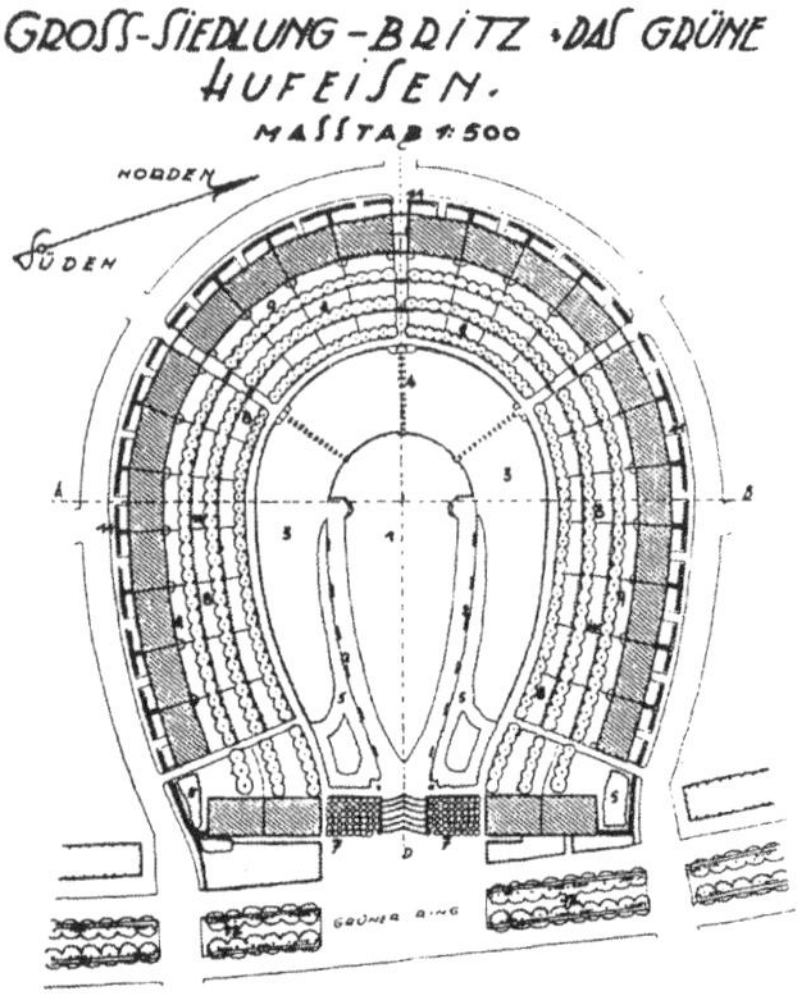

ブリッツの馬蹄型住宅、緑地部分の当初の計画図
各戸に菜園が割りあてられるはずだったが実施されなかった。

介して導入されなければならない。この策略（ピロティ）をもって、建物の下部は光で満たされることになる」[29]。ミッゲは『ドイツの内的植民』でもコルビュジエに触れ、都市内部の多層住宅に大きな窓やヴェランダ、青天井の開口部を設けるその大胆な試みを図版や写真を掲載して紹介している[30]。ただし、ミッゲによればコルビュジエの建築は、屋内空間に対して建物を覆う「外被」が過剰である。

フランクフルト・アム・マインのレーマーシュタットおよびプラウンハイムの集合住宅は、ミッゲにとって建築家との協働による大規模なジードルング設計の最後のものになったが、ここでもミッゲは妥協を余儀なくされた。ほかのジードルングに比べれば、フランクフルトでは各戸の住民が耕作することができる生産機能を持つ用地が確保されていたものの、住居と菜園のある敷地は一部では切り離され、住民は耕作のために菜園に通ってこなければならなかった。しかも各戸あたりの耕作用に用意された庭は百十から百五十平方メートルで、休養や片手間の園芸には十分でも、生産拠点にするには狭すぎた。ここをはじめ、彼のかかわるジードルングに実際に住むのが、低賃金もしくは無職の住宅

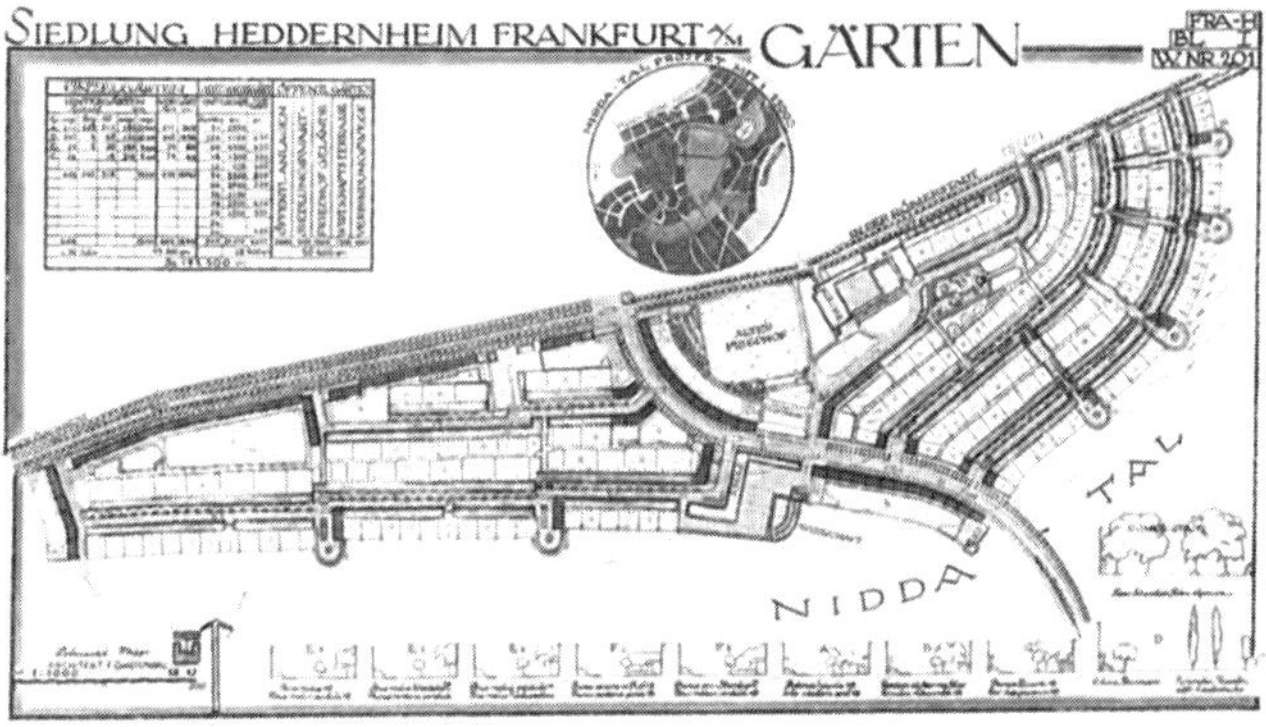

フランクフルト・アム・マイン、レーマーシュタットでのエルンスト・マイとミッゲによる住宅造成（1925-1930）の計画図　*Gartenschöheit*, 1928, S. 49より
整然と区画されたモデル菜園が敷地を埋めるほか、設置される自給式菜園の仕様も細かく指示されている。

困窮者ではなく、耕作を生活の糧とする必要のない、生計に余裕のある人々であることも彼の想定外であった。

新建築へのミッゲの不満は、それが「大地」とのつながりが十分でないことに向けられる。ミッゲにとって、住居は庭に付属するとともに、大地に組みこまれるべきものである。ベルリン市の建築監督官であったマルティン・ヴァーグナーが呼びかけた展示会「成長する家[31]」に、ヴァーグナーをはじめグロピウス、タウト兄弟、プレッツィヒら並みいる建築家に混じってミッゲが出品したモデルハウスもこの考えに基づいている。一九三一年に開催されたこの展示会の趣旨は、一九二九年の世界恐慌後の壊滅的な経済状況下で逼迫する住宅問題の解決のために、最低限の費用で建築可能で、将来の家族状況や経済状況に応じて規模や構造を変えることができる簡易な小住宅の見本を持ち寄ることだった。ミッゲの提案はその中でももっともラジカルなものだった。それは住居と庭とは空間的にも、技術的にも完全につながっていなけ

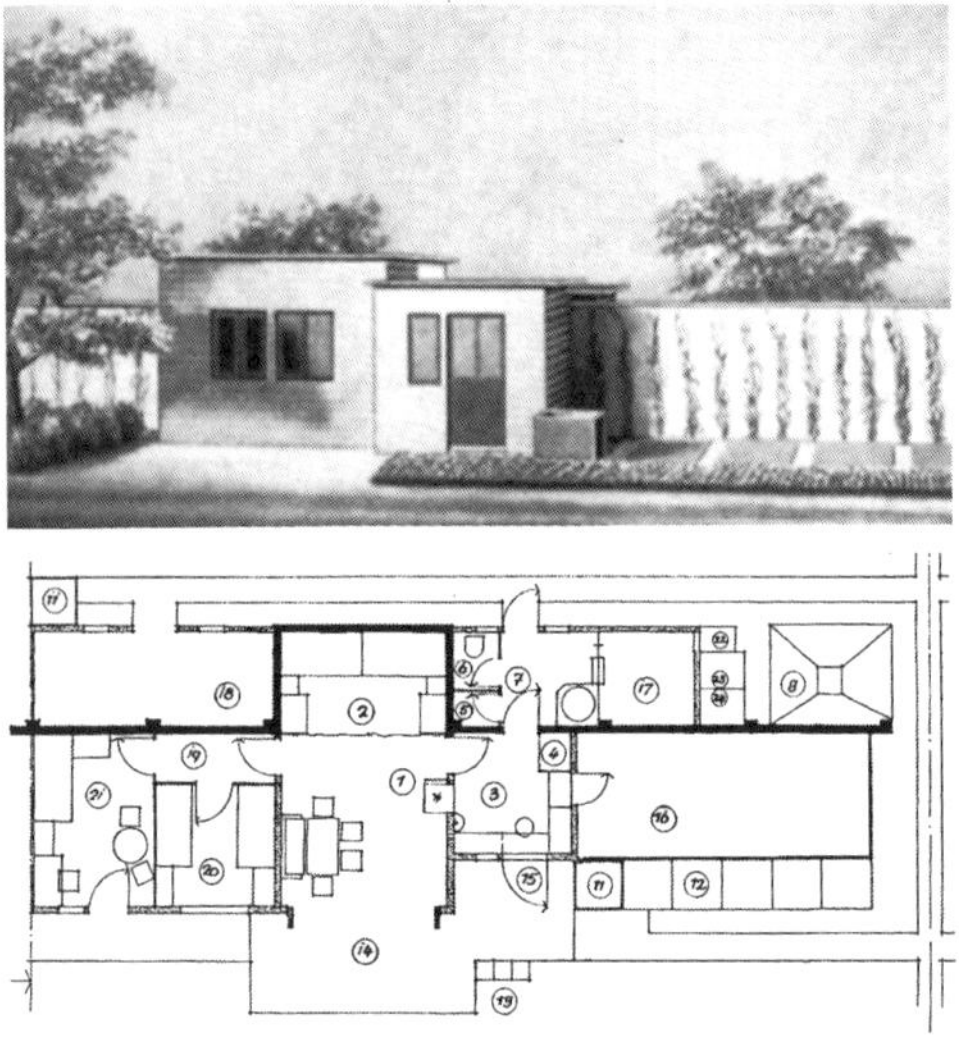

マルティン・ヴァーグナーの「成長する家」展に出品されたミッゲによる住宅プラン
下の図面は上の基本プランが拡張された間取りを示す。

ればならないというミッゲの当初からの理念を体現する、ミニマルな住居と生産性のある庭のコンビネーションというプランである。[32]テラスを合わせても二十五平方メートルほどしかない物置小屋のように簡素な形状の平屋根の住居はクラインガルテンの仮小屋に近い。ヴォルプスヴェーデのモデル菜園の設計どおりに、東西軸の南面した壁に接して建てられるこの住居は、季節や目的や用途、またそこに住み、耕す住民の能力や必要量、家族の規模に応じて、規模と構造を変更でき、居住面積は最終的には七十平方メートルにまで拡張されうる。悪化した経済状況を待たなくとも、住居が人間の生活とともに「成長」するのは、ミッゲにとって当然のことだった。居間がテラスと同一平面にあり、そのまま庭と連続していることも重要で、家は居住空間というより、むしろ庭という生産空間の一部としてとらえられる。「家付きの庭」であって、「庭付きの家」ではない。ミッゲ自身の説明によれば、「ここに展示される家はそもそも家ではない。これは入植地の一部をなす住まいであって、綿密に計画された、土地に基づいた生産の有機的構成要素である。この家は地面から、土壌からの収穫物とともに成長する家であり、耕作の方法と分かちがたく結びついている。これこそ失業者、短期労働者、副業として営農する都市入植者にふさわしい住まいである」[33]。

家が外観を変えるだけではなく、植物のように「成長する」のは、それが生物学的法則に即って、土地の一部に有機的に組みこまれているからである。ここには、建築や耕作を含めて、人間の営みのすべてが自然環境としての土（土壌）を介して行われる巨大な生物学的連鎖の中に取りこまれているとする独自の考え方が示されている。ミッゲはすでに第一次大戦前からこの考えを抱いていたが、それを庭と住居の設計において展開するうえで大きな影響を与えたのは、ラオウル・フランセ（一八七四―一九四三）であった。

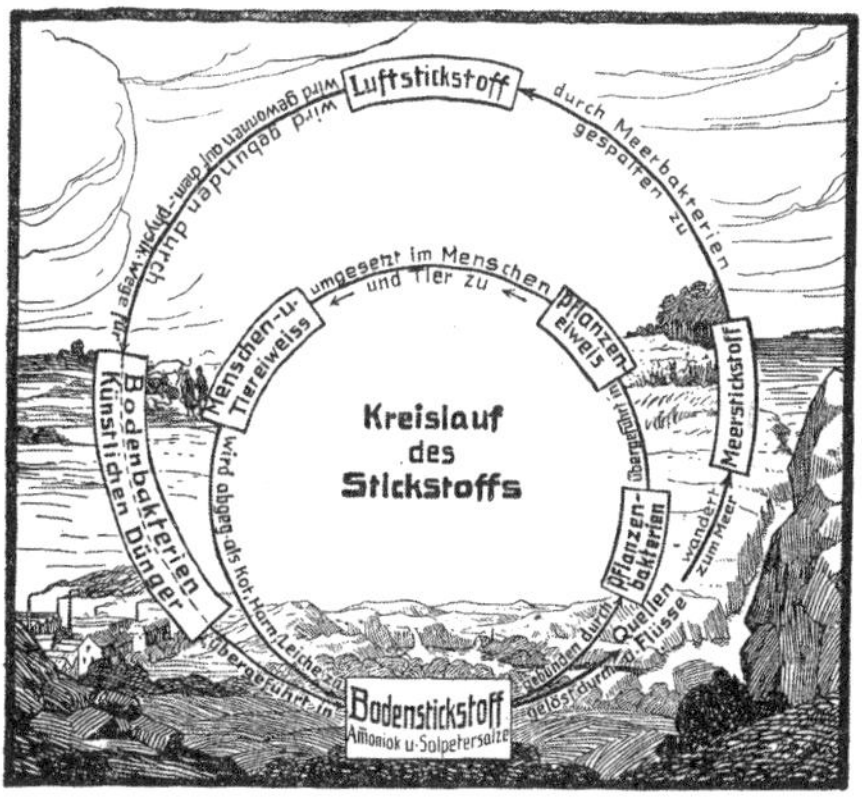

ラオウル・フランセ『エダフォン、土壌の中の生命』(1913) より。窒素が土壌中のバクテリアや植物によって仲介され、空気、水、光を通じて自然界で循環していることを図示している。

フランセはオーストリア＝ハンガリー帝国の植物学者、微生物学者、また自然哲学・文化哲学者で、エルンスト・ヘッケルらの一元論的な生命観・自然観を背景に多数のポピュラーサイエンス的な著作によって当時広く知られた著述家であるが、ミッゲとの関係で特に注目されるのは『土壌の中の生命』（一九一三）であ

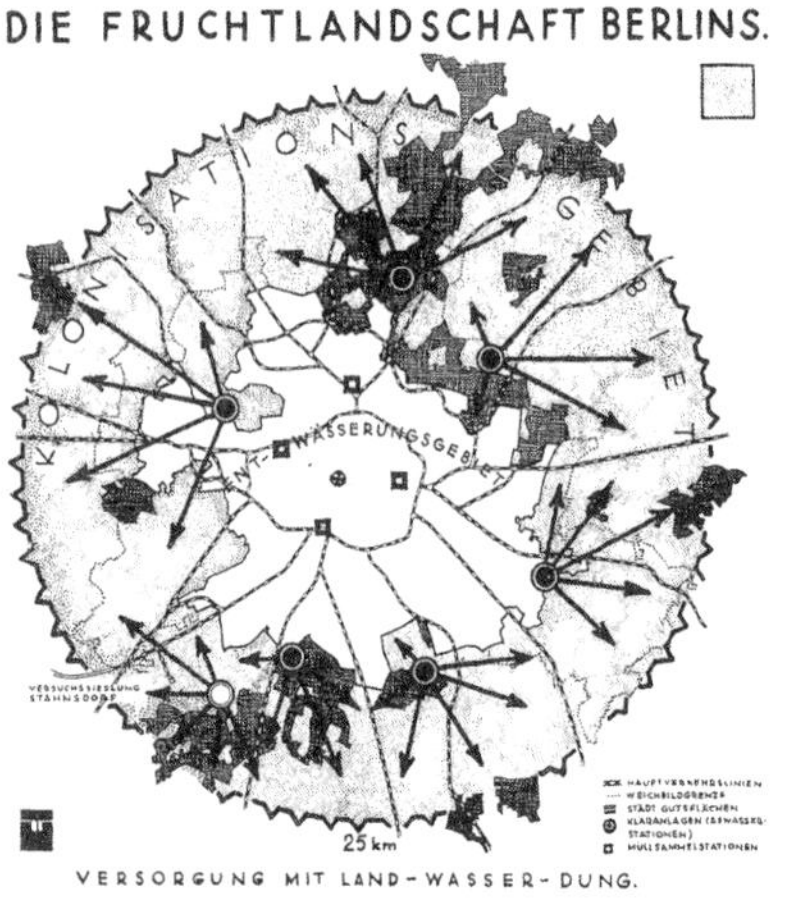

ベルリンの「豊かな耕地」の概念図（ミッゲによる）。灌漑、水肥、堆肥の供給システムがネットワークを築いている。

る。[34] この本では、土壌中の顕微鏡レベルの微生物をはじめ、ミミズ、昆虫、菌類、さらに植物などの生物によって土の中で営まれる生命活動が数多くの図版とともにクローズアップされる。またこの生命活動が光、水、空気といった気象を介して地上の動植物の生命活動に連結して、地球規模の物質交換、熱、元素、炭素、窒素、リン酸などの循環を作り上げていることが示される。とりわけ、生物の残骸が生物学的過程（腐敗、発酵、分解）を経てほかの動植物に再利用されるサイクルは、人間の生活から出た残滓や排泄物を循環して再利用するミッゲの自給自足農法の発想に大きな影響を与えたことは間違いない。温室や灌漑システムを利用してこの循環を促進する生物工学的なアイデアも、ミッゲはフランセに負っている。[35] 循環的経済のサイクルは、仮小屋と菜園のレベルまでミニマルに縮小することもできるし、自己完結した個々の要素を有機的につなぎ合わせることで、集合住宅地や都市の規模にも広げうる。こうして「入植」という意味でのジーデルンは、都市の内部を耕地化することで、そこに生物学的循環を取り戻す営為となるのである。

ミッゲが『ドイツの内的植民』において、郊外や遠隔地での大規模な耕地開発やそこで展開される営業的な大農法を批判しているのも、それが生物学的循環を作り出さないことによる。むしろ大農法と分業はこの循環を断ち切り、消費地と離れた土地で作物の栽培のために費やされた土壌中の成分は、奪われるだけで土地に戻されることはない。土地の持つ生産力（地力）は衰えるだけで、復活することはない。一方、消費地である都市では食物の残滓は塵芥として、ヒトの消化後の排泄物は「汚物」として廃棄されるばかりで再利用されることはない。この循環を取り戻すために、まず最小規模での自給自足的生産と有機物の再利用が始められなければならない。であればこそ「家よりも土壌が優先される」のであり、家は土壌から得た収量に応じて「植物のように」成長するのである。[36]

土地や土にかかわる戦間期の思想といえば、すぐにナチズムの「血と土」のイデオロギーが思い浮かべられる。のちにナチスの食糧農業大臣となるヴァルター・ダレが唱導するこのイデオロギーは、土を民族の実存的・精神的基盤として犯しがたいものとし、土とアーリア民族の「血統」との神秘的な結びつきを強調するが、ミッゲのジードルングの思想はこれとは折り合わない。土壌は「だれもが棲みつくことのできる」場所であって、そこに労働と技術的手段を投入して食糧を確保することができる即物的対象である。「血と土」では血統を保つ農民による共同体と世襲制農地が神聖視されるのに対し、ミッゲが想定するのは都市住民であり、「内的植民」の目的は彼らが都市とその近郊を自らの手で耕地と化すことである。ここには土壌を神秘化する農業的ロマン主義と呼ぶべきものは見あたらない。

その意味で、ミッゲの提案している自給用菜園がおしなべて幾何学的長方形であることにも注意を向けたい。すでに見たように、このタイプの菜園はヴォルプスヴェーデの「入植者学校」で編み出されたものだが、胸壁と生け垣で四面を囲まれた同じタイプの「モデル菜園」が数十、時には百以上も規格化された製品のように整然と敷地を埋めるのは奇観である。見ようによって実用一点張りで無味乾燥とも受け取られかねないこの光景は、徹底した民主主義と合理主義を示すともいえる。なによりもそこは食糧難において効率的な生産が求められる場所であり、廃棄物がすべて土に戻されて有機的な循環が促進される場所である。個々の庭は付属する小住宅とともに、住民がそこで独立して生きる自足的な生存の拠点として設計されている。

むすび

生存の拠点としての庭といえば、ミッゲの生涯もそうした場所で締めくくられた。

ミッゲは一九三二年にベルリン南東、ブランデンブルクとの境にある湖、ゼディンゼーの小さな島をケペニック区から借りて、その北部を塵芥で埋め立てて造成を行い、居住用の家と耕地を設ける。ヴォルプスヴェーデの入植者学校の支所でもあったこの島は、ミッゲにとって新生活の場であり、終焉の地ともなった。最後に手がけたフランクフルト・アム・マインの集合住宅と緑地化計画が財政的理由から半ばで打ち切られたのち、ミッゲはベルリンの住まいを引き払って、エルンスト・マイのあとを引き継いでフランクフルトの新都市計画を担当していた建築監督官マルティン・エルゼッサー（一八八四―一九五七）の妻エリーザベトとその五人の子供を伴ってこの島で、ヴォルプスヴェーデで開発したとおりの自給自足的共同生活を始める。エリーザベトには夫が、ミッゲ自身にも妻と四人の子供がいたが、彼らとは離れた生活であった。居住用の家は先の「成長する家」展に出品したものほど狭くはなく、二階建てではあったが、温室を建て増しただけの簡素なものだった。

ブランデンブルク特有の沼地に取り囲まれた草だらけのこの島で、都市を離れて自然環境と直接対峙して行われる自給自足の実践は、未開地を切り拓く入植活動の原点といえよう。塵芥を埋め立てた島をミッゲはゾンネンインゼル（太陽の島）と名づけ、一九三五年の死去まで、エリーザベトは四六年までそこで自給生活を続けた[37]。

働き、食べ、消化し、排泄するという人間の基本的な生の営みが循環するひとつの独立した生活空間がここにも成立していた。それをレーベンスラウム（Lebensraum 生活圏、生命圏）と呼ぶのを躊躇させるのは、この言葉がもっぱら外地侵略的な連想を招く用語になってしまったからである。一九二〇年代から広がったその用法が想定するLebenとは、一般的な「生命」や「生活」ではなく、ドイツ民族、それも敗戦によって国土を大幅に削り取られた民族の生活であり、生活空間とはドイツ民族が生き残ることを口実に、他の民族や国土から奪い取る領土である。

ならば、生の営みをより普遍化するためにbiotopビオトープという言葉を使ったらどうだろうか。bios（生命）＋topos（場所）、すなわち言葉の原義においての「生命の場所」。この言葉はドイツの生物学者フリードリヒ・ダール（一八五六―一九二九）が、生物が持続的に棲息可能な最小単位の環境を指すために「生物棲息空間」「生物空間」の意味で使い始めた言葉[38]で、現在では自然の中に存在する生物の生息する環境を指すだけでなく、人工的に設けられた小規模な自己完結した植物や生物の生育場所を指すこともある。人間もまた生物として自然の中で生物学的循環の中に取りこまれているとするラオウル・フランセの考えにしたがえば、ミッゲがたどり着いたゾンネンインゼルをひとつのビオトープと呼ぶことは許されるだろう。

ヴォルプスヴェーデの入植者学校で開発された「テント式小屋」。*Die wachsende Siedlung nach biologischen Gesetzen*, 1932, S. 63より。「成長する家」のミニマルなモデルともいえるこの小屋はゾンネンインゼルにも持ちこまれた。写真中で寝起きしているのは、ミッゲ自身である。

注

1　大規模な造園展は、これ以降ハンブルク（一八九七年）、デュッセルドルフ（一九〇四年）、ダルムシュタット（一九〇五年）、マンハイム（一九〇七年）など、各地で開催される。

2　同じ時代に進行した公園緑地の改革については、前項「フォルクスパルクの思想」を参照。

3　Gartenarchitektという言葉は、啓蒙期の美学者ズルツァーによる使用例（一七七八年）があるが、造園家については十八、十九世紀を通してGartenkünstlerという呼称が一般的だった。Gartenarchitektという呼称を積極的に使い始めたのは、ミッゲを含む一連の改革家たちで、一九一三年にはこの職業名を冠する同業者団体、ドイツ造園設計家連盟Der Bund Deutscher Gartenarchitekten（BDGA）が設立された。

4　造園設計における建築学的な側面を強調する後藤文子氏はGartenarchitektに「植栽建築家」という訳語を提案している。（後藤文子「植栽建築家をめぐる『気象芸術学』試論―チャールズ・ダーウィンからミース・ファン・デル・ローエへ」『哲学』一三一集、三田哲學會、二〇一三年三月、一八一―二〇三頁、うち一九八頁。また、後藤氏によれば、この概念は二〇〇〇年以降、モダニズム建築の見直しに際して重視されているという。同上、二〇一頁。

5　Leberecht Migge: *Die Gartenkultur des 20. Jahrhunderts*. 1913.

6　ebd., S. 150 f.

7　ほかにWacholderpark（Hamburg-Fuhlsbüttel）など。

8　Migge. a. a. O., S. 157.

9　藤原辰史『カブラの冬―第一次世界大戦期ドイツの飢饉と民衆』人文書院、二〇一一年。

10　Das grüne Manifestは最初、一九一八年にDie Tat誌に掲載された。（Die Tat. X. 1918-19, S. 912-919.）その後、注11のミッゲの著書『ドイツの内的植民』一九二六年の冒頭に掲げられた。「マニフェスト」からの引用はこれにしたがっている。

11　Leberecht Migge: *Deutsche Binnenkolonisation: Sachgrundlagen des Siedlungswesens*. 1926. 一九九九年刊の新装版は*Der soziale Garten*.というタイトルだが、Jürgen von Reußによるあとがきがつけられているのを除けば、内容、ペー

ジ数ともに一九二六年のものと同一である。

12 Bruno Taut: *Die Auflösung der Städte: oder: Die Erde — eine gute Wohnung*. 1920.

13 タウトだけではなく、「新建築」やバウハウスの建築家たちも、外気や陽光に対して開かれたまったく新たなデザインの住宅設計を通じて、広い意味でこの「都市の脱中心化」という課題に共通して取り組んでいたことを見ておかなければならない。

14 一九二〇年のワイマール憲法一五五条において、ドイツ人一人ひとりに「健康な住まい」を提供することを目的に、私的な土地所有や世襲を制限し、土地とその自然産出力は公益のために使われるべきことが謳われたのは、土地改革運動のひとつの遺産といえる。ただし、土地の世襲制度はヒトラー政権下で復活し、日本の「農地解放」にあたる大土地所有制、世襲制の解体は、ドイツでは実際には第二次大戦後のソビエトの介入を待たなければならなかった。

15 世紀転換期から一九二〇年代にかけてのさまざまな志向や政治的傾向を持つ田園コロニーおよびコミューンについては以下を参照した。Anne Feuchter-Schawelka: Siedlungs- und Landkommunebewegung. in: Diethart Kerbs und Jürgen Reulecke (Hrsg.): *Handbuch der deutschen Reformbewegungen 1880–1933*. 1998, S. 227-244.

16 ウルリッヒ・リンゼ『生態平和とアナーキー——ドイツにおけるエコロジー運動の歴史』法政大学出版局、一九九〇年、一〇一—一〇三頁。原著は Ulrich Linse: *Ökopax und Anarchie. Eine Geschichte der ökologischen Bewegungen in Deutschland*. 1986.

17 フォーゲラーはこの労働学校を共産主義に基づくレーテ（労働者・兵士評議会）の育成組織として設立した。ただし、ミッゲはのちにフォーゲラーらのレーテ思想から離反する。

18 「内的植民」そのものは一八世紀のフリードリヒ大王の時代からプロイセンで頻繁に行われた。その主な目的は荒れ地の開墾による零細農民の定住の促進であった。

19 *Deutsche Binnenkolonisation: Sachgrundlagen des Siedlungswesens*. 1926. この本はドイツ田園都市協会の叢書のひとつとして出版された。

20 Leberecht Migge: *Die wachsende Siedlung nach biologischen Gesetzen*. 1932, S. 10–17.

21 Migge: *Die Gartenkultur des 20. Jahrhunderts*. S. 7-12.

22 Migge: *Jedermann Selbstversorger! Eine Lösung der Siedlungsfrage durch neuen Gartenbau*. 1918.

23 営農の種別や家族構成に応じて面積が変わる。

24 ベルリンのフォルクスパルクであるレーベルクやリュストリンゲンの例がある。

25 ミッゲと協働したほかの建築家としては、アドルフ・ロース（ウィーンのホイベルク住宅地）、レオポルト・フィッシャー（デッサウ、ツィービックの住宅地）、オットー・ヘスラー（ツェレ）、エルンスト・マイおよびマルティン・エルゼッサー（フランクフルト・アム・マインの新都市計画）が挙げられる。

26 「衛生緑地」とは、ウィーンの建築家カミロ・ジッテが「装飾緑地」と対比して使った概念で、マルティン・ヴァーグナーはこの概念を援用した。前項「フォルクスパルクという思想」本書一九一頁を参照。

27 Sigfried Giedion: *Befreites Wohnen. Licht, Luft, Oeffnung*. 1929.

28 ミッゲはベルリンにあったタウト個人の住宅の庭を設計している。ここにも小規模だが菜園が設けられている。

Bruno Taut: *Ein Wohnhaus*. 1927.（12章 Garten の項）。

29 Charles-Édouard Jeanneret-Gris（Le Corbusier）: *Une maison — un palais*. 1928, p. 156.

30 MIgge: *Deutsche Binnen-Kolonisation*. S. 56f, S. 84-86.

31 Das wachsende Haus der Stadt-Landsiedlung. Berlin.

32 Martin Wagner: *Das wachsende Haus: Ein Beitrag zur Lösung der städtischen Wohnungsfrage*. Berlin/Leipzig 1932.

この本は前年の展覧会のカタログとして出版された。ミッゲのプランもこのカタログに掲載されている。

33 ebd., S. 88.

34 Raoul H. Francé: *Das Edaphon. Untersuchungen zur Ökologie der bodenbewohnenden Mikroorganismen*. 1913. タイトルの Edaphon は「土壌微生物群」を指す生物学用語である。

35 ミッゲのフランセからの生物学的思考の影響については、David H. Haney: *When Modern was Green: Life and Work of Landscape Architect Leberecht Migge*. 2010, pp. 105-108. この本はミッゲの生涯と業績を初めて包括的に扱ったモノ

グラフィーである。

36 Wagner, a. a. O., S. 88.

37 ミッゲとエリーザベト・エルゼッサーがこの島で営む自給生活を記録した当時のホームムーヴィーを編集して製作されたドキュメンタリー映画 Die Sonneninsel (The Sun Island), 2015 がある。著名な映画学者でもある監督のトーマス・エルゼッサーは、マルティンならびにエリーザベト・エルゼッサーの孫にあたる。

38 ビオトープの造語と用法の由来については、佐藤恵子「『ビオトープ』はヘッケルの造語ではない！　ヘッケルとダールの原典に基づく『ビオトープ』という言葉の由来についての検討」『総合教育センター紀要』東海大学、二〇〇八年、三三—四三頁。

庭のフィールドワーク——あとがきにかえて

カール・E・ショースキーの名著『世紀末ウィーン』の終わりに「庭園の変容」、「庭園の爆発」という二つの章が置かれている。この場合、庭園は比喩ないしは象徴であり、ショースキーはそのシンボルの変容と瓦解に、ハプスブルク帝国とその文化の崩落と解体を重ね合わせるのである。

庭を比喩的なものとしてとらえるそうした「大きな物語」に対して、小著が光をあてたかったのはより具体的な庭の消息、ディテールである。庭に生える植物や、そこに生きる動物に目を向けた博物誌的なまなざしがその表れだし、個人的なナラティヴにより近いひらがなの「ものがたり」を連載のタイトルにしたのもそのためである。俯瞰的にとらえられた全体のデザインや象徴的な意味より、そこに生えている植物や作物の手触り、なによりも、庭が人の手を介して整えられ、人を取り巻く親密圏へと変容していく過程を浮き彫りにしたかった。おのずから王侯由来の大規模な整形式庭園や風景式庭園よりは、市井の庭、薬草園、果樹園、菜園のような実用的な庭に目が向けられることになった。十九世紀中ごろから都市の空間の中に叢生したクラインガルテンや、現代のコミュニティ・ガーデンへの関心もそこから発している。

大きな「物語」より、小さきものの消息に目を向けるのは、強いていえば観念的な思考よりも具象的なモノの手ごたえを好む個人的な性向による。加えて、もともと部屋に閉じこもっているより、外での手仕事や歩行によって、感性と思考をより自由に活性化できると考えるタイプである。土や植物にじか

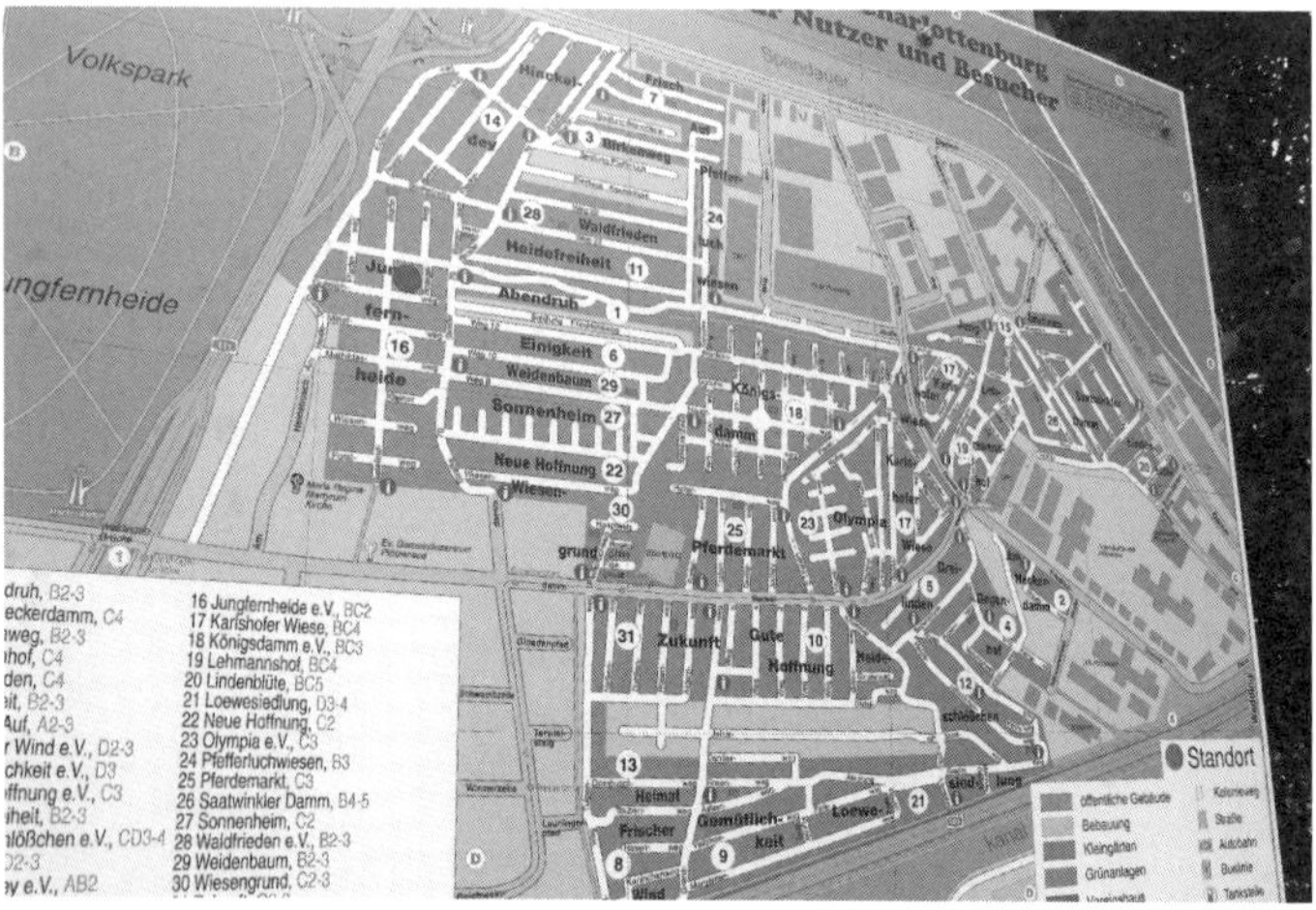

300区画以上の大規模なクラインガルテンの集合地（コロニー）の敷地案内板。ベルリンのシャルロッテンブルク・ヴィルマースドルフ区で撮影。

に触れる庭しごとにもかねてから「気晴らし」以上の効用があると考えていたぼくにとって、具体的な対象としての庭を素材にあれこれ考えるのは楽しい作業だった。雑多とも思われるテーマは、その時々のフィールドワークから生まれたものである。リンゴやボダイジュ、ウサギ、ミツバチなどを扱った博物誌的なエッセイにも個人的な動機づけと、目の前にあるモノとの対話があった。

ともかく、ぼくがこの作業（「庭しごと《ガルテンアルバイト》」）に書斎での普段の仕事より熱中できたのは、それがフィールドワークを伴っていたからである。庭のフィールドワークの利点は、それが手近で散歩がてらに始めることができ、いつでも打ち切り、また再開できることである。

それほど頻繁にドイツに出かける機会があったわけではないが、ちょうど連載の折り返し点にあたる二〇一五年の半年間のベルリンでの在外研究中は、暇さえあれば、現地で調達した中古の自転車を駆って庭のフィールドワークに励んだ。数百の区画が櫛の歯のように並ぶ、クラインガルテンの広大な集合地に立ち入り、ミツバチの巣箱を求めてあちこちの公園をめぐった。花盛りのボダイジュやマロニエの並木に導かれて緑地帯や水路を奥深くまでたどった。市民公園の広い草地《ヴィーゼ》に寝転んでその柔らかな感触を味わい、リンゴにかぶりついた。かねてから行きたかった十九世紀末の生活改革運動の聖地、ベルリン郊外の果樹園コロニー・エデンに足を延ばしたのもその時である。ブリッツの住宅群を取り巻く、菜園用に区分けされた緑地を図面を手に実際に歩測しながら見て回った経験は、フォルクスパルクの誕生と造園家レーベレヒト・ミッゲを取り上げた二編の論文に生かされている。実地の踏査の手ごたえがあればこそ、庭園史、都市論、景観論、緑地政策といった、本来は門外漢の分野にまで分け入って、自らの立論にある程度の見通しを立てることができた。

『理』誌上での長い連載に付き合ってくれたのは、出版会の松下道子さんである。年に三、四回の連載はそれほどの負担ではないはずだが、構想はともかく、書き上げる段になると毎回のように音をあげそうになる筆者の原稿を松下さんは辛抱強く待ってくれた。本にまとめるにあたっても、装丁や画像の選定、配置など、こまごまとした部分について当方のわがままを聞き入れ、相談に乗ってくださった。深く感謝します。

いまも東と西のクラインガルテン集落を分けているベルリン・ノイケルン地区の壁の跡地に据えられたガラス・プレート。落命した犠牲者の名前と写真が掲げられている。(2015年撮影)

著者略歴

田村 和彦（たむら かずひこ）

1953 年　長野県に生まれる。
東京都立大学大学院修士課程（独語独文学）修了
関西学院大学国際学部教授（2021 年 3 月まで）
著　書　『魔法の山に登る　トーマス・マンと身体』
　　　　（関西学院大学出版会）2002 年
訳　書　ニコラウス・ゾンバルト『男性同盟と母権制神話――
　　　　カール・シュミットとドイツの宿命』（法政大学出版局）1996 年
　　　　クラウス・テーヴェライト『男たちの妄想』I, II
　　　　（法政大学出版局）1998 年、2004 年

関西学院大学研究叢書 第 225 編

ドイツ 庭ものがたり

2021 年 3 月 25 日 初版第一刷発行

著　者　田村和彦

発行者　田村和彦
発行所　関西学院大学出版会
所在地　〒 662-0891
　　　　兵庫県西宮市上ケ原一番町 1-155
電　話　0798-53-7002

印　刷　株式会社クイックス

ISBN 978-4-86283-318-1